Doris R. Thomas

Eine Karamell Manufaktur zum Verlieben

Ein Irland-Liebesroman

Erstausgabe Februar 2024

Eine Karamellmanufaktur zum Verlieben

ISBN 978-3-98998-046-4
E-Book-ISBN 978-3-98778-760-7

Dieses Werk wurde vermittelt durch die Autoren- und
Projektagentur Gerd F. Rumler (München).

Covergestaltung: Anne Gebhardt
Umschlaggestaltung: ARTC.ore Design
Unter Verwendung von Motiven von
shutterstock.com: © Lifestyle Travel Photo, © Helen Hotson,
© Dave Colman
stock.adobe.com: © Thaut Images, © Jamie Hooper, © detshana,
© SusaZoom, © Angkana, © GM Photography
depositphotos.com: © belchonock
elements.envato.com: © PixelSquid360
Lektorat: Astrid Rahlfs
Satz: dp DIGITAL PUBLISHERS GmbH
Druck und Bindung: Books on Demand GmbH, Norderstedt

1

Caissy

Beschwingt öffne ich die gläserne Eingangstür der Kanzlei. Köstlicher Duft von frisch gemahlenem Kaffee steigt in meine Nase. »Einen wunderschönen guten Morgen!«

Frau Grimm an der Rezeption schaut auf und schiebt mit dem Zeigefinger ihre Hornbrille höher auf die Nase. Mit einem strahlenden Lächeln erwidert sie meinen Gruß. Sie springt auf und greift nach der dampfenden Tasse, die auf dem Sideboard auf mich wartet. »Pünktlich wie immer.« Schmunzelnd drückt sie mir das heiße Getränk in die Hand.

»Ihr Timing ist aber auch nicht übel.« Ich puste und trinke einen kräftigen Schluck. Genüsslich lecke ich mir über die Lippen. Ein schwarzer Kaffee ist genau das, was ich zum Start in den Tag brauche. Genauso wie die brandaktuellsten Steuertipps auf dem Handy.

»Neues Outfit?« Sie deutet erst auf meinen weinroten Trenchcoat, dann auf die gleichfarbigen High Heels und nickt anerkennend. »Steht Ihnen.«

»Danke«, antworte ich lächelnd und gehe in Richtung meines Büros. Jeder meiner schnellen Schritte klingt auf dem marmorierten Fliesenboden nach.

»Frau Sullivan«, hallt Frau Grimms Stimme über den Gang. »Fast hätte ich es vergessen ...«

Ich mache auf dem Absatz kehrt und hebe die Augenbrauen.

»Ihr elf Uhr fünfzehn Termin hat sich schon für acht Uhr dreißig angekündigt. Ich hoffe, das ist in Ordnung.«

Ich stocke kurz. »Ja ... danke«, antworte ich, obwohl sich in meinem Magen ein Grummeln bemerkbar macht. Wie oft habe ich Frau Grimm gebeten, Termine nicht ohne Rücksprache mit mir zu verschieben. Und hierbei handelt es sich ausgerechnet um den Besuch von Ingo Müller-Engelhardt. Dieser Kerl ist ein harter Brocken. Jetzt bleibt mir maximal eine halbe Stunde, um mir noch mal das neueste Urteil des Bundesfinanzhofs zum Thema Auslandsgeschäfte durchzulesen, mit dem ich mich zu meinem Glück bereits gestern eingehend beschäftigt hatte. Darin geht es nämlich genau um das, was Ingo Müller-Engelhardt vorhat: dubiose Geschäfte mit einer ihm nicht mal persönlich bekannten Firma in Indien.

Vor meiner Bürotür mache ich halt. *Caissy Sullivan – Steuerberaterin* steht auf dem Türschild. Mann, war ich stolz, als ich den in Plexiglas eingefassten Schriftzug vor knapp sieben Jahren zum ersten Mal las. Es ist, als wäre es eine Ewigkeit her. Wer wohl in dieses Büro einzieht, wenn ich hier weg bin? Mit dem Ellenbogen drücke ich die Klinke hinunter, trete ein und stoße die Tür mit dem Po hinter mir zu.

Auf dem gläsernen Schreibtisch am Ende des großzügigen Raumes stelle ich die Tasse ab und lege meine Lederhandtasche auf den Rollcontainer.

Ich blicke aus dem Fenster. Über den Dächern der Münchner Innenstadt ist es bewölkt. Doch ich hoffe, die Sonne kommt nachher raus. Ich hänge den Trenchcoat an den Haken neben der Tür und setze mich. Dann fahre ich den Computer hoch und öffne die Website des Immobilienmaklers, der mir meine zukünftige Kanzlei vermittelt hat. So viel Zeit muss sein. *Reserviert* prangt in Großbuchstaben über der Anzeige und mein Herz hüpft vor Freude. Seit dem Studium an der Ludwig-Maximilians-Universität habe ich von einer eigenen Steuerkanzlei geträumt und nun wird dieser Traum Wirklichkeit. Endlich! Der Steuerberater, der die Kanzlei samt Mandanten verkauft, ist zwar erst achtundfünfzig, doch er möchte von nun an das Leben genießen und mit seiner Ehefrau nach Madeira auswandern, wie er mir berichtet hat. Ein Lächeln breitet sich auf meinem Gesicht aus, als ich daran denke, dass ich mich gegen drei andere Bewerber durchgesetzt habe.

Die Büroräume haben zwar nur knapp siebzig Quadratmeter, aber ich hätte mir ohnehin keine größeren Räumlichkeiten leisten können. Der Preis ist unschlagbar und die fantastische Lage an der Isar unglaublich. Das Geld, das Mutter für mich seit meiner frühesten Kindheit zurückgelegt hat, reicht für den kompletten Kaufpreis. Nur für die Einrichtung muss ich ein Darlehen aufnehmen, was laut meines Bankberaters ein Klacks ist. Zufrieden grinse ich in mich hinein, nehme einen Schluck des dampfenden Kaffees und lehne mich zurück.

Schon am Freitag ist der Notartermin und im Anschluss werde ich direkt hier kündigen. Noch weiß niemand in dieser Kanzlei etwas davon. Nur vor Andrea, meiner Büronachbarin, habe ich es angedeutet.

Ich atme tief durch. Eine wohlige Wärme breitet sich in mir aus und ich schließe die Augen. Ich sehe mein zukünftiges Büro klar vor mir. Direkt vor dem lichtdurchfluteten Fenster mit Blick auf die Isar steht der höhenverstellbare Schreibtisch in schlichtem Weiß ...

Die eindringliche Melodie des Telefons reißt mich aus meinen Gedanken. Ich öffne die Augen und nehme ab.

»Sullivan«, melde ich mich und nippe erneut am Kaffee.

»Guten Tag, hier spricht Mr Ryan aus Greenkenny«, meldet sich eine freundliche, aber ernste Stimme auf Englisch.

»Greenkenny? Nie gehört«, antworte ich in seiner Sprache. Ich runzle die Stirn.

»Ich rufe aus Irland an«, erklärt er. »Dem Geburtsland Ihrer Mutter.«

Woher weiß dieser Mann, wo Mutter geboren wurde?

Auf dem Bildschirm poppt die Outlook-Erinnerung auf, dass der Termin mit Ingo Müller-Engelhardt in fünfzehn Minuten ansteht. Energisch klicke ich das Fenster weg.

»Ich bin Nachlassverwalter, Miss Sullivan.« Er räuspert sich und es herrscht kurz Stille in der Leitung. »Es tut mir leid, ich muss Ihnen eine traurige Nachricht überbringen. Ihr Großvater John Sullivan ist gestorben.«

»Mein was?« Ich richte mich kerzengerade auf. Um Himmels willen, was erzählt dieser Mr Ryan da?

»Ihr Großvater! Der Vater Ihrer Mutter.«

»Meine Großeltern sind seit langem tot. Das muss ein Missverständnis sein.«

Es kann gar nicht anders sein. Außerdem hieß mein Großvater nicht John. Oder doch? Verdammt, ich erinnere mich nicht.

»Sind Sie nicht Miss Caissy Sullivan?«

»Doch ... doch, die bin ich«, stottere ich. Auch wenn ich mir nach wie vor sicher bin, dass das alles ein großer Irrtum sein muss, ist dieser Anruf dermaßen kurios, dass ich zunehmend nervöser werde. Angespannt trommle ich mit den Fingern auf die Schreibtischplatte.

»Dann handelt es sich definitiv um ihren Großvater«, bleibt er beharrlich bei seiner Aussage. »Ihre Mutter hieß Maggie?«

Er hat recht, doch ich kann und will ihm nicht glauben. »Hören Sie Mr ...«, setze ich an, umwickle mit dem Finger eine meiner Locken und presse den Telefonhörer an die Ohrmuschel.

»Ryan.«

»Hören Sie Mr Ryan ... hier muss sich jemand einen üblen Scherz erlaubt haben.«

Warum habe ich das nicht auf Anhieb durchschaut? Erleichtert über meinen Geistesblitz atme ich auf und blicke durch das bodentiefe Fenster zu den beiden Türmen der Frauenkirche hinüber. Die Sonne lugt zwischen den Wolken hervor und ich warte darauf, dass Mr Ryan das Missverständnis aufklärt. Bestimmt lacht er gleich lauthals los und erzählt mir, dass er gar kein Nachlassverwalter ist und alles ein großer Spaß von wem auch immer ist.

»Ich scherze nicht, Miss Sullivan. Die Aktenlage täuscht uns nicht.« Er betont mit seiner durchdringenden Stimme jedes Wort, als wäre ich schwerhörig. »Ihr Großvater ist gestorben. Daran besteht kein Zweifel. Er hat Sie namentlich in seinem Testament erwähnt.« Mr Ryan nennt wie zum Beweis mein Geburtsdatum und das von Mutter.

Okay. Er scheint es tatsächlich ernst zu meinen. Ich halte die Luft an. Dieser Mann behauptet also wahrhaftig, dass mein bis dato unbekannter Großvater tot ist. Hitze steigt in mir auf. Kurzerhand greife ich nach einem Notizblock und wedle damit hektisch vor dem Gesicht herum. Ich fasse es nicht!

Habe ich eben dazu tendiert, Mr Ryans Anruf ins Lächerliche zu ziehen, rast mein Herz nun im Galopp und vor mir türmt sich ein Berg von Fragen auf. Ich schlucke. Ist mein Großvater nicht gestorben, als Mutter im Teenageralter war, wie sie mir erzählt hat? Warum hat sie ... warum ...? Bestimmt hat sie nicht gewusst, dass er noch am Leben war. So muss es sein. Niemals hätte sie mich belogen.

»W... was ist mit meiner Großmutter?«, stammle ich.

»Sie ist schon viele Jahre vor ihrem Großvater gestorben.«

Genau das erzählte Mutter mir auch.

»Woher haben Sie überhaupt meine Telefonnummer?«

»Der Name Caissy Sullivan ist in Deutschland nicht allzu oft vertreten.«

Damit hat er zweifellos recht.

Es klopft an der Tür und meine Sekretärin steckt den Kopf herein. »Ihr Termin ist da«, flüstert sie.

Meine Armbanduhr zeigt zehn nach acht. Ich verdrehe die Augen und deute auf den Hörer. »Komme gleich«, forme ich mit den Lippen und versuche, mich wieder auf das Telefonat zu konzentrieren, was aufgrund der sich drehenden Gedankenspirale in meinem Kopf kaum möglich ist.

Ich klemme den Telefonhörer zwischen Ohr und Kinn und greife nach Mutters Fotografie, die in einem schwarzen Rahmen auf dem Schreibtisch steht. Wie gern würde ich sie fragen, ob sie diese Nachricht genauso wie mich überraschen würde. Liebevoll streiche ich über ihre Wangen, die sich hinter dem Glas unangenehm kühl anfühlen. Dabei rutscht mir der Notizblock aus der anderen Hand und segelt auf das Parkett.

»Miss Sullivan? Hallo? Sind Sie noch am Apparat?«

Ich schiebe die Unsicherheit, die meinen ganzen Körper einzunehmen scheint, energisch beiseite. Ich muss jetzt einen klaren Kopf bewahren und genau zuhören, was Mr Ryan mir zu sagen hat.

»Ja, ich bin noch dran. Bitte sprechen Sie weiter.«

»Die Testamentseröffnung ist in zweieinhalb Wochen.«

»Hat mein Großvater ...«, wie absurd sich dieses Wort aus meinem Mund anhört, »... ich meine, hat er ... hat er mich denn überhaupt in seinem Testament bedacht?«

»Wie gesagt, er hat Sie erwähnt. Aber über die Details sprechen wir, wenn Sie hier sind. Ich freue mich, Sie auf der Beerdigung am Freitag kennenzulernen. Ich gebe Ihnen kurz den Ort, Uhrzeit und ...«

»Freitag?«, unterbreche ich ihn entsetzt. »Das geht nicht.« Unmöglich kann ich am Freitag in Irland sein.

Schließlich findet da der Termin statt, auf den ich nahezu mein komplettes Berufsleben lang hingefiebert habe.

2

Caissy

Um kurz nach elf gehe ich ins Bett. Ich ziehe die Daunendecke bis zu den Schultern und versuche abzuschalten. Doch ich kann nicht einschlafen. Wie gerne würde ich jetzt mit Mutter sprechen und ihr von den aufwühlenden Ereignissen des Tages berichten. Gerade heute fehlt sie mir besonders. Seit sie nicht mehr da ist ... Ich kralle meine Finger in die Bettdecke. Fünfzehn Jahre ist das schon her. Unfassbar, wie die Zeit vergeht. Sie hat all das nicht mehr miterlebt, was ich so gern mit ihr geteilt hätte: meine Volljährigkeit, das Bestehen der Führerscheinprüfung und mein Studium. Sie weiß nicht einmal, dass ich jetzt als Steuerberaterin tätig bin. Und sie hat mich nie in meiner ersten eigenen Wohnung besuchen können. Ob sie wohl all meine Schritte von oben aus mitverfolgt hat? Ob sie mit allem einverstanden gewesen wäre? Ganz sicher. Schließlich hatte sie mir stets zu verstehen gegeben, dass alles, wofür ich mich entscheide, richtig sei, sofern ich dahinterstünde. Niemand auf der Welt habe je das Recht, mir meinen Weg vorzugeben. So war ihre eindeutige Meinung.

Ich erinnere mich noch gut daran, wie sie mir erzählte, warum sie Irland schon vor meiner Geburt den Rücken gekehrt hatte. Offensichtlich sah sie nach dem frühen Tod ihrer Eltern in München bessere Chancen für sich als Alleinerziehende. Dort hatte sie vor knapp zweiunddreißig Jahren ein großartiges Jobangebot bei einer internationalen Softwarefirma bekommen, die schon damals für ihre Angestellten eine betriebliche Kindertagesstätte bieten konnte. Augenscheinlich erhielt sie eine Sondergenehmigung, da sie Vollwaise war. War die Arbeitsstelle in Deutschland wirklich der Grund, warum sie ihre Heimat verlassen hatte? Mittlerweile hege ich Zweifel daran. Je mehr ich in den vergangenen Stunden darüber nachgedacht habe, desto weniger glaube ich, dass sie die Wahrheit gesagt hat. Sie muss doch gewusst haben, dass ihr Vater noch gelebt hat. Aber warum hat sie mir diese Geschichte aufgetischt?

Während die Gedanken in meinem Kopf kreisen, nicke ich ein. Dann wache ich wieder auf und bin schweißnass. Der Vollmond scheint durch das Fenster und blendet mich. Völlig übermüdet schiele ich auf den Wecker. Es ist zwei Uhr dreißig. Erneut denke ich an den Vormittag und lasse das Telefonat mit Mr Ryan Revue passieren. Unruhig wälze ich mich in den Laken. Plötzlich halte ich den Atem an und eine fast vergessene Erinnerung kommt in mir hoch. Kurz nach Mutters Tod erhielt ich den Anruf eines Mannes, der behauptete, mein Großvater zu sein. Meine Güte, wie konnte ich das nur so weit von mir schieben, dass es mir erst jetzt wieder eingefallen ist? Ich hatte ihn damals gar nicht richtig zu Wort kommen lassen. Ich hielt ihn für einen durchgeknallten Spinner oder gar Erbschleicher. Welchen Grund hätte ein wildfremder Mann sonst direkt nach ihrem Tod gehabt, mich zu kontaktieren, dachte ich mir damals. Ich hatte ihm damit gedroht, die Polizei zu verständigen, sollte er mich nicht in Ruhe lassen. Danach hörte ich nie wieder etwas von ihm. War das etwa tatsächlich mein Großvater gewesen?

Ich seufze. Mein Leben lang habe ich von intakten Familienverhältnissen geträumt. Wie gerne hätte ich meinen Vater kennengelernt, mit dem Mutter im Urlaub nur eine einzige Nacht verbracht hat. Eine, in der ich entstanden bin. Hätte sie sich beim Abschied doch nur nach seiner Adresse erkundigt, dann hätte sie sich nicht solche Mühe geben müssen, mir die komplette Familie in einer Person zu sein. Was ohnehin nicht nötig gewesen wäre, denn offenbar war unser letzter Verwandter bis vor Kurzem noch am Leben.

Ich setze mich im Bett auf und knipse die Nachttischlampe an. Gähnend halte ich mir die Hand vor den Mund und reibe mir die Müdigkeit aus den Augen. Ich schlüpfe in die Plüschpantoffeln, die ordentlich nebeneinander vor dem Bett auf mich warten. Dann schnappe ich mir den Morgenmantel, der über dem Stuhl am Schminktisch hängt, und kuschle mich hinein. Mit schweren Beinen schlurfe ich über den flauschigen Teppich und verlasse das Schlafzimmer. In der Küche trinke ich ein Glas Wasser. Dann steuere ich die Schublade mit den Süßigkeiten im Wohnzimmer an und hole die letzte Tafel Karamellschokolade heraus. Auf der Couch mache ich es mir damit gemütlich, scrolle durch die neuesten Artikel der Tagesschau und habe die Schokolade innerhalb kürzester Zeit verputzt. Erschrocken über meine Gier knülle ich die Alufolie zu einem Ball und zerreiße das Papier in kleine Stücke. Beides stopfe ich in den Mülleimer in der Küche. Es ist, als hätte die Schokolade nie existiert.

Zurück im Schlafzimmer öffne ich den nostalgischen Holzkleiderschrank, den ich von Mutter geerbt habe. Er ist das einzige alte Möbelstück in meiner Wohnung. Auf Zehenspitzen versuche ich, die Blechkiste im oberen Regalfach zu greifen. Sie ist zu weit hinten. Mehrmals springe ich nach oben, bis ich sie schließlich in den Händen halte. Ich setze mich damit zurück aufs Bett. Liebevoll streiche ich über die mit Blumenmuster bedruckten Seitenwände. Sie ist mein größter Schatz. Es ist Jahre her, dass ich sie geöffnet habe. Auf der Oberseite liegt trotz des Lagerplatzes im Kleiderschrank eine dünne Staubschicht. Behutsam streife ich sie mit den Fingern ab, lege den Deckel auf die Matratze und krame nach dem Stammbuch. Schließlich entdecke ich es zwischen einigen Babyfotos und der Karte, die nach meiner Geburt am Krankenhausbettchen hing. Langsam blättere ich durch die Seiten, lese Wort für Wort, komme aber zu keiner neuen Erkenntnis. Ich drehe und wende das mit Samt überzogene Buch, in der Hoffnung, dass es irgendeinen weiteren Hinweis ausspuckt. Dann lege ich es zurück. Ich finde auch Mutters Auszug aus dem irischen Geburtenregister, auf dem erwartungsgemäß die Namen ihrer Eltern, John und Lea Sullivan vermerkt sind. Ich entdecke auf der Urkunde nichts, was mir nicht schon bekannt gewesen wäre. Auch dass ihr Geburtsort in Beaufort war, wusste ich längst. Ganz unten in der Kiste finde ich mein Babyarmband. Heute würde ich es nicht mal um zwei meiner frisch manikürten Finger bekommen, so winzig ist es.

Ob ich jemals selbst Kinder haben werde? Seit der gescheiterten Beziehung mit Tim glaube ich nicht mehr daran. Unsere ständigen Streitigkeiten wurden zuletzt unerträglich. Er war Mr Super-Perfekt und ich sollte mich ändern. Ich war ihm zu verkopft, zu unnahbar, zu steif ... zu was weiß der Kuckuck noch alles. Okay, ich geb's ja zu, vielleicht hatte er ein wenig recht mit seinen Vorwürfen, aber was hätte ich denn tun sollen? Es fällt mir nun mal noch immer unheimlich schwer, die Kontrolle abzugeben. Traurig senke ich den Kopf. Ich hole tief Luft und lege die Hand auf meinen Brustkorb. Eine liebevolle Umarmung wäre jetzt schön. Eine Schulter, an die ich mich anlehnen könnte, und starke Arme, die mich einfach nur einen Moment lang halten würden.

***

In der Kanzlei gebe ich mir die größte Mühe, die sich ewig kreisenden Gedanken der Nacht zu ignorieren, was kaum möglich ist. Ein Mandant, mit dem ich soeben eine halbe Stunde diskutiert habe, verlässt das Büro und schließt die Tür hinter sich. Ein Wunder, dass ich bei dem Gespräch halbwegs klar denken konnte.

Ich atme tief durch. Mein Blick fällt auf den Tischkalender und natürlich auf den Freitag. Mein Bauch zieht sich schmerzhaft zusammen. Ich kann den Notartermin nicht absagen. Schließlich handelt es sich hierbei nicht um ein aufschiebbares Vorhaben wie etwa einen unliebsamen Zahnarztbesuch, sondern, ich möchte fast behaupten, er ist richtungsweisend für mein zukünftiges Berufsleben. Aber genauso wenig kann ich von der Beerdigung meines Großvaters fernbleiben. Das gehört sich einfach nicht. Egal ob ich ihn kannte oder nicht. Doch ich muss mich wohl entscheiden. Ich stecke gewaltig in der Klemme.

Zwischen zwei weiteren Mandantenterminen greife ich kurzentschlossen zum Hörer, weil mich die Fragen in meinem Kopf schier verrückt werden lassen. Nach zweimaligem Läuten bin ich mit dem Büro des Nachlassverwalters verbunden. Die freundliche Dame an der Vermittlung leitet mich unverzüglich weiter.

»Miss Sullivan, schön, von Ihnen zu hören«, meldet sich Mr Ryan.

»Guten Tag. Entschuldigen Sie bitte, wenn ich störe.«

»Sie stören keineswegs. Was kann ich für Sie tun?«

»Ihr Anruf gestern kam sehr überraschend.«

»Das kann ich mir denken.«

»Sagen Sie ... wissen Sie, warum ich erst nach Großvaters Tod von seiner Existenz erfahren habe?«

Es herrscht eine Pause. Kurz halte ich die Luft an, um meine Anspannung zu unterdrücken.

»Tut mir leid, Miss Sullivan. Das kann ich Ihnen nicht beantworten. Auch ich habe erst durch Johns Brief und sein Testament von Ihnen erfahren.« Er nennt ihn John. Dann muss er ihn näher gekannt haben.

»Aber es gibt doch sicher irgendjemanden in Greenkenny, dem mein Großvater von seiner Familie erzählt hat und der mir Antwort geben kann.«

»Ich fürchte, da kann ich Ihnen nicht weiterhelfen. Ich kannte Ihren Großvater wirklich gut. Wir haben jede Woche zusammen *Twenty-Five* gespielt und das eine oder andere Guinness dabei geleert. Doch selbst ich war stets fest davon überzeugt, dass er weder Kinder noch Enkel hatte. Ich glaube, mit dieser Annahme war ich nicht alleine.«

Hatte ich zuvor noch Zweifel, ist mir nun klar, dass ich nach Irland fliegen und der Sache auf den Grund gehen muss. Auf den Grund gehen will. Zum einen bin ich es meinem Großvater schuldig, dass ich mich zumindest von ihm verabschiede, wenn ich ihn schon nicht persönlich gekannt habe. Außerdem nagt das schlechte Gewissen an mir, dass ich ihn nach seinem zaghaften Versuch, mich zu kontaktieren, so rüde habe abblitzen lassen. Zum anderen scheint es ein Geheimnis in meiner Familie zu geben und das muss ich lüften. Nie mehr könnte ich ruhig schlafen, geschweige denn in den Spiegel sehen, wenn ich nicht dorthin fliegen würde. Aber genauso wichtig ist der Notartermin. Ich werde beim Makler anrufen und um Verschiebung bitten. Erneut greife ich zum Hörer. Es wird alles gut werden. Ganz bestimmt.

»Guten Tag, Frau Sullivan«, begrüßt mich der Makler freundlich. »Na? Sind Sie schon aufgeregt vor dem großen Tag?«

Ich schlucke einmal kräftig und ignoriere seine Frage. »Ich habe eine Bitte«, komme ich stattdessen sofort zur Sache. »Aufgrund eines Todesfalls in meiner Familie muss ich den Termin am Freitag leider verschieben.« Obwohl meine Stimme fest klingt, ist die Anspannung in mir unerträglich. Ich wechsle den Hörer in die andere Hand und wische die schweißnasse an meiner Bundfaltenhose ab.

Zunächst ist es stumm in der Leitung. Dann vernehme ich, wie der Makler Luft holt. »Nun ... ich fürchte, wenn Sie den Termin nicht wahrnehmen können, ist der Deal geplatzt.«

»Wie bitte? Ich möchte doch nach wie vor kaufen.«

»Sicher, sicher«, pflichtet er mir bei. »Allerdings hat der Kanzleibesitzer, Herr Wüllenweber, strikt gefordert, dass er seine Kanzlei nur an eine zuverlässige Person verkaufen will. Wenn jemand den vorgeschlagenen Termin nicht annimmt, ist dies für ihn leider ein K.-o.-Kriterium und Indiz für Unzuverlässigkeit.«

Das Blut rauscht in meinen Ohren und ich presse die Lippen aufeinander.

»Er befürchtet bei derartigen Aussagen wie Ihrer, dass der Käufer nur Zeit schinden will und deshalb fadenscheinige Ausreden auftischt.«

So hätte ich den Kanzleibesitzer gar nicht eingeschätzt, aber Äußerlichkeiten können offensichtlich täuschen. »Kann man da gar nichts machen?«, frage ich flehend.

»Leider nicht«, sagt er bestimmt. »Hören Sie, Frau Sullivan, wenn Ihnen die Kanzlei wirklich wichtig ist, werden Sie sicher eine Lösung finden.«

»Ich habe keine Wahl, oder?«, stelle ich betrübt fest.

»Nein. Entweder Sie erscheinen am Freitag im Notariat oder Herr Wüllenweber wird an einen der anderen Interessenten verkaufen.«

Verzweifelt starre ich auf den besagten Tag im Kalender. Mist, was mache ich nun? Soll ich mich doch gegen die Beerdigung entscheiden?

Ich brauche Bedenkzeit. »Ich melde mich zeitnah wieder bei Ihnen. Ist das in Ordnung?«

»Ja sicher. Geben Sie mir bitte spätestens morgen Bescheid.«

Nach dem Gespräch bin ich wie in einer Schockstarre. Mein Brustkorb schmerzt und ich bin unfähig, mich zu bewegen. Krampfhaft suche ich nach einer Lösung und habe bald einen genialen Einfall. Ich könnte Freitag wie geplant zum Notartermin und kommende Woche in aller Ruhe nach Irland reisen. Möglicherweise ergibt es sogar mehr Sinn, mich ohne den Beerdigungstrubel von meinem Großvater zu verabschieden. Die Idee gefällt mir. Und nur weil ich nicht am Tag der Beisetzung dort erscheine, bedeutet das nicht, dass ich ihm nicht dennoch die letzte Ehre erweisen kann. Außerdem würde es in Greenkenny ohnehin niemanden interessieren, ob ich da bin oder nicht.

Kaum habe ich den Gedanken zu Ende gesponnen, meldet sich das schlechte Gewissen. *Du kannst das nicht tun. Es gehört sich nicht, die Beerdigung eines so nahestehenden Verwandten zu versäumen.* In meinem Kopf dreht sich alles und ich weiß nicht mehr, was richtig ist und was falsch. Ich muss mit jemandem sprechen. Sofort! Sonst drehe ich durch. Rasch suche ich nach Silkes Nummer in meinem Handy und baue die Verbindung auf. Es ist lange her, dass ich mich bei meiner Freundin gemeldet habe. Zu meiner Verteidigung muss ich sagen, dass ich in den vergangenen Monaten wegen der Suche nach einer Kanzlei echt viel um die Ohren hatte.

»Hallo, hier ist Caissy«, melde ich mich freundlich.

»Kennen wir uns?«, entgegnet sie spitz.

Zerknirscht wiederhole ich meinen Namen.

»Ach, Caissy ... nett, dass die Dame geruht, sich auch mal wieder zu melden.«

Ihr Tonfall klingt, als hätte ich mich Jahre nicht gemeldet. Dabei erinnere ich mich noch gut an unser Treffen kurz vor Weihnachten ... oder war es das im vorherigen Jahr?

»Wie geht‘s dir?«, frage ich kleinlaut.

»Bei mir ist alles in bester Ordnung ... und bei dir?« Die zurückhaltende Kälte in ihrer Stimme ist selbst durch die Leitung deutlich spürbar.

Ich räuspere mich. »Sag mal, wollen wir uns mal wieder treffen? Wir haben sicher viel zu bequatschen.« Eigentlich wollte ich sofort mit der Sprache herausrücken, was mir jetzt wie ein Ding der Unmöglichkeit vorkommt.

»Tut mir leid, Caissy. Ich habe kein Interesse. Da hättest du dich ein paar Jahre früher melden müssen.«

Ihre Worte schlagen auf mich ein wie ein Dutzend Ohrfeigen. Sie hat ja recht. Ich bin so eine unfassbare Idiotin. Das wird mir unweigerlich klar. Während des Fixierens auf meinen Job und des Trubels um die Kanzleisuche habe ich ihre Kontaktversuche tatsächlich immer wieder abgeblockt. Natürlich hatte ich es nicht böse gemeint. Ich hatte einfach so viel um die Ohren. Aber mir ist klar, dass ich meine Freundin damit schwer enttäuscht habe.

»Außerdem ist es momentan ziemlich ungünstig«, blafft sie und es knackt in der Leitung. Hat sie wirklich aufgelegt?

Sprachlos starre ich auf das Handydisplay. Ein Kloß bildet sich in meinem Hals. Ich beiße die Zähne aufeinander und schlucke hart.

3

Caissy

Akribisch falte ich das extravagante Etuikleid, das ich mir passend zu dem klassischen Kurzmantel in der angesagten Boutique am Isartor gekauft habe, und lege es in den Hartschalentrolley. Nicht dass ich nicht genügend dunkle Kleidung im Schrank hätte. Doch nichts davon erschien mir angemessen für Großvaters Beerdigung.

Beim Gedanken an die kommenden Tage bekomme ich Herzklopfen. Was wird mich in Irland erwarten? Wie ich unvorhersehbare Situationen hasse. Ich hoffe, ich bereue es nicht, dass ich den Notartermin abgesagt und mich stattdessen für die Reise nach Greenkenny entschieden habe.

Ich lege Jeans, Bluse und ein Seidennachthemd in den Trolley und schließe ihn, nachdem Toilettenartikel, Föhn und ein paar Wechselschuhe sorgfältig darin verstaut sind. Vorsorglich versehe ich den Koffer mit einem Zahlenschloss und schiebe ihn in den Flur.

Am nächsten Morgen hetze ich in aller Herrgottsfrühe mit dem Gepäck im Schlepptau von meiner Zwei-Zimmer-Wohnung zur S-Bahn Haltestelle *Fasanerie.*

Ich habe den ersten Flug gebucht, der heute den Dubliner Flughafen ansteuert. Mein Frühstück besteht aus einem Kaffee im Pappbecher, den ich mir bei *Barmüllers* in der Feldmochinger Straße gekauft habe.

Auf der knapp halbstündigen Fahrt nippe ich im Drei-Minuten-Takt an dem Getränk. Zwischendurch checke ich die E-Mails auf dem Handy, die im Kanzlei-Postfach eingegangen sind. Es ist Routine, dass ich sie jeden Morgen abrufe, bevor ich die Treppe zum Bahnsteig hinunterhaste. Ein entscheidender Nachteil in einer Millionenstadt wie München ist, dass die Wege ausnahmslos lang sind. Selbst für ein paar Kilometer braucht man mindestens eine halbe Stunde. Besonders schlimm ist es, wenn man im Feierabendverkehr unterwegs ist, eingequetscht zwischen genervten Berufspendlern, die entweder auf dem Weg nach Hause oder zum Einkaufen sind.

Der Flug vergeht dank der Wirtschaftsnews, die ich am Flughafen als Reiselektüre erstanden habe, zügig. Obwohl ich keine Flugangst habe, bin ich jedes Mal wieder erleichtert, festen Boden unter den Füßen zu spüren.

Die Fahrt mit dem Leihwagen empfinde ich dank des Linksverkehrs als absolut abenteuerlich. Vor allem in den mehrspurigen Kreisverkehren gerate ich ins Schwitzen.

Wenn es das Verkehrsaufkommen erlaubt und ich nicht krampfhaft die Straße fixieren muss, schaue ich nach draußen. Als ich die Autobahn verlasse, lädt mich die hügelige, mit Moos bedeckte Landschaft zum Träumen ein. Grüne Wiesen erstrecken sich bis zum Horizont und werden nur von vereinzelten Felsformationen und kleinen Wasserfällen unterbrochen. Warum haben Mutter und ich nie in Irland Urlaub gemacht? Schließlich sind wir doch beide Irinnen. Komischerweise hat es mich in den vergangenen Jahren nie hierhergezogen und ehrlich gesagt habe ich auch gar keinen Bezug zu diesem Land. Alles hier ist neu und fremd. Es fühlt sich nicht nach Heimat an, obwohl mir bei dieser traumhaften Landschaft beinahe die Luft wegbleibt. Im Herzen bin ich durch und durch Münchnerin. Soweit ich zurückdenken kann, ist die Großstadt mein Zuhause und es gab nur Mutter und mich. Und mit Sicherheit war mein Vater kein Ire. Nachdem mein Haar nicht so rot ist, wie das vieler irischer Frauen, sondern die Blondtöne darin deutlich überwiegen, könnte er prinzipiell aus beinahe jedem Land der Welt kommen.

***

Bis eben hat es noch in Strömen geregnet. Die Luft riecht angenehm frisch. Die Wiese neben Großvaters Grab ist matschig. Ständig versuche ich verzweifelt, die Beine so zu positionieren, dass ich mit meinen High Heels nicht im Schlamm versinke. Es erscheint nahezu unmöglich.

Förmlich schüttle ich einem älteren vollbärtigen Mann die Hand und zwinge mich zu einem Lächeln. Sein Händedruck ist fest und er sieht mich mit verzerrtem Gesichtsausdruck an. Im Anschluss spricht mir eine gepflegte Dame in den Sechzigern ihr Beileid aus.

Dabei zuckt sie nervös mit den Augenlidern. Ihre betrübte Miene geht mir durch und durch. Mir wird schwer ums Herz. Es scheint, als erlebte ich gerade ein Déjà-vu. Schon einmal musste ich als einzige Hinterbliebene eine Flut von Beileidsbekundungen bewältigen. Bei Mutters Beerdigung war ich erst siebzehn und völlig unsicher. Damals war ich wie gelähmt gewesen und die Panik in mir, wie ich es fortan ohne ihre Unterstützung schaffen sollte, war kaum auszuhalten.

Ich schenke der Frau, die meine Hand fest umschlossen hält, einen freundlichen Blick und wende mich dem nächsten Trauergast zu. Das Händeschütteln nimmt kein Ende. Ich ahne allmählich, wie beliebt Großvater gewesen sein muss.

Zwischendurch sehe ich erst verstohlen auf meine Armbanduhr und dann auf die Schlange, die sich von der Mauer des Klosterfriedhofs bis zum Grab gebildet hat. Ich reibe mir die feuchten Hände an meinem Mantel ab.

In knapp dreißig Minuten wäre der Notartermin gewesen. Ich ziehe tief Luft durch die Nase und beiße mir auf die Unterlippe. Mit dem verpassten Termin ist nicht nur mein Großvater, sondern vorläufig auch der Traum der eigenen Kanzlei gestorben. Doch ich bin mir sicher, Mutter hätte niemals den Kauf einer Steuerkanzlei vor die Beerdigung eines Familienangehörigen gestellt. Wobei wir niemals einen Verwandten gemeinsam beerdigt hatten. Allerdings hätte sie mir gesagt, dass alles im Leben seinen Sinn hat und bestimmt demnächst eine noch besser zu mir passende Kanzlei auf mich wartet. An diesen Gedanken klammere ich mich fest wie an einen Rettungsring.

Ich mustere die Trauergäste, die in Grüppchen zusammenstehen und hinter vorgehaltener Hand flüstern. Unauffällig rücke ich den schwarzen Hut zurecht, der mein Gesicht zur Hälfte mit einem Netzschleier bedeckt. In meinem schicken Outfit komme ich mir absolut fehl am Platz vor. Wie konnte ich mich nur dermaßen aufdonnern? Kein Wunder, dass eine ältere Frau mit lockigen Haaren und Sommersprossen mich abschätzig mustert, als wäre ich eine Schaufensterpuppe. Ich bin so eine Idiotin. Die meisten Bewohner dieser irischen Kleinstadt tragen schlichte, dunkle Kleidung, die wahrscheinlich schon jahrelang in ihren Schränken hing, aber für den heutigen Anlass auf diesem schlammigen Friedhof schlichtweg ihren Zweck erfüllt. Mein Blick streift das Friedhofstor. Am liebsten würde ich verschwinden, einfach davonrennen und meinem Großvater an einem stillen Ort gedenken.

Die Menschen hier wirken vertraut miteinander und die Bindung, die zwischen ihnen herrscht, ist spürbar. Je länger ich hier stehe, desto bewusster wird mir, dass ich nicht hierhin gehöre. Vielmehr noch: Ich gehöre nicht dazu. Und es versetzt mir einen Stich. Ich bin mit niemandem, absolut niemandem, derart verbunden. Mein Mund ist staubtrocken. Ein wehmütiges Gefühl macht sich in mir breit. Die nächste Beileidsbekundung kostet all meine Kraft. Vor allem, weil ich in einer Tour an den Tag denke, an dem Mutter beerdigt wurde und sämtliche Erinnerungen an diesen schwarzen Tag mit einem Schlag wieder präsent sind. Meine Hände zittern und ich hoffe, der Trauergast bemerkt es nicht.

Der Wind pfeift mir unter den Mantel, aber ich wage nicht, ihn weiter zuzuknöpfen. Warum habe ich keinen

Schal mitgenommen? In München war es bereits frühsommerlich warm, doch hier hängt die trübe, schwere Luft über den Gräbern. Meine Füße fühlen sich an wie Eisklötze und die Kälte zieht über die Beine bis in meinen Rumpf.

Aus dem Augenwinkel heraus schiele ich auf Großvaters schwarz eingerahmtes Profilfoto in Übergröße, das auf einer hölzernen Staffelei neben dem Grab aufgestellt ist. Mit seinem grau melierten Vollbart und den strahlenden Augen sieht er absolut sympathisch aus. Ob wir gut miteinander ausgekommen wären?

Ich denke zurück an die wenigen Tage, die mir vor der Beerdigung geblieben sind. Nichts habe ich herausgefunden, was erklären könnte, weshalb Mutter ihn zeit ihres Lebens verschwiegen hatte. Nicht den kleinsten Anhaltspunkt. Ein Kloß steigt in meinem Hals auf und mein Herz zieht sich zusammen. Doch ich bewahre Haltung und lasse mir nicht anmerken, dass in mir völliges Chaos herrscht. Die Gedanken um das immer wiederkehrende *Warum* wirbeln wie im Schleudergang einer Waschmaschine durcheinander. Ich beiße mir auf die Unterlippe, schüttle weiter tapfer Hände und betrauere den Tod eines Unbekannten.

Abseits, unter den Bäumen, entdecke ich einen grauhaarigen Mann in einem abgetragenen Sakko, der auf den Boden starrt. Es scheint, als würde er mit sich sprechen. Ob er hier genauso fremd ist wie ich? Zumindest ist er ohne jegliche Gesellschaft.

Nach unendlich vielen Beileidsbekundungen verlassen die Trauergäste nacheinander den Friedhof und ich bleibe alleine zurück. Auch der grauhaarige Mann steuert mit gesenktem Kopf auf den Friedhofsausgang zu.

Eine Frau um die siebzig, deren kurze, stämmige Beine in enge Halbschuhe gepresst sind, humpelt einige Meter hinter ihm her.

»Conor!«, ruft sie.

Er scheint völlig in Gedanken versunken zu sein und reagiert nicht auf sie.

»Warte«, versucht sie erneut, den Mann auf sich aufmerksam zu machen. Nachdem er unbeirrt weitergeht, ohne sich nach ihr umzudrehen, bleibt sie kopfschüttelnd stehen, holt ein Taschentuch aus ihrer schwarzen Handtasche und schnäuzt hinein.

Ich wende meine Aufmerksamkeit von ihr ab und stöckele näher an das tiefe Erdloch heran. Beklommen sehe ich auf den Sarg hinab, der mit einem Kranz und unzähligen Blumen bedeckt ist. Krampfhaft versuche ich, ein Gefühl für meinen Großvater aufkeimen zu lassen. Ruhig atmend spüre ich in mich hinein. Doch da ist nichts. Rein gar nichts. Auch wenn die Emotionen heute mit mir Achterbahn fahren, sehe ich in Großvaters Bild nicht mehr als ein fremdes Gesicht ohne Leben. Ich empfinde nicht den kleinsten Funken von Trauer. Verdammt, das macht mir wirklich zu schaffen. Dieser Mann war schließlich mein Großvater, mein einziger übrig gebliebener Verwandter. Bin ich wegen meines Berufes so gefühlskalt? Jeden Tag jongliere ich Unmengen von Zahlen. Ich tue alles für das Wohl meiner Mandanten, helfe ihnen, Steuern zu sparen, wo es nur möglich ist. Oder liegt es daran, dass ich mich schon fast mein halbes Leben ohne meine Mutter durchschlagen musste? Ich schiebe meine Ungerührtheit auf die Tatsache, dass ich diesen Menschen dort unten im Sarg nicht gekannt habe. Nun mit aller Gewalt Tränen hervorzupressen, ist unmöglich.

Erneut betrachte ich die Fotografie und lege den Kopf schief. Ist das Grübchen neben Großvaters rechtem Mundwinkel nicht das Gleiche, das Mutter hatte, wenn sie lächelte? Wie es sich wohl anfühlen würde, ihn zu umarmen und seinen vollen Bart an meiner Wange zu spüren? Je länger ich mir das Foto ansehe, desto mehr umhüllt mich trotz des schmuddeligen Wetters eine wohlige Wärme.

»Wir werden ihn vermissen, deinen Grandpa«, vernehme ich eine angenehme, tiefe Stimme.

Ich drehe mich um und sehe geradewegs in die blauen Augen eines breitschultrigen Kerls, der mir bisher nicht die Hand geschüttelt hat. An sein unwiderstehliches Lächeln würde ich mich definitiv erinnern. Im Gegensatz zu den restlichen Besuchern der Beerdigung senkt er den Altersschnitt um Jahre. Ich schätze ihn ungefähr so alt wie mich, maximal fünfunddreißig. Seine schulterlangen dunkelbraunen Haare wehen in sein Gesicht und lassen ihn mit seiner Lederjacke beinahe wie einen Rockstar aussehen. Komisch, ich habe ihn vorhin gar nicht wahrgenommen. War er überhaupt anwesend? Oder ist er eben erst aufgetaucht?

4

Mark

»Mein Beileid und ... sorry, wenn ich dich erschreckt habe«, sage ich zu der unbekannten Schönheit und fahre mir durch die Haare. Schon während des Gottesdienstes bin ich ständig an ihren rotblonden Locken kleben geblieben, die auf der harten Kirchenbank direkt vor mir auf und ab wippten, wann immer sie den Kopf drehte. Obwohl sie mit ihrem vornehmen Outfit auf mich wirkt, als könne ihr niemand etwas anhaben, erkenne ich doch eine gewisse Unsicherheit, wenn nicht sogar Zerbrechlichkeit in ihrem Blick.

Ich sehe auf die zierliche Lady hinab. Würde ich sie umarmen, läge ihr Kopf direkt an meiner Brust. Rasch wische ich den Gedanken beiseite. Doch mir entgeht nicht, wie sie mich eingehend mustert.

»Ich bin Mark, ich habe in der Karamellmanufaktur deines Grandpas gearbeitet.« Jetzt, wo ich es ausspreche, drückt es mir die Luft ab und ich atme schwer. Ich fühle mich wie gelähmt, wenn ich daran denke, dass mein alter Freund nicht mehr da ist.

»Nett, dich kennenzulernen«, sagt sie zögernd und streckt mir ihre Hand entgegen. Dann runzelt sie die

Stirn. »Anscheinend weiß jeder hier, dass ich seine Enkelin bin, nicht wahr?«

Ich zwinge mich zu einem Lächeln. »Na ja, schließlich bist du die einzige Fremde hier. Außerdem hat es sich längst herumgesprochen, dass du zur Beerdigung kommst.«

»So viel also zur Schweigepflicht von Nachlassverwaltern.« Sie rollt mit ihren faszinierenden grün schimmernden Augen. »Ehrlich gesagt kannte ich meinen Großvater überhaupt nicht«, fügt sie entschuldigend hinzu und wirkt bekümmert. »Ich wusste bis Anfang der Woche gar nicht, dass er bis vor Kurzem noch lebte.«

»Das ist bitter«, entgegne ich kaum hörbar.

»Und dass er eine Karamellmanufaktur betrieb, höre ich nun auch zum ersten Mal.« Sie fährt sich mit der Zunge über die Lippen, als würde sie den Geschmack der Karamellen darauf spüren.

Ich senke den Kopf und schiebe mit der Schuhspitze einen Kiesel an den Rand des Grabes. »Wir hier in Greenkenny wussten auch nichts von dir.«

Ich denke an den Moment, als Eilis mich vor ein paar Tagen anrief. Noch immer läuft es mir eiskalt über den Rücken, wenn ich mich an ihre zitternde Stimme erinnere, als sie mir in stockenden Worten von Old Sullivans Enkelin berichtete. Doch das, was mir schier die Sprache verschlagen hat, ist, dass sie all die Jahre von ihr wusste. Eigentlich hätte ich mich nicht darüber wundern sollen. Schließlich war sie seit Jahrzehnten seine Haushälterin. Schon bevor er die Karamellmanufaktur hier in Greenkenny eröffnete.

Nach dieser Nachricht habe ich mich kaum auf den Beinen halten können. Und noch immer fühlen sie sich weich und instabil an. Seitdem will die Tatsache einfach nicht in meinen Kopf, dass Old Sullivan seine Enkelin niemals vor mir erwähnt hatte. Immerhin war ich selbst für ihn wie ein Enkel. Und warum hatten die beiden keinen Kontakt zueinander?

Schweren Herzens denke ich an all das, was ich ihm zu verdanken habe. Er hat mich nicht nur in die Geheimnisse der Karamellherstellung eingeweiht, sondern vor allem war er ab meinem fünfzehnten Lebensjahr mein Zufluchtsort, wenn es im Heim Streit gab. Noch vor einer Woche haben wir zusammen Irish Stew gegessen, das er so gern mochte. Ich habe das Fleisch extra lange gekocht, weil er mit seinem Gebiss Mühe hatte, es zu kauen.

Meine Hand verkrampft sich und ich versuche, mich mit einem tiefen Atemzug zu entspannen. Jetzt kommt es auf die richtigen Worte an. Ich kratze mich am Kopf.

»Kommst du mit ins *McCafferty's*?«, frage ich schließlich. »Alle treffen sich dort und wir wollen ein letztes Mal auf deinen Grandpa anstoßen.«

»Ich weiß. Eine ältere Dame hatte es mir vorhin schon gesagt.« Sie zögert kurz und wirkt verunsichert. »Ja, ich komme mit«, entgegnet sie dann.

Gemeinsam steuern wir auf den Friedhofsausgang zu. Ich halte ihr das Tor auf. Als sie hindurchgeht, bleibt sie stehen und sieht mich an.

»Ich bin übrigens Caissy.«

»Dann auf in den Kampf, Caissy.«

Ein dankbares Lächeln huscht über ihre vollen Lippen.

***

Im Pub ist die Hölle los und ich verstehe mein eigenes Wort kaum, als ich mir mit Caissy den Weg durch die Menge bahne. Würde ich es nicht besser wissen, könnte man glatt annehmen, dass halb Greenkenny sich heute hier versammelt hat. Dementsprechend laut ist es. Die Trauergemeinde lacht, trinkt Guinness und Old Sullivans Lieblingswhiskey. Ich schmunzle und denke an meinen alten Freund, der sich seine Verabschiedung bestimmt genau so fröhlich gewünscht hätte. Kurz verharre ich und erinnere mich an unser Gespräch, als ich ihm mit knapp achtzehn Jahren voller Stolz mein erstes Tattoo auf dem Oberarm präsentiert hatte.

»Mein Junge«, hatte er damals mit besorgtem Ausdruck in seinen sonst so leuchtenden Augen gesagt, »nur weil du dir ein Schwert unter die Haut hast stechen lassen, schützt dich das nicht vor Verwundungen.« Dabei hatte er sanft über den geschwungenen Schriftzug *unverwundbar* gestrichen, der das Tattoo an der Unterseite abrundet. Und er hatte recht gehabt: Es hat mich nach seinem Tod nicht vor Schmerz und Trauer beschützt. Verdammt! Warum ist er nicht mehr da? Unauffällig wische ich mit dem Handrücken über meine feuchten Lider.

Ich nicke Eilis zu, die mit ihren faltigen Händen ein Stofftaschentuch aus ihrer Handtasche holt und hineinschnäuzt.

Während ich mir mit Caissy einen Weg zum Tresen bahne, wird es ruhiger und die Leute senken ihre Stimmen. Aus allen Ecken ertönen Storys über Old Sullivan.

Ich schnappe nur Wortfetzen auf. »Großartiger Kerl ... ein Jammer ... unvergessen.«

Sam, der abends im *McCafferty's* als Musiker auftritt, erhebt seine kräftige Stimme und verschränkt seine muskulösen Arme. »Einmal hat Old Sullivan mich enorm scharfe Chili-Karamellen probieren lassen. So schnell wie die in meinem Mund waren, hatte ich sie auch wieder ausgespuckt.«

Die Meute, die sich um den wuchtigen Stehtisch aus dunklem Holz versammelt hat, grölt.

Sofort hebt der vollbärtige, bis zum Hals tätowierte Padraig seinen nikotingelben Zeigefinger. »Mir hat er mal statt einer Cola ein Mineralwasser mit Sojasoße vorgesetzt. Ich sag's euch, mir war Stunden später noch speiübel.« Er reibt sich über das Schlangentattoo, das vom Kragen seiner Lederjacke halb verdeckt wird.

John und Sean schlagen sich auf die Schenkel, Sam und Padraig bestellen beim Kellner ein weiteres Guinness.

Sam wischt sich mit seinem karierten Hemdsärmel den Bierschaum ab. »Hey, du ...«, wendet er sich mit gedämpfter Stimme an Caissy, »dein Grandpa war wirklich sehr besonders. Wir haben ihn alle geliebt.« Dabei zeigt er auf Padraig, John und Sean, die eifrig nicken.

Auch Rose von der Greenkenny Horse Farm schenkt Caissy einen warmen Blick. Sie legt ihren Arm um die Schultern ihres Sohnes Tyler. »Bei uns war er ein gern gesehener Gast. Er brachte immer blendende Laune mit, wenn er uns besuchte.«

Caissy lächelt, doch es wirkt unecht. Ihr Brustkorb hebt und senkt sich sichtbar. Sie scheint nicht zu wissen, wie sie darauf reagieren soll. Schließlich kann sie schlecht entgegnen, dass sie ihn ebenfalls geliebt hat, zumal sie ihn nicht kannte.

Sam schiebt die Hemdsärmel nach oben und schlingt einen Arm um mich. »Aber am schlimmsten hat es unseren Jungen hier erwischt« Er lehnt den Kopf an meine Schulter. Mein Körper versteift sich. Auch wenn er recht hat, kann niemand hier ahnen, wie schwer Old Sullivans Tod mich tatsächlich getroffen hat. Und dass ich keine Ahnung habe, wie es ohne ihn weitergehen soll – mit der Manufaktur und meinem Leben. Old Sullivan war so viel mehr für mich als ein Arbeitgeber. Mir fehlen unsere abendfüllenden Gespräche und dass wir jederzeit füreinander da waren.

Ich ertrage die mitleidig schauenden Augenpaare um mich herum nicht. Energisch schiebe ich Sams Arm von meiner Schulter. »Lass mich. Ich komme schon klar.«

Ich wende mich von den Männern ab und deute auf einen freien Barhocker am Tresen. »Setz dich, Caissy. Möchtest du ein Bier?« Ich stelle mich neben ihren Hocker an die Bar und versuche, mich wieder zu sammeln.

»Nein, ein Wasser bitte.« Sie legt die Hände in den Schoß und knetet ihre Finger. »Ich muss nachher noch mit dem Auto zu meinem Bed & Breakfast fahren.«

»Bleibst du bis zur Testamentseröffnung?«, hake ich nach und bestelle die Getränke beim Kellner. Nebenbei baue ich aus ein paar Bierdeckeln ein Kartenhaus. Ich wage nicht, sie anzusehen, denn ich habe Angst vor ihrer Antwort. Noch immer hoffe ich, dass ich der Einzige bin, den Old Sullivan in seinem Testament bedacht hat. Schließlich waren wir ein Team und er würde mir doch niemals mein berufliches Zuhause, meine Lebensgrundlage nehmen.

»Die ist erst übernächste Woche.«

Das Kartenhaus stürzt ein und ich schiebe die Bierdeckel zur Seite. Sie kennt den Termin. Das hätte mir klar sein sollen. Im selben Atemzug versuche ich mir einzureden, dass sich alles regeln wird.

»Du sagtest vorhin, niemand hier hat bisher etwas von meiner Existenz gewusst?«

»Nein.« *Bis auf Eilis*, möchte ich sagen, beiße mir jedoch auf die Zunge. Ich muss selbst erst einmal damit klarkommen, dass sie all die Jahre im Bilde war und ich nicht. »Ich habe wirklich viel Zeit mit Old Sullivan verbracht, aber er hat dich nie erwähnt. Und deine Eltern, was ist mit denen?«, hake ich vorsichtig nach. Auch die hat er totgeschwiegen.

»Ich habe keinen Vater und ... meine Mutter ist tot ... schon lange.« Ein Schatten huscht über ihr Gesicht.

Augenblicklich bereue ich, dass ich danach gefragt habe. Schließlich hätte ich ahnen können, dass Caissy seine einzige Verwandte war. Sonst wären sie bestimmt auch hier. Ich ringe nach Worten. »Das ... tut mir leid.«

Ihre Lider zucken, als hätte ich meinen Finger in eine offene Wunde gelegt. Sie starrt mit leerem Gesichtsausdruck auf den Barkeeper, der ein Pintglas unter den Zapfhahn hält und es mit Guinness füllt.

5

Caissy

Seit Großvaters Beerdigung vergangene Woche kreisen meine Gedanken unaufhörlich um ihn und ich habe allergrößte Mühe, mich in der Kanzlei zu konzentrieren. Nervös wippe ich mit der Lehne des Bürostuhls vor und zurück und tippe mit dem Kugelschreiber auf die Schreibtischunterlage. Immer wieder sehe ich mich an Großvaters Grab stehen. Die Ereignisse wiederholen sich in meinem Kopf wie eine hängengebliebene Schallplatte. Als Kind hatten wir einen Plattenspieler und ich erinnere mich noch genau an das Kratzen und die unerträgliche wiederkehrende Melodie, wenn er hing.

In drei Minuten hat die Sopransängerin Ekaterina Sonka einen Termin bei mir. Seit ihrem Engagement an der Bayerischen Staatsoper haben sich ihre Einnahmen drastisch erhöht. Ich muss ihr heute klarmachen, dass sie mindestens fünfundzwanzig Prozent davon für die Einkommensteuernachzahlung zurücklegen sollte, die im kommenden Jahr auf sie zukommen wird. Nach dem Termin muss ich unbedingt das Chaos von Belegen und Rechnungen vor mir auf dem Schreibtisch sortieren. Eigentlich bin ich doch die Ordnung in Person.

Jetzt drängt sich Mark in meine Gedanken. Ich muss mir eingestehen, dass er mich von der ersten Sekunde an fasziniert hat. Nicht nur seine zuvorkommende Art, mit der er sich um mich gekümmert hat, als ich allein an Großvaters Grab stand, sondern auch sein verwegenes Lächeln hat mich in seinen Bann gezogen. Bei seiner rauen, angenehmen Stimme klopfte mein Herz ohne Vorwarnung eine Spur schneller. Jetzt, wo ich an ihn denke, pocht es wieder etwas lauter. Ich verbiete mir weitere Gedanken, verlasse mein Luftschloss und beuge mich seufzend nach vorne. Ich stütze die Ellenbogen auf dem Tisch ab und lege den Kopf in die Hände. In einer Woche ist die Testamentseröffnung. Welche Überraschungen werde ich dort wohl erleben?

Dann wandert mein Blick zu dem eingerahmten Foto meiner Mutter. Dieses strahlende Lächeln ... plötzlich wirkt es aufgesetzt. Ich balle die Hand zur Faust. *Wieso hast du es mir nicht erzählt?* Resigniert wende ich den Blick ab. Wie konnte sie mich nur für so dumm verkaufen und keine Miene verziehen, als sie mich anlog? Im gleichen Atemzug sehe ich ihr Bild erneut an und tadle mich im Geiste für meine negativen Gedanken. Sie muss einen triftigen Grund gehabt haben, weshalb sie mir Großvater verschwiegen hatte. Wenn ich nur wüsste, welchen.

Es klopft. Ich zucke zusammen. Meine Sekretärin öffnet die Tür und steckt den Kopf ins Zimmer.

»Frau Sullivan, Ihr Termin ist da.«

Schwungvoll rolle ich mit dem Drehstuhl zurück und nippe noch kurz am kalten Kaffee, der seit dem Morgen auf dem Schreibtisch steht. Einen prüfenden Blick in den Handspiegel und einem Lippenstiftstrich später schnappe ich mir die Akte von Ekaterina Sonka und verlasse damit das Büro. Ich eile den langen Gang entlang in Richtung des Konferenzraumes, vorbei an unzähligen Büros, hinter denen Besprechungen und bestimmt auch der eine oder andere Plausch abgehalten werden. Nebenbei richte ich den Kragen meiner weißen Bluse. Äußerlich gebe ich ein perfektes Bild ab. Niemand kann ahnen, welches Durcheinander tief in meinem Inneren herrscht.

Frederic Wagner, einer der Kanzleiteilhaber, läuft in einem dunkelblauen Designeranzug an mir vorbei. Ob er mich ebenso freundlich grüßen würde, wenn er von meiner beinahe stattgefundenen Kündigung wüsste?

Ich fokussiere mich auf den bevorstehenden Termin und lege mir die passenden Worte zurecht. Hoffentlich fordert Ekaterina Sonka nicht wie bei ihrem vergangenen Besuch, dass ich für sie erwirke, dass sie überhaupt keine Steuern in Deutschland zahlen muss. Manche Leute haben wirklich utopische Vorstellungen.

Meine High Heels klackern energisch bei jedem Schritt. Immerhin lassen sie mich größer und selbstbewusster wirken, auch wenn ich mich innerlich mickrig und klein fühle.

***

Heute ist die Testamentseröffnung und wie schon am Tag der Beerdigung habe ich den ersten Flieger am Morgen von München nach Dublin gebucht.

Mit halbstündiger Verspätung landen wir am späten Vormittag sicher auf dem Dubliner Flughafen. Ich sehne mich nach einem Bett. Heute Nacht habe ich kaum ein Auge zugetan. Auch im Flugzeug bin ich nicht eingenickt. Doch an Schlaf ist die kommenden Stunden natürlich nicht zu denken.

Mit dem Leihwagen verlasse ich den Flughafen und stehe sofort eine Viertelstunde im Stau. Als er sich endlich auflöst, fahre ich über die M 50 in Richtung Greenkenny. Mit einer Hand halte ich das Lenkrad und mit der anderen streiche ich ein paarmal über die Falten auf meinem zerknitterten Kostüm. Es war nicht besonders klug, mich schon zu Hause in Schale zu werfen.

Während der Fahrt grüble ich über den anstehenden Termin. Was wird mich in Greenkenny erwarten? Von Minute zu Minute werde ich nervöser. Meine Hände sind feucht und mit jedem zurückgelegten Kilometer klopft mein Herz lauter.

Nach einer knappen Stunde erreiche ich mein Ziel. Vor dem Backsteingebäude, in dem Mr Ryan sein Büro hat, parke ich den Leihwagen zwischen zwei mächtig aussehenden Weißdornbäumen und bin dank des Puffers, den ich mir ursprünglich für eine Essenspause reserviert hatte, pünktlich. Dafür knurrt mir jetzt der Magen.

Ich betrete das Haus und erreiche über geschwungene Holztreppen, die so prachtvoll wirken, als führten sie geradewegs in einen Ballsaal, den zweiten Stock. Hinter einem Holztresen sitzt eine Sekretärin, die mit ihrem strengen Dutt und der spitzen Nase aussieht, als wäre sie direkt einem Harry Potter-Film entsprungen. Ich schildere ihr mein Anliegen. Förmlich bittet sie mich, auf einem der Polsterstühle im Wartebereich Platz zu nehmen. Nervös sehe ich mich um. Außer mir ist kein weiterer Besucher hier. Ich schnappe mir einen der ausliegenden Vermögensratgeber. Gerade habe ich mich in einen interessanten Artikel eingelesen, da ruft mich die Sekretärin auf.

»Ich bringe Sie nun zu Mr Ryans Büro«, erklärt sie steif. Kaum hörbar, als hätte sie Angst, ihn zu stören, klopft sie und öffnet die Tür. »Miss Sullivan ist da«, kündigt sie mich im Flüsterton an.

Ich straffe den Rücken und trete ein. Äußerlich wird mir niemand meine Anspannung anmerken.

Der Nachlassverwalter sitzt mit dem Telefonhörer in der Hand hinter einem wuchtigen Holzschreibtisch, der aussieht, als stamme er aus einem Antiquariat. Bestimmt hat er ihn geerbt. So ein Möbelstück kann sich doch heutzutage kaum jemand leisten. Ein leicht modriger Holzgeruch steigt in meine Nase.

Er sieht auf und mustert mich durch die Gläser seiner Hornbrille. Automatisch zupfe ich an meinem Kostüm. Mit der Hand bedeckt er die Sprechmuschel des Hörers.

»Ich bin gleich so weit, bitte setzen Sie sich.« Er deutet auf einen der beiden Ledersessel vor seinem Schreibtisch und sieht dann vertieft in die Akten vor sich.

Ich nehme auf der kalten Sitzfläche Platz. Am liebsten würde ich die Hände unter meine Pobacken schieben. Doch das gehört sich nicht.

Faszininiert schweifen meine Blicke durch den imposanten Raum, bis hin zu den hohen Decken, die mit Stuck verziert sind. Riesige Gemälde mit mystischen Landschaften und alten Steingemäuern zieren die

Wände. Sie wirken beinahe furchteinflößend. Hier ist es fast so kühl wie in meinem Münchner Keller.

»Guten Tag, Miss Sullivan«, begrüßt Mr Ryan mich mit einem knappen Lächeln, nachdem er aufgelegt hat, und reicht mir die Hand.

»Guten Tag, Mr Ryan.«

Er sieht auf die Uhr und dann zur Tür.

Ob noch jemand kommt? Ein mulmiges Gefühl breitet sich in mir aus. Die Anspannung ist unerträglich. Ich falte die Finger ineinander und presse sie in den Schoss. Wie ich Ungewissheit hasse!

Ich lenke meine Aufmerksamkeit auf Mr Ryans Schreibtisch. Dort liegen, fein säuberlich sortiert, einzelne Schriftstücke und Aktenordner, die er in verschiedene Stapel aufgeteilt hat. Er blättert in dem, der direkt vor ihm liegt und sieht mich erneut an.

In dem Moment klopft es an der Tür. Die Sekretärin steckt den Kopf zur Tür herein. »Mr Foley ist da.«

Ich drehe mich um und starre in Marks blaue Augen. Gekleidet mit einer ausgewaschenen Jeans und einem Sakko spaziert er selbstbewusst durch den Raum, als gehörten Testamentseröffnungen zu seinem Tagesgeschäft.

Mir wird ganz warm und zugleich flau. Was will er hier? Warum ist er heute hierhin eingeladen worden? Ich meine ... er und Großvater ... sie waren doch nicht verwandt. Er hat für ihn gearbeitet, das hat er mir erzählt. Aber mehr doch nicht.

Förmlich schüttelt er Mr Ryan die Hand und wendet sich dann mir zu. »Hallo, Caissy.« Er hängt sein Sakko über die Lehne des freien Sessels und nimmt Platz. Lässig schlägt er ein Bein über das andere und schiebt die Ärmel seines Hemdes nach oben.

Ich grüße knapp zurück und zwinge mich, meine Aufmerksamkeit von seinen behaarten Unterarmen abzuwenden, die einen Teil eines Tattoos freigeben, das sich vermutlich bis zum Oberarm erstreckt.

»Nun, Miss Sullivan, Mr Foley ...«

Ich wage kaum zu atmen.

»Darf ich Ihnen einen Kaffee anbieten?«

Dieser Mann schafft es wirklich, die Spannung zu erhöhen.

»Gerne«, antworte ich so freundlich, wie es mir in dieser angespannten Situation möglich ist.

Mark nickt ebenfalls und Mr Ryan füllt Kaffee, der in einer Thermoskanne auf einem Tablett bereitsteht, in die Tassen.

»Milch?«, fragt er.

Mark nickt erneut.

»Ich trinke ihn schwarz«, entgegne ich.

Nachdem wir alle einen Schluck getrunken haben, streckt Mr Ryan seinen Rücken durch und räuspert sich. Nach der Einleitung und dem Vorlesen der vermutlich üblichen Floskeln eines Testaments kommt er bald zum spannenden Teil. Er fixiert erst mich und dann Mark.

»John Sullivans letzter Wille ist, dass ...«, sein Blick wandert erneut zwischen uns hin und her, »... Sie, Mr Foley, eine Summe in Höhe von einhunderttausend Euro erben.«

Ich schnappe nach Luft. Wie bitte? Warum vererbt Großvater einem Fremden so einen saftigen Geldbatzen? Nervös knete ich meine Finger und versuche, mir nicht anmerken zu lassen, wie schockiert ich bin. Gleichzeitig wird mir bewusst, dass ich im Grunde hier die Fremde bin und daher senke ich verunsichert den Kopf. Mein Gesicht fühlt sich binnen Sekunden glühend heiß an. Möglicherweise wurde ich nur der Form halber eingeladen, um zu erfahren, dass ich nichts erbe. Was auch nicht tragisch wäre. Schließlich kannte ich Großvater nicht. Wenn es sein größter Wunsch war, seinem Mitarbeiter sein Vermögen zu vererben, ist das völlig in Ordnung. Was mich nur wurmt, ist, dass Mr Ryans Offenbarung keinerlei Gefühlsregung in Mark ausgelöst hat. Er könnte doch zumindest ein klein wenig Freude zeigen. Stattdessen wirkt sein Gesichtsausdruck nahezu verbissen.

Mr Ryan sieht mich geduldig an. Offensichtlich wartet er, bis ich ihm wieder meine Aufmerksamkeit schenke. »Und Sie, Miss Sullivan ... Sie sind die Alleinerbin des restlichen Vermögens.«

Du meine Güte!

»W... was ... was bedeutet das genau?«, stottere ich. Meine Hände sind urplötzlich unangenehm feucht. Hat Großvater nicht bereits sein komplettes Geld an Mark vererbt?

Ich schiele zu ihm. Er wird blass um die Nase.

6

Caissy

»Sie haben die *Old Sullivan's Karamellmanufaktur* geerbt, einschließlich des Gebäudes mit der darüber liegenden Wohnung«, erklärt der Nachlassverwalter.

Mark springt auf. »Ist das Ihr Ernst?« Sein Kopf ist knallrot.

Mr Ryan nickt.

»Ich fasse es ...« Seine Stimme kippt. Er stützt sich am Schreibtisch ab und ich rechne schon damit, dass er vor meinen Augen zusammenklappt. Doch er bleibt standhaft.

Schlagartig wird mir klar, dass der Laden, in dem Großvater seine Manufaktur betrieb, offensichtlich nicht gemietet ist und er der Eigentümer war. Ich schlucke und versuche, Marks Gefühlsausbruch zu ignorieren. Jetzt geht es um mich und nicht um ihn.

»Ist alles schuldenfrei?«, hake ich nach. *Bitte bitte, lieber Gott, lass es so sein.* Ansonsten werde ich das Erbe ablehnen.

»Habe ich mich verhört?«, antwortet Mark anstelle des Nachlassverwalters in rauem Tonfall. »Dass ich nicht lache! Sie will wirklich wissen, ob alles schuldenfrei ist?«

»Bitte, Mr Foley, setzen Sie sich wieder«, ermahnt ihn Mr Ryan und wischt sich hektisch mit einem Papiertaschentuch die feuchte Stirn trocken.

»Wozu?« Mark ballt die Hände zu Fäusten und zwängt sie in die Hosentaschen. »Um mir anzuhören, wie ich von einem Tag auf den anderen nichts mehr wert bin?« Seine Augen trüben sich. Er muss mit einem deutlich höheren Erbe gerechnet haben. »Wenn das alles ist, was Sie mir zu sagen haben, würde ich jetzt gerne von hier verschwinden.«

»Wie Sie meinen, Mr Foley.« Mr Ryan sieht ihn zerknirscht an. »Sie müssten nur noch kurz hier unterschreiben.« Er deutet auf ein vorbereitetes Schriftstück.

Mark liest das Dokument nicht einmal durch, sondern unterschreibt es einfach. Wie leichtsinnig von ihm. Ohne sich von uns zu verabschieden, verlässt er anschließend den Raum und knallt die Tür hinter sich zu. Stampfende Schritte entfernen sich.

»Entschuldigen Sie bitte«, sagt Mr Ryan. »Wo waren wir stehengeblieben?«

Ich bemühe mich, Marks Worte zu verdrängen und konzentriere mich auf die Frage, die ich Mr Ryan gestellt habe. »Ich wollte wissen, ob alles schuldenfrei ist.«

»Ja ja, das ist es. Nicht nur das ... das Geschäft ist eine Goldgrube.«

Er betrachtet mein Kostüm, als könne er daran abschätzen, ob ich das Geld, das bei einem eventuellen Verkauf herausspringt, gebrauchen kann.

Vorsichtshalber hake ich nach. »Sie sagen also, dass ich ein komplettes Haus geerbt habe, inklusive eines gutgehenden Geschäftes?«

»So ist es.« Mr Ryan bückt sich zur Seite und öffnet eine Schublade. Er legt eine edle cremefarbene Pappschachtel vor mich auf den Schreibtisch. Das Muster darauf sieht fast so aus wie eine der vornehmen Tapeten, die bei *Reilhammer* in der Bettenabteilung die Wände der angedeuteten Schlafzimmer zieren. Nicht dass ich eines dieser sündhaft teuren Boxspringbetten besitzen würde, die da ausgestellt sind, aber ich bin schon unzählige Male durch die Abteilung geschlendert, weil ich mich dort irgendwie heimelig fühle. Ich liebe es, samstagnachmittags bei beruhigenden Musikklängen auf einem der Betten ein paar klitzekleine Minuten zu entspannen und vorzugeben, dass ich enormes Interesse an einem Kauf hätte.

Auf der Verpackung lese ich die geschwungenen Buchstaben: *Old Sullivan's Karamell.*

Mr Ryan lüftet so feierlich den Deckel, als würde sich darin ein Verlobungsring mit dickem Klunker verstecken.

Dieser Moment ist irgendwie magisch und ich halte automatisch die Luft an.

Im Inneren der Schachtel liegen auf gewelltem Papier unterschiedliche Karamellen. Auf jedem der einzeln verpackten Kunstwerke steht eine andere Zutat: *Chili, Meersalz, Honig ...*

Er hält mir die offene Packung hin. Ich schnappe mir eines mit der Aufschrift *Mandel-Thymian*, entferne das Papier und schiebe es in den Mund. Zartschmelzender Karamellgeschmack mit einer leicht nussigen Note breitet sich auf meiner Zunge aus. »Oh, mein Gott, das schmeckt fantastisch!«

»Sag ich doch«, antwortet Mr Ryan freudig und nimmt sich eines mit der Beschriftung *Chili*. Andächtig lehnt er sich zurück, schließt die Augen und genießt. Plötzlich reißt er sie wieder auf und fuchtelt mit dem Zeigefinger in der Luft herum.

»Und ich rate Ihnen etwas, Miss. Halten Sie sich Mr Foley warm.«

»Wie meinen Sie das?« Wenn ich an seine ungehaltene Reaktion von eben denke, wäre es mir lieber, Mark nie wieder zu begegnen.

»Mr Foley kennt sämtliche Geheimrezepte und kreiert laufend neue Geschmacksrichtungen. Unter uns gesagt, ist er lebensnotwendig, wenn Sie den Laden weiterführen möchten.«

»Ich kann keinen Laden führen«, protestiere ich. »Und ich will es auch nicht. Schließlich habe ich einen festen Job und lebe in München.«

Es kommt gar nicht infrage, umzuziehen und in Greenkenny zu versauern. Allein bei dem Gedanken wird mir übel. Bestimmt gibt es hier nicht mal meinen morgendlichen Coffee to go, den ich dringend brauche, um auch nur ansatzweise zu funktionieren.

Mr Ryan seufzt. »Überlegen Sie es sich.«

Obwohl es für mich nichts zu überlegen gibt, spricht nichts dagegen, mir in den kommenden Tagen alles anzusehen und mir ein Bild von meinem Erbe zu machen. Heute ist immerhin erst Freitag und der Rückflug nach München geht am Sonntagabend. Eigentlich wollte ich die Zeit für Sightseeing nutzen, wo ich schon mal in Irland bin. Doch nun sieht die Sachlage anders aus.

»Sind irgendwelche Bedingungen an das Erbe geknüpft?«, kommt mir plötzlich in den Sinn. Nicht dass da noch eine alte Haushälterin herumgeistert, für deren Pflege ich dann verantwortlich bin.

»Natürlich nicht.«

»Überhaupt keine?« Ungläubig starre ich ihn an. Das gibt es ja nicht. Irgendwo muss doch ein Haken sein. So viel Glück auf einmal ist doch gar nicht möglich.

»Ihr Großvater hat keinerlei Bedingungen an das Erbe geknüpft«, bestätigt er. »Sie können alles veräußern, wenn Sie möchten.« Er runzelt die Stirn. »Was allerdings sicher nicht in seinem Sinne gewesen wäre. Wahrscheinlich hatte er sich nicht vorstellen können, dass Sie verkaufen. Immerhin sind die Karamellen weit über die Grenzen unseres Countys bekannt. Sie sind vor zwei Jahren sogar prämiert worden.«

»Gibt es denn bereits Kaufinteressenten?«, platze ich heraus.

»Nein.«

Egal. Wenn ich will, werde ich schon einen Käufer finden. Ich glaube, ich brauche Tage, nein Wochen, bis ich das alles hier verdaut habe. Oh, mein Gott, ich habe ein komplettes Haus inklusive gut gehendem Geschäft geerbt. Was bin ich doch für ein Glückspilz! In mir explodiert ein Feuerwerk und ich könnte Luftsprünge machen.

Mit dem Verkaufserlös der Manufaktur könnte ich mir eine größere Kanzlei als geplant leisten und für die Einrichtung müsste ich auch kein Darlehen aufnehmen. Es stimmt also doch, dass alles im Leben seinen

Sinn hat und es etwas Gutes hatte, dass der Notartermin geplatzt ist. Still grinse ich in mich hinein und bin heilfroh darüber.

»Können Sie mir erklären, wie ich am schnellsten zu meinem Erbe komme?«

»Nur noch ein paar Formalitäten ...«

»Nein«, unterbreche ich ihn. »Ich meine, wo steht das Haus?« Ich bin schon so gespannt, dass ich gleich dorthin möchte.

Mr Ryan erklärt mir, dass sich die *Old Sullivan's Karamellmanufaktur* nur wenige Fußminuten von hier entfernt befindet. »Lassen Sie Ihren Wagen in der Zwischenzeit gerne hier stehen.« Er blickt auf seine Armbanduhr. »Mr Foley müsste um diese Uhrzeit eigentlich da sein, es sei denn, er hat das Geschäft wegen unseres Termins heute geschlossen.«

»Haben Sie denn keinen Schlüssel für mich?« Ungläubig runzle ich die Stirn.

»Leider nein.«

Dann muss ich wohl mein Glück versuchen und hoffen, dass Mark dort ist und ihm gezwungenermaßen gegenübertreten. Das ist momentan das Letzte, worauf ich nach seinem Gefühlsausbruch Lust habe. Doch habe ich eine Wahl?

Nachdem wir uns verabschiedet haben, schlendere ich mit klopfendem Herzen über die Bridge Road direkt in die Quay Street, in der die Karamellmanufaktur liegt.

7

Mark

Nach dem Besuch bei Mr Ryan habe ich mich sofort in die Arbeit gestürzt. Dabei kann ich mich am besten abreagieren. Routiniert schneide ich die gestern hergestellte und mittlerweile ausgehärtete Karamellplatte mit dem Schneidegerät in einzelne Brocken und hülle die Stücke vorsichtig in die vorbereiteten Papierverpackungen. Im Anschluss verteile ich sie in die bunt bedruckten Schächtelchen. In der Zwischenzeit köchelt meine neue Kreation im dampfenden Kessel vor sich hin. Wie gern hätte ich Old Sullivan meine neue Geschmacksrichtung probieren lassen. Sicher wäre er begeistert gewesen. Und noch lieber hätte ich ihn gefragt, warum er die Manufaktur einem wildfremden Menschen vererbt hat. Gut, Caissy war seine Enkelin, aber offensichtlich hat er sie nicht einmal persönlich gekannt.

Mir wird übel bei dem Gedanken, dass diese Münchner Lady hier die Führung übernehmen wird. Wobei ich ja gar nicht wissen kann, ob es so weit kommen wird. Ich traue ihr durchaus zu, dass sie mich demnächst hinauswirft und die Manufaktur verkauft, um sich einen schicken Sportwagen oder einen anderen sündhaft teuren Schwachsinn zu leisten.

Resigniert setze ich mich auf den Holzstuhl und lasse die Schultern hängen. Die abendfüllenden Gespräche mit Old Sullivan hatten sich angefühlt wie Unterhaltungen zwischen Großvater und Enkel. Niemals hatte ich daran gezweifelt, dass er mir eines Tages die Manufaktur vererben würde. Schließlich ist sie mein Leben, genauso wie sie es für ihn war. Und es gab niemanden außer uns. Keine Familie seinerseits – zumindest dachte ich das. Natürlich hätte ich es lieber gehabt, dass er hundert Jahre alt geworden wäre. Sein Tod liegt wie ein dunkler Schatten über mir. Doch die Sorge darüber, wie es mit der Manufaktur, wie es mit mir weitergeht, zerfrisst mich ebenso wie die Tatsache, dass nicht ich, sondern seine Enkelin dieses Haus geerbt hat. Und dass er sie vor mir verschwiegen hat, hat mir einen gnadenlosen Stich verpasst, der sich seit dem Tag, an dem ich es von Eilis erfahren habe, in meiner Brust festgesetzt hat. Ich dachte, wir wären immer offen zueinander gewesen. Warum nur hat er in diesem Punkt geschwiegen?

In den vergangenen beiden Wochen habe ich weitergearbeitet, als hätte sich nichts verändert, als wäre Old Sullivan im Urlaub. Ich habe noch mehr geschuftet als zuvor, von sämtlichen Sorten die doppelte Menge hergestellt und habe mir den Kopf über außergewöhnliche Rezepturen zerbrochen – immer im Glauben, dass er mir sein Lebenswerk übergeben würde. Und jetzt werde ich schier verrückt bei dem Gedanken, dass es die Manufaktur bald nicht mehr geben könnte. Oder –

fast genauso schlimm – dass Caissy auf die absurde Idee kommen könnte, hier das Zepter zu übernehmen.

Bestimmt stolziert sie nachher in ihrem piekfeinen Münchner Outfit hier hinein und lässt die neue Chefin raushängen. Klar, auf der Beerdigung wirkte sie sympathisch und irgendwie gefiel sie mir, aber der heutige Tag hat alles verändert. Sie hält meinen Traum in den Händen. Nicht ich. Und sie musste noch nicht einmal etwas dafür tun. Verächtlich blase ich Luft durch die Zähne. Sicher ist sie nur auf Profit aus und darüber hinaus staubtrocken. Das hat zumindest Old Sullivan regelmäßig über Steuerberater gesagt, obwohl Mailin Walsh aus der Kanzlei in Wicklow eigentlich ganz in Ordnung ist. Ob er gewusst hat, dass seine Enkelin Steuerberaterin ist? Natürlich ist ihr Job in Greenkenny längst Stadtgespräch.

Ich hieve mich vom Stuhl hoch, trete wieder an die Arbeitsfläche und schichte ein Karamellkunstwerk nach dem anderen in die Verpackungen. Nach und nach fülle ich die Regalbretter im Verkaufsraum damit auf. Zwischendurch rühre ich die Karamellmasse im Kessel um, die allmählich eine cremige Konsistenz annimmt.

Ich habe zwei Möglichkeiten: Entweder stelle ich mich mit Caissy gut oder ich verschwinde für immer von hier. Wobei ich mir ein Leben ohne diese Manufaktur einfach nicht vorstellen kann. Aber auch nicht ohne Old Sullivan. Der Schock über seinen Tod und nun auch noch der der Testamentseröffnung sitzt mir im Nacken und ich kann ihn nicht abschütteln.

8

Caissy

Schon von Weitem entdecke ich die Manufaktur. Sie sticht mit ihrer hellbraun gestrichenen Holzfassade und den weißen Sprossenfenstern zwischen den umliegenden Gebäuden deutlich hervor. Auf dem ovalen Metallschild lese ich den Namen – meinen Namen. In meinen Zehenspitzen kribbelt es und ich gehe schneller. Ich könnte den Laden von *Old Sullivan's* in *Sullivan's Karamellmanufaktur* umbenennen, damit er noch besser zu mir passt. Rasch verwerfe ich diesen absurden Gedanken wieder. Ich werde definitiv verkaufen. Mein Ziel ist eine eigene Kanzlei und nicht eine Karamellmanufaktur. Zudem wäre es unmöglich, von München aus ein Geschäft in Irland zu leiten.

Ich sehe nach oben. Die Fassade des Obergeschosses ist mindestens so hübsch wie die des Erdgeschosses. Sie ist im gleichen Braunton – ich möchte fast schon sagen Karamellton – wie die Holzvertäfelung gestrichen und die Sprossenfenster zieren weiße Fensterbänke, auf denen Blumentöpfe mit blühenden Sommerblumen stehen. Auch wenn ich eher für klare Linien und Farben bin, bin ich ganz hingerissen. Habe ich möglicherweise doch einen Hang zur Romantik?

Das Haus wirkt enorm gepflegt und ich kann es kaum erwarten hineinzugehen. Ob Mark da ist? An der Ladentür hängt ein altmodisches Blechschild mit der Aufschrift *Open*. Ich drücke an dem dicken Knauf und bin erleichtert, als sich die Tür öffnet. Es ertönt eine hell klingende Glocke, die oberhalb des Eingangs angebracht ist. Meine Schuhe klackern auf dem marmorierten Boden und hätte es nicht bereits geläutet, würde ich spätestens jetzt auf mich aufmerksam machen.

»Ich komme gleich.« Mark muss im Raum hinter der Tür sein, die rechts vom Verkaufsraum abgeht. Vernehme ich eine gewisse Anspannung in seinem Tonfall oder bilde ich mir das ein? Selbst wenn er sich vorhin so ruppig verhalten hat, verursacht seine tiefe Stimme eine Gänsehaut auf meinen Armen. Ich hasse es, mich nicht unter Kontrolle zu haben. Hektisch fahre ich mit den Händen über die Ärmel meines Kostüms, als könnte ich damit die körperlichen Reaktionen wegwischen. Ich versuche mich abzulenken, nehme einen kräftigen Atemzug und inhaliere den süßen Karamellduft. Köstlich!

Mein Blick schweift durch den Laden, vorbei an Vitrinen und hintereinander aufgestellten Regalen. Auf einem weißen Holzregal, welches die komplette gegenüberliegende Wandlänge einnimmt, entdecke ich die gleichen Karamellpackungen, wie sie mir der Nachlassverwalter vorgelegt hat. Ich trete näher heran und studiere die außergewöhnlichen Geschmacksrichtungen, die in geschwungener Schrift auf Täfelchen an die Kanten der Regalbretter genagelt sind: *Lavendel & Meersalz,*

Tonkabohne, Zitrone & Blaumohn, Thymian-Mandel, Gemischt & Vermengt. Die verschiedenen Sorten scheinen kein Ende zu nehmen. Am liebsten würde ich mir eine der Packungen stibitzen.

Moment!

Diese herrlichen Karamellen – ich tippe auf mehrere tausend Stück – gehören alle mir. Prinzipiell könnte ich nun nach Lust und Laune davon kosten. Niemand könnte mir das verbieten.

Ich reiße mich vom Anblick der Köstlichkeiten los und entdecke an der Wand daneben bestimmt an die hundert verschiedene Uhren in allen Größen – runde, eckige, ovale, nostalgische und einige moderne. Eine hat sogar die Form eines Bonbons und aus einer anderen springt just in diesem Augenblick ein Vögelchen heraus und macht *kuckuck*. Ich grinse. Ob mein Großvater einen Uhren-Sammeltick hatte? In dem Punkt käme ich definitiv nicht nach ihm, zumal ich eher alles Unnötige entsorge, anstatt es zu sammeln. Obwohl die Wand heillos durcheinander wirkt, fasziniert sie mich dennoch. So etwas habe ich noch nie gesehen.

Ich schlendere zum hellbraun gestrichenen Holztresen, hinter dem eine weitere Tür abgeht. Mit seiner glänzenden Oberfläche sieht er beinahe wie der Kaufmannsladen aus, den ich in Kindertagen hatte. Darauf thront eine riesige Glasschüssel mit bunt verpackten Karamellen. Gerade will ich mir eines schnappen, als ich hinter mir das laute Knarzen einer Tür höre und erneut Marks Stimme vernehme.

»Hallo, Caissy«, begrüßt er mich monoton.

Ich drehe mich zu ihm.

Er kommt zaghaft und mit ernster Miene aus der Tür neben dem Regal. Die Haare hat er lässig zu einem Messy Bun gebunden. Er breitet die Arme aus und ich rechne schon mit einer Umarmung, doch dann macht er eine ausladende Handbewegung. »Willkommen in der *Old Sullivan's Karamellmanufaktur.*« Er wirkt bemüht höflich.

Na, mir soll's recht sein. Hauptsache, er hat sich wieder abgeregt. Unbeholfen sehe ich nach unten und streiche mein Kostüm glatt. Was ist nur los mit mir? *Reiß dich zusammen*, ermahne ich mich im Geiste.

»Hallo, Mark. Du hast sicher geahnt, dass ich komme.« Warum kippt meine Stimme plötzlich? Rasch rufe ich mir seinen Wutausbruch von vorhin ins Gedächtnis. »Ich würde mir jetzt gern alles ansehen«, fordere ich bestimmt.

Ein Schatten huscht über sein Gesicht. »Natürlich«, gibt er steif zurück. Er hält die Tür auf, durch die er eben gekommen ist.

Ich schiebe mich an ihm vorbei in einen Raum mit rosa gefliesten Wänden, der einer Puppenküche ähnelt. Ich schmunzle. Ich habe also einen Kaufmannsladen und eine Puppenküche für Erwachsene geerbt.

Mark steuert auf den Herd zu, der wie eine Insel in der Mitte platziert ist. Herrlich süßer Duft, der noch intensiver ist als der im Verkaufsraum, steigt mir in die Nase. Neugierig schaue ich in den Kessel. Am liebsten möchte ich den Finger in das klebrige Gemisch stecken und ihn genüsslich abschlecken.

Andächtig rührt Mark mit dem überdimensional großen Holzkochlöffel in der zähflüssigen, blubbernden Masse.

»Was ist in dem Kessel?«, versuche ich ein Gespräch in Gang zu bekommen, obwohl ich logischerweise weiß, was darin ist.

»Wonach sieht es denn aus?« Er verdreht die Augen. »Das ist eine Karamellmasse. Du bist hier in einer Karamellmanufaktur.«

Sofort bereue ich meine dämliche Frage.

»Wenn das Gemisch fester ist, werde ich getrocknete Aprikosenstückchen und Vanilleschoten hinzugeben. Das verleiht meiner neuen Kreation eine einzigartige Note.« Er klingt geheimnisvoll und eine Spur freundlicher als eben.

»Kreierst du ständig ungewöhnliche Sorten?«, hake ich interessiert nach und inhaliere den köstlichen Duft.

»Ja, und dieses Mal ist es etwas Besonderes geworden. Das spüre ich.« Seine Wangen glühen und die Augen funkeln, was mir deutlich besser gefällt als der eisige Blick von vorhin. »Ich habe sie in Gedenken an Old Sullivan kreiert. Er hat Vanille geliebt und ...«

Eine unangenehme Stille erfüllt den Raum.

Liebevoll streicht er über den Kochlöffel in seiner Hand. Ich erkenne eine Gravur darauf. Gerade als ich sie mir näher ansehen will, legt er ihn zur Seite.

Ein Stein presst gegen meine Brust und ich schäme mich dafür, dass Mark Großvater mehr vermisst als ich. Aber wie könnte ich es auch? Für mich war er ein Fremder.

»Old Sullivan hat für mich in diesen Laden gehört wie Zucker in Karamellbonbons.« Er fixiert mich. »Dein Grandpa und ich ... wir waren ein tolles Team.«

Der Schmerz in seinen Augen ist unübersehbar und als er sich abwendet, ist es, als könne er meinen Anblick nicht länger ertragen. Es ist nicht notwendig, dass er ausspricht, dass ich Großvater definitiv nicht ersetzen kann.

»Mark ... ich will nicht ...«

Ruckartig dreht er sich wieder zu mir und reibt sich über das Gesicht. Mit einem verschnörkelten Löffel, der wie das restliche Geschirr hervorragend zur Puppenküche passt, taucht er in die heiße Masse ein. Dann pustet er ein paarmal kräftig darauf und hält ihn mir hin. »Magst du kosten?«

Überrumpelt öffne ich den Mund und lasse es zu, dass er mich füttert. Sein Finger streift meine Lippen und ich bin wie elektrisiert. Und zwar auf angenehme Weise.

»Hmm«, mache ich und meine nicht nur die ausgezeichnet schmeckende Karamellmasse.

Es fasziniert mich, dass Mark hier unbeirrt weiterarbeitet, als wäre alles beim Alten. Für mich ist alles neu. Ich muss nun erst mal verdauen, dass ich diese zauberhafte Manufaktur geerbt habe. Dass sie jetzt tatsächlich mir gehört. Meine Güte, ich glaube es einfach nicht!

»Wenn du noch eine halbe Stunde wartest, sind die Karamellen fertig und ich zeige dir die Wohnung.« Er hält kurz inne. »Es sei denn, du willst dich oben alleine umsehen.«

»Nein nein«, winke ich ab. »Ich warte, bis du fertig bist. Schließlich habe ich heute nichts mehr vor. Aber weißt du was? Ich bringe kurz meinen Trolley ins Bed & Breakfast und komme in einer halben Stunde zurück.«

»In Ordnung.« Er rührt in der Masse. »Dann kannst du auch gleich Old Sullivans Mitbewohnerin, Miss Doyle, kennenlernen«, sagt er in beiläufigem Tonfall.

Sofort schrillen in mir die Alarmglocken. »Miss Doyle?«

Oh, mein Gott! Eine Mitbewohnerin? Das ist der Haken. Das ist der verdammte Haken, nach dem ich vorhin gesucht habe.

9

Mark

Das Läuten der Glocke lässt mich aufsehen. »Da bist du ja wieder.« Zügig wische ich über die Arbeitsfläche des Tresens im Verkaufsraum und nicke Caissy zu. »Ich bin hier gleich fertig, dann können wir nach oben in die Wohnung.«

Die Gewissheit, dass die Besitzerin dieses Hauses vor mir steht, nagt mehr an mir, als mir lieb ist. Doch ich darf mir nichts anmerken lassen. Immerhin hängt meine nähere Zukunft von ihr ab. Trotzdem konnte ich mir vorhin den kleinen Spaß mit Miss Doyle nicht verkneifen. Ich konnte förmlich sehen, wie Caissy ein Felsbrocken vom Herzen fiel, als ich sie darüber aufklärte, dass Miss Doyle eine Katze ist. Ich schmunzle in mich hinein.

»Hast du denn einen Schlüssel für die Wohnung?« Sie zieht eine Augenbraue in Richtung Stirn. »Das habe ich mich vorhin schon gefragt.«

»Klar. Aber die Tür oben ist nicht verschlossen. Ich bin die vergangenen Jahre dort ein- und ausgegangen, als wäre ich Old Sullivans Enkel.«

Nun folgt die zweite Augenbraue und sie sieht entsetzt drein.

»Na... natürlich nicht so wie sein Enkel«, rudere ich rasch zurück. »Eher wie ein guter Freund.«

Wäre ich sein Enkel gewesen, hätte schließlich ich dieses Haus geerbt und nicht sie, holt mich die bittere Realität ein. Ich lege den Lappen zur Seite und schließe die Ladentür von innen zu. Dann deute ich auf die Tür hinter dem Tresen. »Hier geht es ins Treppenhaus, durch das man zur Wohnung im ersten Stock kommt.«

Ich halte Caissy die Tür auf. Sie huscht an mir vorbei. Im dunklen Gang mache ich Licht und deute auf die Eingangstür, die von der Straße ins Haus führt. »Es gibt auch von dort aus einen Zugang.«

Sie nickt interessiert und steigt vor mir die schmalen Holzstufen hinauf. Ob ich will oder nicht, ich muss auf ihr knackiges Hinterteil sehen. Oben angekommen bleibt sie abrupt stehen und ich wende rasch den Blick von ihrem Po ab. Sie sieht mich schief an, als würde dort ein Geist auf sie warten.

»Was ist?«

»Ich ... ich weiß nicht ... irgendwie beschleicht mich ein mulmiges Gefühl. Ich finde es seltsam, in die Privatsphäre meines Großvaters einzudringen. Ob er damit einverstanden wäre?« Verloren starrt sie auf die Kokosfußmatte.

Ich bekomme fast ein wenig Mitleid mit ihr. »Du vergisst, dass er dir dieses Haus ganz bewusst vererbt hat«, versuche ich ihre Bedenken auszuräumen und schiebe mich an ihr vorbei. Der angenehm blumige Duft ihres Parfüms steigt mir in die Nase. Sie zieht den Bauch ein, was ihre prallen Brüste automatisch weiter hervorstehen lässt. Ich habe Mühe, sie nicht mit meinem Brustkorb zu berühren, so eng ist es hier oben.

»Bestimmt würde er dich liebend gern hier willkommen heißen.« Ich begreife nicht, woher ich die Kraft nehme, so freundlich zu sein. Doch die Worte purzeln einfach aus mir heraus. Ich drücke die Klinke der Wohnungstür nach unten. Es ist auch für mich beklemmend, ohne Old Sullivan hineinzugehen.

Schweigend leite ich sie durch den schmalen Flur, vorbei an der Garderobe, an der seine Hausschuhe stehen, als würden sie darauf warten, dass er jeden Augenblick zurückkommt.

In der großzügigen Landhausküche sieht Caissy sich anerkennend um. »Sieht gemütlich aus.« Sie streicht über die marmorierte Arbeitsplatte, die sich harmonisch in die cremefarbene Küchenzeile einfügt. Dann nimmt sie ein Allzwecktuch, feuchtet es unter dem Wasserhahn an und wischt ein paar liegen gebliebene Brotkrümel weg.

Ich zeige ihr Old Sullivans Arbeitszimmer und danach das altmodische Schlafzimmer.

»Puh, ist das stickig hier.« Sie presst die Lippen zusammen und bläst die Wangen auf. »Kann ich das Fenster öffnen?«

Ich nicke. »Selbstverständlich.« Auch ich merke, wie es mir zunehmend schwererfällt, durchzuatmen.

Auf dem Weg zum Fenster rumpelt sie gegen die mit Schnitzereien verzierte Holztruhe vor dem Bett und bleibt dann auch noch mit ihrem Blazer an einem Bilderrahmen hängen, der auf dem Nachttisch steht. Er knallt auf die alten Holzdielen. Sofort bückt sie sich danach und wischt mit der Hand über das Glas. »Zum Glück ist es heil geblieben.«

Gerade als sie den Rahmen zurückstellen will, versteinert sich ihr Gesichtsausdruck beim Anblick der Fotografie.

Ich schiele über ihre Schulter. Auf dem Bild ist eine Frau vor einem Supermarkt abgelichtet, die ein Baby im Arm hält.

Caissy dreht den Kopf zu mir und zieht die Stirn in Falten. »Das ist ... das ist ... meine Mutter!« Sie wird blass um die Nase. »Ja, das ist sie. Ganz sicher. Und das Kleinkind ... das bin ich.«

Sie legt das Bild auf das Betttuch und schiebt hektisch das Sprossenfenster nach oben. Kühle, angenehme Luft strömt in den Raum und sie atmet kräftig ein und aus. Dann nimmt sie die Fotografie erneut zur Hand und betrachtet sie eingehend. »Warum hat mein Großvater ein Foto von meiner Mutter und mir auf dem Nachttisch?«

»Vielleicht weil ihr seine Verwandten wart?«, antworte ich schulterzuckend das einzig Naheliegende. Mir ist dieses Foto bisher nie aufgefallen, zumal ich das Schlafzimmer in der Vergangenheit selten betreten habe. Höchstens mal, um die alte Schranktür zu reparieren.

Sie hält mir das Bild so dicht unter die Nase, dass ich automatisch einen Schritt zurückweiche. »Fällt dir nichts auf?«

»Was denn?« Ich kneife die Augen zusammen und betrachte das Foto.

»Es wurde aus ziemlich großer Entfernung aufgenommen und es ist total unscharf. Wahrscheinlich hat meine Mutter gar nicht mitbekommen, dass sie fotografiert wurde.«

»Jetzt, wo du es sagst ... stimmt! Es sieht beinahe so aus, wie bei einem Star, der sich unbeobachtet fühlt und dann trotzdem von einem Paparazzo abgelichtet wird.«

»Sehr seltsam ...« Mit einem fragenden Gesichtsausdruck stellt sie das Bild zurück auf den Nachttisch und folgt mir ins Wohnzimmer.

Sie starrt auf die Uhren in unterschiedlichen Größen und Formen, die, wie unten im Laden, die Wand zieren und wirkt wie erstarrt.

»Was ist?«

Sieht sie schon wieder Gespenster?

»Sämtliche Uhren sind stehen geblieben«, haucht sie. »Alle um Viertel vor neun.«

Nervös trete ich von einem Bein auf das andere. »Das ist die Uhrzeit, zu der dein Grandpa gestorben ist.«

»Was?«, kreischt sie. »Und die Uhren haben alle zu dieser Zeit aufgehört zu schlagen?« Sie wird kreidebleich und stützt sich am Esstisch im Erker ab.

»Nein nein, so ist das nicht«, versuche ich sie zu beruhigen. »Wenn in Irland jemand verstirbt, wird er zu Hause aufgebahrt. Die Uhren der Wohnung werden angehalten und auf den Zeitpunkt gestellt, an dem der Verstorbene seinen letzten Atemzug getan hat. Gibt es diesen Brauch in Deutschland nicht?«

»Nein.« Sie lässt die Stuhllehne los und fasst sich an den Brustkorb. »Und ich dachte schon ...«

»Dass es hier nicht mit rechten Dingen zugeht?« Ich schmunzle. »Deshalb sind auch die Spiegel abgehängt.« Mit dem Kinn deute ich auf den über dem Sideboard, über dem ein schwarzes Tuch hängt.

»Verstehe.«

Ich deute auf den Stuhl, an dem sie sich eben noch festgeklammert hat. »Komm, setz dich doch.« Nicht dass sie mir hier umkippt und ich mich in Mund-zu-Mund-Beatmung üben muss. Sie sieht wirklich ziemlich blass aus.

Durch das Erkerfenster blicke ich auf die Straße unter uns. Auf dem Gehsteig vor dem gegenüberliegenden Haus wirft sich ein Kleinkind schreiend auf den Boden und zappelt mit den Beinen, während seine Mum versucht, es zu beruhigen.

Caissy sieht ebenfalls hinaus. »Meinst du, dass mein Großvater abends hier gesessen und die Leute beobachtet hat?« Sie wirkt urplötzlich ganz melancholisch.

»Nein, das glaube ich nicht. Old Sullivan hatte einen großen Freundeskreis und kaum Zeit, alleine Trübsal zu blasen und aus dem Fenster zu schauen.« Ich fange ihre bekümmerte Miene ein und gehe zum Wohnzimmerschrank. »Ich habe etwas, um Kummer zu beseitigen.« Ich öffne die mittlere Tür des Schrankes und hole eine Flasche alten Whiskey heraus. »Magst du?«

»Gerne«, entgegnet sie. »Obwohl ich es irgendwie falsch finde, mich in Großvaters Wohnung aufzuhalten und mich jetzt auch noch an seiner Hausbar zu bedienen.«

»Wie gesagt, du bist hier willkommen und es wäre schade, wenn der gute Tropfen verkommt.« Ich nehme eines der Kristallgläser, schenke ein und reiche es ihr.

»Bin gleich wieder da.« Ich gehe hinüber in die Küche und hole mir ein Wasser.

»Du nimmst keinen?« Irritiert sieht sie auf das Glas in meiner Hand.

»Nein«, antworte ich knapp.

Sie hebt die Augenbrauen, fragt jedoch nicht weiter nach. Dann hält sie das Getränk unter ihre Nase und atmet tief ein. »Der irische Whiskey riecht gar nicht so rauchig wie der schottische.«

»Da magst du recht haben.« Wir stoßen miteinander an. »Sláinte!«

»Prost.«

Nach einem tiefen Schluck betrachte ich Caissy aufmerksam. Ich habe Skrupel, die Frage zu stellen, die mich brennend interessiert, aber ich muss es einfach tun.

»Was hast du nun vor?« Postwendend merke ich, wie die Hitze in mir aufsteigt.

»Du meinst, mit meinem Erbe?«

»Ja.« Erneut nippe ich am Wasser und starre auf meine Finger, die das Glas so fest umklammern, dass ich Angst habe, es zu zerbrechen. Es geht hier um meine Zukunft und ich kann einfach nicht fassen, dass sie in der Hand dieser Fremden liegt.

»Keine Ahnung.« Sie stellt ihr Getränk vor sich auf dem Esstisch ab. »Die Erbschaft kam so überraschend ... genauso wie die Tatsache, dass mein Großvater bis vor Kurzem noch lebte ...« Sie knetet ihre Finger. Hat sie wirklich keine Ahnung oder will sie mich nicht in ihre Pläne einweihen?

»Ist Verkaufen eine Option für dich?«, spreche ich das aus, was mir seit der Testamentseröffnung im Kopf herumschwirrt.

10

Caissy

Mark wirkt angespannt. Auch wenn ich ihm seine Sorgen gern nehmen würde, muss ich ihm die Wahrheit sagen.

»Fest steht, dass ich weder umziehen, noch hier arbeiten werde. Ich liebe München und ich mag meinen Job.«

Ein langweiliges Leben in Greenkenny passt so gar nicht zu meinem aufregenden Lifestyle, den ich in München pflege. Doch das verrate ich Mark nicht. Ich will ihn nicht kränken.

»Aber ich habe noch keine endgültige Entscheidung getroffen. Damit ich mir ein besseres Bild machen kann, würde ich mir gern morgen die Geschäftsbücher ansehen. Kannst du mir alles zeigen?«

Er runzelt die Stirn.

»Ich verstehe, dass du ungern am Samstag arbeitest ...«

»Nein, das ist es nicht ...«

»Ich zahle dir natürlich Überstundenzuschlag.«

Er prustet los. »Im Ernst?«

»Sicher«, stelle ich unmissverständlich klar. »Wenn du samstags raus musst, ist das keine Frage.«

»Caissy, nimm es mir nicht übel ...« Er kratzt sich am Nacken. »Aber so läuft das hier nicht.« In seiner Stimme schwingt eine gewisse Gereiztheit mit.

»Dann verrate mir doch, wie es hier läuft.« Herausfordernd blitze ich ihn an. »Was willst du für die Samstagsarbeit haben?« Wenn er jetzt unverschämte Forderungen stellt, werde ich mich nicht darauf einlassen.

Mit einem Satz springt er von seinem Stuhl auf. »Mann, Caissy!«, blafft er. »Ich möchte dafür nichts haben, rein gar nichts. Du musst mich nicht bezahlen, nur weil ich mir Zeit für dich nehme.«

»Entschuldige bitte. In München arbeitet niemand kostenlos.«

»Wir sind hier aber nicht in München. Wir sind in Greenkenny und hier helfen wir einander. Wir sind füreinander da, wenn jemand Unterstützung braucht und wir nehmen dafür kein Geld.« Genervt verdreht er die Augen.

»Willst du mir damit sagen, dass du umsonst für meinen Großvater gearbeitet hast?« Das wäre ja noch schöner!

»Nein, natürlich nicht.« Er macht ein paar energische Schritte durch das Wohnzimmer. »Aber es geht hier ja nicht um alltägliche Arbeit, sondern darum, dir zu helfen, dich hier zurechtzufinden.«

Ich nippe an meinem Whiskey, der mit jedem Schluck besser schmeckt.

»Was hältst du davon, wenn wir uns morgen um neun hier treffen und ich dir alle Fragen beantworte und zeige, was du sehen willst?«, fragt er seufzend.

»Abgemacht.« Es ist mir trotzdem ein Rätsel, weshalb er auf die Bezahlung seiner Überstunden pfeift.

11

Mark

Meine Joggingrunde im Morgengrauen führt mich am Kinderheim *Greenkenny-Kids* vorbei. Ich denke an die Zeiten voller Einsamkeit zurück, die ich dort als Heimkind durchlebt habe. Die Sehnsucht nach meiner Mum war manchmal unerträglich und noch heute schnürt es mir die Kehle zu, wenn ich mich daran erinnere.

»Hallo, Mark«, ruft mir der zwölfjährige Liam fröhlich durch den zwei Meter hohen Eisenzaun zu. Hinter ihm hechtet der gleichaltrige Rian her.

»Hallo, Jungs, so früh schon wach?«

»Klar, ich bin ein Frühaufsteher«, antwortet Liam.

»Nimmst du mich mal wieder mit zu den Pferden?«, unterbricht Rian ihn bettelnd und hüpft auf und ab.

»Hey ... ich spreche gerade mit Mark«, faucht Liam ihn an und verpasst ihm einen Schubs, sodass er unsanft in die Wiese fällt.

»Hört auf, Jungs«, ermahne ich sie. »Ihr dürft mich beide bald wieder auf die Greenkenny Horse Farm begleiten. Dann leihen wir uns bei Tyler Pferde aus und reiten zum Meer. Was haltet ihr davon?«

Liam nickt eifrig und Rian schaut bedröppelt drein.

»Und jetzt hilf deinem Kumpel wieder auf.« Mit dem Kinn deute ich auf Rian, der im Gras sitzt und sein schmutziges Knie betrachtet.

Liam streckt ihm widerwillig die Hand entgegen und zieht ihn schwungvoll hoch.

»Ich muss leider los. Aber am Mittwoch spielen wir wieder gemeinsam Fußball, was, Jungs?«

Sicher können die beiden es bis dahin kaum erwarten. Ich erinnere mich noch gut daran, wie ich damals sehnsüchtig darauf wartete, mit Old Sullivan Zeit verbringen zu dürfen. Und als ich endlich bei ihm arbeiten durfte, war es wie der Himmel auf Erden für mich. Es ist mir eine Herzensangelegenheit, dass ich den Kindern nun etwas von dem weitergeben darf, was ich damals erfahren habe. Es ist so wichtig, ihnen zu zeigen, wie wertvoll sie sind und dass man sie ernst nimmt. Auch wenn sie manchmal die starken Jungs mimen, merke ich doch, wie sehr sie es genießen, wenn ich sie in den Arm nehme und darin bestärke, dass sie ihre Sache großartig machen.

Ich winke ihnen zum Abschied zu. In moderatem Tempo laufe ich über den Küstenpfad. Er führt mich an einem atemberaubenden Wasserfall vorbei, der majestätisch von einer felsigen Klippe herabstürzt. Das Grollen des Wassers erfüllt die Luft und die winzigen Wassertröpfchen sorgen für eine erfrischende Abkühlung meiner verschwitzten Haut. Bald habe ich das Meer erreicht. Meine Turnschuhe versinken bei jedem Schritt im Sand und ich habe Mühe, das Tempo zu halten. Ich betrachte die schroffen Felsen, die aus dem Wasser herausragen. Der Wind peitscht die Wellen unbarmherzig dagegen. Dennoch behaupten sie sich mühelos gegen die gewaltigen Wassermassen. Eine kühle, salzige Meeresbrise weht mir um die Nase und ich atme das Gefühl von Freiheit ein.

Der Fitnesstracker an meinem Handgelenk zeigt acht Uhr. Langsam sollte ich mich auf den Weg zurück machen, wenn ich nicht verschwitzt und ungeduscht zu meinem Treffen mit Caissy erscheinen will.

Ich beschleunige das Tempo, laufe über die Wiese hinter den Dünen, auf der Schafe weiden. Manche von ihnen sehen neugierig zu mir, andere kauen unbeirrt an den Gräsern.

Ausgepowert komme ich zu Hause an. Zwei Treppenstufen auf einmal nehmend, mobilisiere ich meine letzten Kräfte und erreiche meine Wohnung im zweiten Stock. Vor der Tür mache ich ein paar Dehnübungen.

»Guten Morgen, Mark.« Meine Nachbarin Fiona, die mit ihren grau melierten Haaren aussieht, als wäre sie in einen Sack Mehl gefallen, lugt durch den geöffneten Spalt ihrer Wohnungstür ins Treppenhaus. Sie bückt sich und rückt ihren Türvorleger zurecht.

Ich grüße freundlich zurück und verschwinde in meiner Zwei-Zimmer-Wohnung. Aus dem Kühlschrank hole ich mir eine Flasche Wasser und trinke sie gierig halb leer. Der Schweiß rinnt mir über den Rücken. Rasch entledige ich mich der nassen Klamotten und hänge sie zum Trocknen über den ausziehbaren Wäschetrockner, der am Heizkörper hängt. Unter der Dusche recke ich mein Gesicht den Wasserstrahlen entgegen und seife mich ausgiebig ein. Ich schließe die Augen. Ohne Vorwarnung taucht Caissy in meinen Gedanken auf und steigt zu mir in die Dusche. Voller Leidenschaft sieht sie mich an. Wortlos drücke ich sie sanft mit meinem nackten Körper gegen die Duschwand. Ein Seufzen entfährt ihren Lippen. Ich nehme ihr Gesicht in meine Hände, senke den Kopf und ... *aufhören*!

Verdammt! Caissy hat nichts in meinen Gedanken verloren.

Ich drehe die Dusche eiskalt und zwinge mich, an meinen Kühlschrank zu denken, den ich Anfang der Woche dringend füllen sollte, wenn ich nicht verhungern will.

Das Letzte, was mein Kühlschrank hergibt, sind vier Schweinswürste, die ich mir anbrate und zusammen mit Sodabrot und einem Milchkaffee vertilge.

Um kurz vor neun schlendere ich zur Manufaktur. Mit jedem Schritt, mit dem das Treffen mit Caissy näher rückt, wird mir unbehaglicher zumute. Mein Magen verkrampft sich. Nicht wegen der blödsinnigen Träumereien in der Dusche, sondern der Frage, wie sie sich entscheiden wird. Sie bleibt bis Sonntag. Ob sie bis dahin weiß, wie es mit der Manufaktur weitergehen soll? Natürlich könnte ich sie fragen, ob sie im Falle eines Falles an mich verkauft, aber erstens reicht mein Erbe dafür definitiv nicht und zweitens traue ich es mir nicht zu, ein Geschäft völlig allein zu führen.

Obwohl ich ihr gestern Old Sullivans Schlüsselbund in die Hand gedrückt habe, wette ich, dass sie dennoch brav vor der Tür auf mich wartet. Bestimmt traut sie sich nicht alleine hinein. Andererseits ist das vermutlich Unsinn. Warum bilde ich mir ein, sie schon so weit zu kennen, um das einzuschätzen?

Als ich um die Ecke biege, steht sie tatsächlich vor der Manufaktur. Sie trägt Jeans, T-Shirt und knallrote

Turnschuhe, die bestimmt schweineteuer waren. Wusste ich es doch, dass sie nicht ohne mich hineingeht. Gut sieht sie aus. Zugegeben gefällt sie mir in diesen legeren Klamotten besser als in den spießigen Kostümen. Aber das tut hier nichts zur Sache. Rein gar nichts. Warum mache ich mir überhaupt Gedanken über ihr Aussehen? Schließlich ist es piepegal, was sie anhat.

»Guten Morgen, Caissy«, begrüße ich sie und zwinge mich zu einem Lächeln.

Sie lächelt zaghaft zurück.

»Warum bist du noch nicht nach oben gegangen?«, stelle ich die Frage, deren Antwort ich längst vermute.

»Ich weiß nicht ...« Sie tritt von einem Bein auf das andere. »Ich wollte ganz einfach auf dich warten.«

12

Caissy

»Wie hast du geschlafen?«, wechselt Mark das Thema. Seine schulterlangen Haare trägt er offen und sie sind leicht feucht. Ich mustere ihn einen Moment zu lange, betrachte seine schwarze Jacke, unter der er ein dunkles T-Shirt an hat und sein kantiges Gesicht. Offensichtlich hat er sich heute noch nicht rasiert. Rasch wende ich den Blick ab.

»Es ging so.«

Zugegeben lag ich die halbe Nacht wach und habe über den gestrigen Tag und die Erbschaft nachgedacht. Und ständig ist mir dieses Foto von Mutter und mir durch den Kopf geschwirrt. Ob es noch mehr Bilder von uns in Großvaters Wohnung gibt?

»Worauf wartest du? Willst du nicht aufschließen?« Mark deutet mit dem Kinn zur Tür.

Ich stecke den Schlüssel in das schwergängige Schloss. In dieser Sekunde kommt eine rot-braun melierte Katze über die Straße gelaufen.

»Da bist du ja, kleine Streunerin.« Mark bückt sich und streichelt das Fell der Katze, die ihren Hals an seinem Hosenbein reibt. »Darf ich vorstellen: Caissy, das ist Miss Doyle. Miss Doyle, das ist Caissy, deine zukünftige Herrin.«

Herrin, wie das klingt. Ich grüße unbeholfen zurück, während sie an uns vorbeihuscht. Wir steigen über die in die Jahre gekommene Holztreppe ins Obergeschoss. Das Holz knirscht und knarrt unter unseren Schritten und ich frage mich, wie gestern schon, ob die Treppe unserem Gewicht standhalten wird. Aber meine Sorge ist unbegründet.

In der Wohnung verschwindet Mark in der Speisekammer und kommt mit einer Dose Futter für Miss Doyle zurück. Er streichelt ihr nochmals über das Fell und holt dann aus dem Wohnzimmer einen Stuhl, den er ins Arbeitszimmer trägt.

Ich setze mich auf den Schreibtischstuhl und Mark nimmt neben mir Platz. Er fährt den Computer hoch und tippt das Passwort ein.

»Du kennst das Passwort?«, frage ich mit weit aufgerissenen Augen und notiere mir gedanklich, dass ich es schleunigst ändern werde, wenn ich das nächste Mal alleine hier bin.

»Ja, ich war Old Sullivan auch bei sämtlichen Computergeschichten behilflich. In seinem Alter war es für ihn nicht so einfach …«

»Verstehe! Dann zeig mal.« Ich sehe mir die monatliche Rohstoffbestellung und die gebuchten Eingangsrechnungen an. »Und wo ist die aktuelle betriebswirtschaftliche Auswertung?«

»Die habe ich hier griffbereit.« Mark rollt mit dem Drehstuhl zurück und zieht einen Ordner aus dem Regal. »Bitteschön. Der vergangene Monat ist bereits abgeheftet.«

Ich überfliege die Zahlen. Als ich das vorläufige Betriebsergebnis schwarz auf weiß sehe, bleibt mir förmlich die Spucke weg. »Und das, was hier steht, stimmt?« Ich tippe ungläubig auf die Summe der Einnahmen.

»Ja, es müsste alles korrekt sein.« Er zuckt mit den Schultern. »Wir sind die Auswertung erst kürzlich durchgegangen und da schien sie zu passen.«

»Das sind ungewöhnlich hohe Zahlen für eine kleine Manufaktur«, murmle ich. Ich vergleiche die Vorjahreszahlen, die ebenso hervorragend aussehen.

»Das Geschäft läuft glänzend. Unsere Karamellen sind weit außerhalb des Countys bekannt und wirklich beliebt.« In seiner Stimme schwingt Stolz und er fährt sich mit einem breiten Lächeln durch die Haare.

Ich staune. Das Betriebsergebnis übertrifft meine Erwartungen bei Weitem. Okay, der Nachlassverwalter hat angedeutet, dass die Manufaktur eine Goldgrube sei, aber ehrlich gesagt habe ich seine Worte eher als Geschwätz abgetan oder zumindest angenommen, dass er maßlos übertreibt.

Nach etwa einer Stunde habe ich mich durch die Zahlen gekämpft, gerechnet, überschlagen und Mark, der mir bei alledem über die Schulter blickte, die eine oder andere Frage gestellt. Nun bin ich bestens im Bilde.

»Jetzt hätte ich gern eine Übersicht über sämtliche Rezepte.«

Mark tippt an seine Stirn und grinst frech. »Die sind alle hier drin.«

»Aber ihr habt sie doch sicher zusätzlich irgendwo aufgeschrieben.«

»Ehrlich gesagt sind wir auf diese Idee nie gekommen. Immerhin hat Old Sullivan die Rezepte genauso gut gekannt wie ich.«

»Und was willst du dafür, wenn ich sie dir abkaufe?«

Er lacht herzhaft auf. »Sorry, Caissy. Sie sind nicht zu verkaufen«, stellt er unmissverständlich klar.

»Gut, dann wirst du sie mir beibringen«, fordere ich. Es kann nicht schaden, mir anzusehen, wie die Herstellung der offensichtlich berühmten Karamellen funktioniert.

Ich erkenne ein Zögern in seinem verzerrten Gesichtsausdruck und verschränke demonstrativ die Arme vor der Brust. »Wenn du bisher Großvaters Angestellter warst, bist du nun meiner, oder täusche ich mich?«

Ich hebe eine Augenbraue und hoffe, mit dieser Ansage ein für alle Mal geklärt zu haben, dass er meinen Anweisungen zu folgen hat. Schließlich bin ich seine Chefin. Auch wenn ich meine Worte selbst ein wenig zu hart finde, muss ich klare Verhältnisse schaffen. Und ich darf nicht zulassen, dass sein attraktives Äußeres weiterhin dazu beiträgt, mich zu verunsichern. »Können wir gleich loslegen?«

Mein strenger Ton zeigt Wirkung. »Natürlich«, antwortet er knapp und fährt den Computer herunter.

Wir gehen hinunter in die Küche der Manufaktur. Mark holt eine weiße Schürze aus dem Schrank. »Die solltest du anziehen.«

Ehe ich mich versehe, zieht er sie mir über den Kopf, schlingt den Stoff um meine Hüften und kommt mir dabei gefährlich nahe. Ich spüre seine warmen Hände auf meinem Rücken, als er mir die Schleife bindet.

Marks angenehm herber Geruch steigt mir in die Nase und die Härchen an meinen Armen stellen sich auf. Sein Gesicht spiegelt sich in der Fensterscheibe. Kann er sehen, wie meine Wangen glühen?

»Zu fest?«, fragt er beinahe flüsternd.

»Kaum auszuhalten«, platze ich postwendend heraus.

13

Caissy

Zurück in Deutschland zermartere ich mir das Hirn, wie es nun weitergehen soll. Mark habe ich angewiesen, zunächst einmal wie gehabt weiter zu produzieren und das Geschäft aufrechtzuerhalten. Mit Daniel, dem Aushilfsjungen, schafft er es. Das hat er mir versichert. Außerdem haben wir vereinbart, einmal pro Woche zu telefonieren, damit er mich über das Geschehen in der Manufaktur auf dem Laufenden halten kann. Ich versprach ihm beim Abschied, ihm spätestens in einem Monat mitzuteilen, was ich vorhabe. Natürlich habe ich es seinem angespannten Gesichtsausdruck entnommen, dass er lieber gestern als morgen die Gewissheit hätte, wie es mit ihm und der Manufaktur weitergeht. Doch die konnte ich ihm nicht geben.

Eigentlich wäre alles kinderleicht. Ich könnte einen Makler beauftragen. Der würde für das Ladengeschäft und die darüber liegende Wohnung dank des hervorragenden Standorts bestimmt relativ schnell Kaufinteressenten finden. Eine weitere Möglichkeit wäre, die Manufaktur als das zu veräußern, was sie ist. Eine

Goldgrube, wie Mr Ryan sie genannt hat. Mit dem nötigen Ehrgeiz und mit Marks Mitarbeit könnte auch ein Nachfolger weiterhin großartige Gewinne einfahren. Wer weiß, vielleicht hätte sogar Mark genügend Geld für einen Kauf. Außer dem Betrag, den er geerbt hat, kenne ich ja seine Vermögensverhältnisse nicht.

Doch der dringende Wunsch, mehr über meine Wurzeln und damit über Mutter und Großvater herauszufinden, bereitet mir schlaflose Nächte. Er wird von Tag zu Tag stärker. Ich habe den Verdacht, dass ich von Deutschland aus nicht mehr über Großvater erfahren werde außer dem, was ich schon weiß. Und es gäbe kaum eine Chance, dem Geheimnis auf die Spur zu kommen, warum Mutter ihn verleugnet hat. Natürlich hätte ich in Irland keine Garantie dafür, dass ich das Rätsel löse, aber ich könnte es zumindest versuchen. Deshalb überlege ich ernsthaft, meinen Traum einer eigenen Kanzlei um ein Jahr zu verschieben. Was wirklich komisch ist, ist die Tatsache, dass mir dieser Gedanke keinerlei Bauchschmerzen bereitet. Im Gegenteil – es kribbelt freudig in meinem Körper, wenn ich an dieses mögliche Abenteuer denke. Ich habe bereits beim Chef vorgefühlt, ob er mit einem Sabbatical einverstanden wäre. Überraschenderweise konnte er meine Beweggründe absolut nachvollziehen und versicherte mir, dass er mir keine Steine in den Weg legen würde, wenn ich mich für Irland entscheiden sollte. Wenn ich tatsächlich ernst mache, würde ich meine Zeit dort natürlich nicht nur dazu verwenden, in der Vergangenheit graben. Im Gegenteil, ich habe mir überlegt, wie es wäre, die Karamellproduktion zu erweitern, um sie größer und berühmter zu machen, als sie ohnehin schon ist. Damit hätte ich neben dem privaten Interesse auch eine berufliche Herausforderung. Und wenn die Manufaktur dann im besten Fall in ganz Europa bekannt ist, könnte ich sie noch gewinnbringender verkaufen, als das aktuell möglich wäre. Natürlich müsste ich Mark in den kommenden Monaten genauestens über die Schulter schauen und nach und nach eine Aufstellung über die Rezepte erstellen, da er sie ja offensichtlich nirgends aufgeschrieben hat.

Je mehr ich über all das nachdenke, desto mehr juckt es mich in den Fingern. Das Fantastische ist, dass Mark mir deutlich gemacht hat, wie sehr er an seinem Job und der Manufaktur hängt. Ich kann also im kommenden Jahr weiterhin auf ihn zählen, sollte ich meine Pläne wahr machen.

***

Drei Wochen später ist es so weit. Mein letzter Arbeitstag in der Kanzlei ist angebrochen. Zumindest für die kommenden zwölf Monate.

Mit meiner Kollegin Andrea stehe ich am Stehtisch in der Personalküche zu einem Pläuschchen zusammen.

»Das hältst du ohnehin kein Jahr aus. Hast du jemals schon so lange deinem geliebten München den Rücken gekehrt?«

»Nein, aber es schadet ja nicht, mal etwas Neues auszuprobieren. Du hast doch auch schon ein Sabbatical hinter dir«, entgegne ich selbstbewusst, obwohl mir jetzt, wo es ernst wird, ein wenig unbehaglich zumute ist. Ein völlig fremdes Land, unbekannte Menschen und ein Handwerksjob, den ich mir im Leben nicht selbst gewählt hätte. Das alles erscheint mir ebenso reizvoll wie furchteinflößend. Gott sei Dank habe ich die vergangenen Wochen dafür genutzt, mich eingehend in die Materie einzulesen. Ich habe Fachzeitschriften über Lebensmittelherstellung und -hygiene gewälzt und einen Geschäftsplan erstellt. Es hat so Spaß gemacht, einmal etwas nur für mich und nicht für meine Mandanten zu tun.

»Ja, aber während meiner Auszeit habe ich Neuseeland erkundet und mich nicht dafür entschieden, in einer irischen Kleinstadt zu versauern.« Sie rümpft die Nase, als würde ich auf einen Bauernhof mit jeder Menge Kuhmist und Pferdebremsen ziehen. »Außerdem ... wie will ein Arbeitstier wie du es hinbekommen, nicht täglich an Zahlen zu denken?« Sie drückt mit ihrem rotlackierten Finger auf die Kaffee-Taste der Hightech-Kaffeemaschine und schiebt zwei Tassen darunter.

»Das werde ich. Wir werden expandieren und bald ist die Manufaktur nicht nur über die Grenzen des Countys bekannt, sondern dann wirst du unsere Karamellen in den angesagtesten Läden in ganz Europa kaufen können.«

Ich nehme ihr eine der Tassen ab, nippe an meinem Getränk und stelle es vor mir auf dem Stehtisch ab. »Mein Ehrgeiz ist jedenfalls geweckt.«

Andrea schüttelt lachend ihre Mähne. »Wenn jemand es schafft, dann du, Caissy.«

»Und mit dem Verkaufserlös könnte ich mir sogar die Luxusversion der Kanzlei kaufen, die ich haben möchte.« Ich stütze die Ellenbogen auf dem Tisch ab, lege den Kopf in die Hände und träume.

»Und wie willst du das aufziehen?«

»Zunächst brauche ich mehr Mitarbeiter und vielleicht ein Fabrikgebäude. Die Küche in der Manufaktur erscheint mir nicht ausreichend für das, was ich vorhabe. Sobald ich da bin, muss ich loslegen. So ein Jahr wird im Nu verfliegen.«

Andrea streicht mir sanft über die Schulter, während ich völlig euphorisch weiter plappere und mich vor Ideen überschlage.

»Übernimm dich nicht, hörst du, Caissy?«

»Ja ja ...« Ich höre ihr kaum zu. »Das Erste, was ich tun muss, wenn ich wieder in Greenkenny bin, ist, mit Mark ...« Seinen Namen auszusprechen, fühlt sich an, als hätte ich zart schmelzende Karamellen im Mund. Genüsslich lecke ich den Kaffee von meinen Lippen.

»Caissy, ist alles in Ordnung?« Andrea mustert mich eingehend. Als ich nicht antworte, fasst sie sich an die Stirn. »Jetzt check ich es!«, kreischt sie viel zu laut. »Dieser Mark ist der Grund deines Sabbaticals.« Ihre Mundwinkel verziehen sich zu einem breiten Grinsen.

»Blödsinn«, raune ich und weiche ihrem prüfenden Blick aus. Warum fühle ich mich ertappt? »Die Manufaktur hat mich neugierig gemacht. Und mein unbekannter Großvater«, erkläre ich rasch. »Er ist der letzte Verwandte, den ich hatte.« Dass Mark dort arbeitet, macht die Sache interessanter, aber er ist definitiv nicht der Grund. »Außerdem muss ich mich um mein Erbe kümmern.«

»Verstehe.« Sie nimmt mir kein Wort ab, was ich ihrem frechen Wimpernschlag entnehme.

Dabei lüge ich nicht. Es ist mir ernst mit meinem Vorhaben! Natürlich werde ich nicht für immer nach Greenkenny ziehen. Da ich nicht an der Manufaktur hänge, ist es für mich die logische Konsequenz, sie zu einem späteren Zeitpunkt zu veräußern.

Ich bin so aufgeregt. Das alles kommt mir vor wie eine Zeitreise in die Vergangenheit. In drei Tagen geht es los. Am liebsten würde ich eher heute als morgen ins Flugzeug nach Dublin steigen. Wirklich witzig, wie sich Prioritäten ändern können. Jedenfalls bin ich bereit für meine Mission. Mit einem freudigen Kribbeln in den Fingerspitzen erledige ich am Nachmittag die letzten Aufgaben in der Kanzlei, übergebe die wichtigsten Infos an Andrea und schließe dann die gläserne Bürotür hinter mir.

***

In den kommenden Tagen bin ich mit Kofferpacken, der Übergabe des Wohnungsschlüssels an meine Untermieterin und anderem wichtigem Kram beschäftigt, den ich unbedingt vor meiner Abreise erledigen muss.

Und dann ist es so weit. Nach einem knapp zweistündigen Flug und der kurzweiligen Autofahrt bin ich in Greenkenny angekommen. Draußen stürmt und regnet es. Rasch stecke ich mit klopfendem Herzen den Haustürschlüssel ins Schloss. Genau in diesem Augenblick kommt Miss Doyle klitschnass angelaufen. Sie huscht in den Flur und sieht mich unschuldig an, während es von ihrem Fell auf den Türvorleger tropft.

»Wir beide müssen nun wohl miteinander klarkommen«, sage ich zurückhaltend und folge ihr ins Haus.

Ich sehe zur Tür, die in den Verkaufsraum abgeht. Weil Sonntag ist, ist die Manufaktur geschlossen, was mir ganz recht ist. Ich möchte heute niemandem begegnen und meinen ersten Nachmittag in Greenkenny in aller Ruhe angehen. Mit Mark habe ich vereinbart, dass wir uns am Montag zu unserem ersten gemeinsamen Arbeitstag treffen.

Ich hieve einen der beiden Koffer die Holztreppe nach oben. Das bekannte Knarzen begleitet mich bei jedem Schritt. Als ich den zweiten Koffer hole, bin ich völlig außer Puste. Miss Doyle wartet mit interessiertem Gesichtsausdruck am Treppenabsatz auf mich. Bevor ich die Klinke der Wohnungstür herunterdrücke, atme ich tief durch und warte ein paar Sekunden. Dann betrete ich Großvaters Wohnung.

Freudig erregt, aber dennoch mit einem flauen Gefühl im Bauch, stelle ich die beiden Koffer im Flur ab und streife den feuchten Mantel ab, der trotz der kurzen Strecke vom Auto bis zur Manufaktur richtig nass geworden ist. Ich hänge ihn an die Garderobe neben Großvaters olivgrünen Parka. Meine Schuhe platziere ich ordentlich im Schuhregal und hole meine Hausschuhe aus dem Koffer. Vorsorglich habe ich sie ganz oben hineingelegt. Miss Doyle miaut eindringlich.

»Ja ja, du hast Hunger, nicht wahr?«

Mark hatte mir bereits gezeigt, wo ich das Katzenfutter finde, auf das sie sich stürzt, als hätte sie Tage nichts zu essen bekommen. Dabei hatte er mir versprochen, sich während meiner Abwesenheit um sie zu kümmern.

Als die Katze versorgt ist, bleibt mein Blick am Wandspiegel hängen, über dem nach wie vor ein schwarzes

Tuch hängt. Vorsichtig ziehe ich es hinunter und sehe in die Augen einer etwas verunsicherten Caissy. »Du schaffst das«, hauche ich und atme durch.

Andächtig streife ich durch die einzelnen Räume, öffne die Fenster und lasse frische Luft herein. Das ist es also, mein vorläufig neues Zuhause. Ob ich mich hier wohlfühlen werde? Auf seltsame Weise fühle ich mich mit Großvater verbunden und es ist, als spürte ich seine Anwesenheit, während ich die Räume, die seine Zuflucht waren, eingehend inspiziere. Ruhig ist es hier. Beinahe zu ruhig. Ob ich hier überhaupt schlafen kann? Im Flur bleibe ich am Telefonkästchen stehen und entdecke ein abgenutztes Telefonregister. Ich nehme es mit ins Wohnzimmer, schließe das Fenster dort wieder und drehe die Heizung auf. Ich reibe über meine Unterarme, denn mir ist richtig kalt. Das Gluckern des Heizkörpers ist das einzige Geräusch, das ich wahrnehme. Keine hupenden Autos, kein Baulärm und schon gar nicht der wohlbekannte sirenenartige Ton der einfahrenden S-Bahn in den Bahnhof.

Jetzt brauche ich erst mal einen Kaffee. Ich schließe auch die Fenster in den anderen Räumen wieder und suche dann in der Küche vergeblich nach einer Kaffeemaschine. Nicht mal einen Wasserkocher gibt es hier. Zögernd öffne ich den Hochschrank. Noch immer fühlt es sich seltsam an, mich an Großvaters Eigentum zu bedienen. Schließlich finde ich ein Porzellansieb, Kaffeefilter und eine Packung ungeöffneten Kaffee. In einem geblümten Wasserkessel, dessen Ausgießer verkalkt ist, erhitze ich Wasser und gieße es, nachdem es aufgekocht ist, in das Sieb. Ich schmunzle beim Anblick dieses Retro-Teils.

Mit dem heißen Getränk lasse ich mich auf dem Stuhl am Esstisch nieder und blicke aus dem Erkerfenster. Es gibt nichts Spannendes zu sehen. Nur ein paar Autos fahren die regennasse Straße entlang. Ich blättere im Telefonregister und finde lediglich eine Handvoll Einträge. Vielleicht sollte ich sie abtelefonieren, um herauszufinden, ob jemand von denen mehr über Großvaters Vergangenheit weiß.

»Huch!«, rufe ich erschrocken aus, als Miss Doyle ohne Vorwarnung auf meinen Schoss springt. Ich habe gar nicht bemerkt, dass sie hereingeschlichen ist. Sie sieht mich mit ihren grün-grauen Augen auffordernd an und stupst ihre feuchte Nase an meine Hand, sodass ich beinahe den Kaffee verschütte. »Was willst du?«, frage ich liebevoll.

Erneut stupst sie meine Hand. Vorsichtig fahre ich über ihr warmes Fell. Sie schnurrt und kuschelt sich noch gemütlicher in meinen Schoss. Ich streichle sanft weiter, schließe die Augen und stelle mir vor, dass Großvater mir gegenübersitzt.

Schön, dass du hier bist, höre ich ihn im Geiste sagen und lächle. Wäre es das, was er mir zur Begrüßung sagen würde? Ich presse die Lider fester aufeinander, um ihn noch mehr spüren zu können.

Da klingelt es an der Tür. Miss Doyle springt mit einem Satz herunter und läuft wie ein Hund aus dem Zimmer. Auf Anhieb kommt mir Mark in den Sinn. Mein Herzschlag erhöht sich, was mir überhaupt nicht recht ist. Was will er an einem Sonntag hier? Ich halte mich am Geländer fest und haste die steilen Treppenstufen nach unten. An der Eingangstür bleibe ich stehen und streiche kurz über meine Hose, als könne ich sämtliche Falten mit einem einzigen Wisch entfernen.

Als ich die Tür öffnen will, ist sie blockiert. Eine ältere Dame macht sich am Türschloss zu schaffen. Als sie mich erblickt, schreckt sie zurück. Ergraute Haare schauen unter einer durchsichtigen Plastikkopfbedeckung hervor. Mit ihren faltigen Fingern versucht sie den Schlüssel aus dem Schloss zu zerren.

»Was machen Sie an meiner Tür? Woher haben Sie den Schlüssel?«, frage ich aufgebracht und werde sogleich von ihr unterbrochen.

»Na was denken Sie denn, woher ich den habe, Kindchen?«, fragt sie forsch und begutachtet mich kritisch von oben bis unten. »Ich ahnte nicht, dass Sie schon angereist sind.« Sie streckt mir ihre mit Altersflecken übersäte Hand entgegen. »Ich bin Eilis Wall.«

»Caissy Sullivan«, stelle ich mich ebenfalls vor.

»Es ist eine alte Gewohnheit von mir, zu klingeln, wenn ich den Schlüssel ins Schloss stecke. Ich wollte vor Ihrer Ankunft noch sauber machen. Ich dachte, Sie kämen erst morgen«, erklärt sie in ruppigem Tonfall. Jetzt entdecke ich die Putzlappen, die aus ihrer Tasche herausragen.

»Sind Sie seine ... ich meine, seine ...«

»Seine Reinemache-Fee, so hat der gute John mich immer genannt.« Ein Glanz liegt in den Augen der eben noch kühl wirkenden alten Dame.

Ich meine, in ihr die Frau zu erkennen, die auf dem Friedhof dem grauhaarigen Alten hinterherrief, der nicht auf sie reagierte. Ich fixiere den Schlüssel in ihrer Hand. Unmöglich bringe ich es übers Herz, ihr den jetzt abzunehmen, obwohl mir bei dem Gedanken nicht wohl ist, dass sie hier ungefragt ein- und ausgehen kann.

»Haben noch mehr Leute Zugang zu meinem ... zu Großvaters Haus?«

»Nein, Kindchen, ich bin die Einzige. Außer Mark. Der hat natürlich seinen eigenen Schlüssel.« Sie lacht. »Der muss hier ja täglich rein und raus.«

Der Gedanke gefällt mir gar nicht, dass die beiden jederzeit Zugang zu diesem Haus haben. Schließlich will ich nachts unbesorgt schlafen, ohne Angst haben zu müssen, dass eine Reinemache-Fee oder Mark unerwartet vor meinem Bett stehen und so tun, als wäre es das Normalste der Welt, hier hereinzuplatzen.

»Was ist, Kindchen?« Eilis tritt demonstrativ einen Schritt näher. »Lassen Sie mich nun herein oder soll ich hier im Regen Wurzeln schlagen?«

Ich trete zur Seite und Miss Doyle schlängelt sich an uns vorbei. »Es ist wirklich aufmerksam von Ihnen, dass Sie hier sauber machen wollen, aber ich bekomme es ganz gut alleine hin.«

»Nichts da. Bis Ende des Monats bin ich bezahlt worden und bis dahin erledige ich meine Arbeit«, antwortet sie energisch. Kopfschüttelnd schleppt sie sich die Treppenstufen nach oben. »Ich stecke das Geld bestimmt nicht ein, ohne meine Pflicht erfüllt zu haben. Das wäre ja noch schöner.« Auf der Hälfte der Stufen macht sie Halt und schnauft wie eine alte Dampflok. Hoffentlich kippt sie mir nicht rückwärts hinunter und ich muss sie wiederbeleben.

Sie pustet einmal kräftig durch und sieht mich an, als könne sie Gedanken lesen. Dann widmet sie ihre Aufmerksamkeit wieder der Treppe vor sich. »Was für eine Ähnlichkeit«, murmelt sie und hievt ihren stämmigen Körper Stufe für Stufe nach oben.

Obwohl ich ihr mehrfach versichere, dass es nicht nötig ist, dass sie die Wohnung putzt, lässt sie sich nicht beirren. Sie besteht darauf, etwas für ihr Geld zu tun. Also brühe ich mir einen zweiten Kaffee und setze mich wieder an den Esstisch.

Eilis braucht eine gefühlte Ewigkeit. Sicher nimmt sie es heute schon aus reiner Neugierde besonders genau. Ich wette, sie putzt sonst nicht so gründlich. Will sie mich bewusst mit ihrer Anwesenheit quälen?

Ich hebe rasch die Füße, als sie mit dem Wischmopp gefährlich nahekommt. »Wie lange brauchen Sie noch?«, frage ich höflich, weil ich es kaum abwarten kann, endlich allein zu sein. Schließlich ist es mein erster Tag in Greenkenny.

»Gleich, gleich, Kindchen.« Sie stützt sich auf dem Stiel ab. »Und was soll ich morgen kochen?«

Ich kräusle die Stirn. »Ich ... ich ...«

Es gibt sie also doch, diese Haushälterin, die ich in meinen Träumen verdrängt hatte. Meine Güte, was antworte ich ihr? Ich will nicht, dass eine fremde Frau für mich kocht. Wozu auch? Schließlich habe ich zwei gesunde Hände.

»Was halten Sie von Shepherd's Pie?«

»Das klingt gut«, stimme ich nickend zu, obwohl ich keine Ahnung habe, was das ist. Außerdem weiß ich momentan nicht, wie ich ihr klarmachen soll, dass ich ihre Hilfe nicht benötige.

»Sagen Sie mal, kann ich meine Stelle behalten?« In ihren Augen liegt ein seltsamer Ausdruck, bei dem ich mir nicht sicher bin, ob sie auf den Lohn angewiesen ist. »Ich meine, nach diesem Monat.«

»Wir werden sehen«, antworte ich, weil ich sie nicht gleich abblitzen lassen will.

Als Eilis sich nach knapp zwei Stunden verabschiedet, ziehe ich meine Koffer ins Schlafzimmer. Behutsam nehme ich Großvaters Cordhosen aus dem Schrank und verpacke sie in Pappkartons, die ich im kleinen Lager hinter der Küche im Erdgeschoss gefunden habe. Einer seiner Wollpullover erinnert mich an Mutters Lieblingspullover. Liebevoll streiche ich darüber, bevor ich ihn verstaue. Ob er wohl an dem einen oder anderen Kleidungsstück besonders gehangen hat? An einem, das jetzt auf Nimmerwiedersehen verschwindet?

Später hieve ich die Kartons auf den dunklen staubigen Dachboden, der voll von altem Gerümpel ist. Meine Güte, hier aufzuräumen, wird Monate dauern. Beim Abstellen wirble ich Staub auf und niese. Einige ausrangierte Küchengeräte stehen an einem Ende des Speichers und am anderen sind Kisten in allen möglichen Größen gestapelt. Schuhkartons liegen direkt vor meinen Füßen und aus einem ragt ein ramponierter Teddybär heraus. Ich bücke mich und drehe ihn zwischen den Händen. Mit fröhlichen Knopfaugen lächelt er mich an. Ob es wohl Mutters Kuscheltier war? Ich fröstle. Dennoch bin ich viel zu neugierig und schaue in den Karton, ob ich noch etwas anderes Spannendes entdecke. Da ich nur altes Geschirr finde, steige ich mit dem Teddybären unter dem Arm wieder hinab.

Zurück in der Wohnung beziehe ich das Bett im Schlafzimmer. Die kuschelige Flanellbettwäsche, die ich aus München mitgebracht habe, duftet herrlich frisch. Großvaters Bettwäsche werfe ich in den geflochtenen Korb unter dem Fenster. Sie riecht überhaupt nicht unangenehm, sondern irgendwie heimelig.

Ich betrachte die wuchtige Holztruhe vor dem Bett, in deren Deckel Handwerksfiguren mit ihren Werkzeugen geschnitzt sind. Einerseits bin ich neugierig, was darinnen ist, aber andererseits habe ich nach wie vor ein ungutes Gefühl, in seinen Sachen zu schnüffeln. Trotzdem öffne ich den schweren Deckel. Zusammengefaltete Stoffe, vermutlich alte Tischdecken meiner Großmutter, liegen in der Truhe. Ich schließe sie wieder.

Nach zweiundzwanzig Uhr gehe ich ins Badezimmer und mache mich bettfertig. Beim Anblick der mintgrünen Fliesen schmunzle ich. Einige haben Risse. Sie sind bestimmt uralt und passen, wie ich finde, wunderbar zu einem älteren Mann. Der dreitürige Spiegelschrank über dem Waschtisch hat auch schon bessere Zeiten gesehen. An manchen Stellen des Spiegelglases treten dunkle Flecken hervor. Ich wasche mein Gesicht und streife mein Schlafshirt über.

Zurück im Schlafzimmer falle ich bäuchlings auf die weiche Matratze. Ich schnappe mir das Bild vom Nachttisch, auf dem Mutter und ich zu sehen sind. Wenn ich nur wüsste, warum es aus einer derartigen Entfernung aufgenommen wurde. Vielleicht hätte ich Eilis fragen sollen, ob sie etwas darüber weiß. Sicher kennt sie das Bild. Doch nun ist es erst mal zu spät.

14

Mark

Ein ungutes Gefühl macht sich in meiner Magengegend breit, als ich Sahne, Zucker und Honig für die heutige Karamellproduktion herrichte. Wie immer bin ich früh dran. Wann wird Caissy hier auftauchen und wie wird unser erster gemeinsamer Arbeitstag verlaufen? Diese Frage hat mich die halbe Nacht beschäftigt. Ich gähne.

Old Sullivan hatte mir stets Freiraum in sämtlichen arbeitstechnischen Angelegenheiten gelassen. Doch bei Caissy habe ich meine Zweifel, dass ich auch nur einen Handgriff ohne Erlaubnis tun darf. Bereits von München aus hat sie mich dirigiert, als wäre sie die Einzige, die Ahnung davon hat, wie der Laden laufen muss. In jedem Telefonat gab sie mir penible Instruktionen, als würde die Manufaktur ohne ihre schlauen Sprüche Bankrott gehen. Sie wirkt nicht so, als würde sie die Dinge auf sich zukommen lassen, geschweige denn aus der Hand geben.

Draußen höre ich ein Rumpeln. Die Tür wird aufgerissen. Wenn man vom Teufel ... Madame Caissy rauscht herein.

Um die Hüften trägt sie eine schneeweiße Schürze, die sie bestimmt in einem Designerladen erworben hat. Ihre rotblonden Haare sind zu einem Pferdeschwanz gebunden und zugegeben, sie sieht verdammt attraktiv aus. Was mich nicht zu interessieren hat. Ich zwinge mich, an etwas anderes zu denken.

»Guten Morgen, Mark«, begrüßt sie mich gähnend. Sie wirkt angespannt und unausgeschlafen.

Ich zwinge mich zu einem Lächeln. »Hi, Caissy, schön dich zu sehen«, lüge ich.

Einen kurzen Augenblick lang betrachte ich meine neue Chefin. Allein ihr energischer Auftritt verstärkt meine böse Vorahnung, dass hier bald nichts mehr so sein wird, wie es war. Aber welche Wahl habe ich, außer mich meinem Schicksal zu fügen? Immerhin hat sie mir versprochen, dass sie alles daran setzen wird, die Manufaktur nach ihrem Sabbatical in gute Hände zu geben und sich dafür einzusetzen, dass ich meinen Arbeitsplatz behalten kann. Das ist mein einziger Hoffnungsschimmer.

Sie reibt die Handflächen aneinander und scheint auf einmal voller Elan, so als könne sie ihre Müdigkeit mit einem Fingerschnipsen abstellen. »Dann lass uns mal loslegen. Verrätst du mir heute, welche Geheimzutat in den Karamellen steckt?«

Ich stelle mich dumm. »Wovon sprichst du?« Warum habe ich neulich am Telefon nur behauptet, der Erfolg unserer Karamellen ließe sich nur an meiner speziellen Geheimzutat festmachen, die ich niemals im Beisein anderer hinzufüge? Jetzt wird sie mich nicht mehr in Ruhe lassen, bis sie sie herausgefunden hat.

»Das weißt du genau.« Sie tippt mit dem Zeigefinger gegen meine Brust und es ist, als ginge ein Stromschlag durch meinen Körper – ein angenehmer wohlgemerkt. Vielleicht ist es auch eher ein sanftes Kribbeln, was mir momentan überhaupt nicht in den Kram passt. Caissy ist sexy, okay. Aber sie ist meine Chefin und obendrein die Erbin dieses wundervollen Hauses. Und wenn ich meinen Job behalten will, sollte ich ihr professionell gegenübertreten und mich nicht von ihr durcheinanderbringen lassen.

Ich sammle mich und lenke die Aufmerksamkeit auf die Zutaten vor uns auf der Arbeitsfläche. »Wir haben zwei Grundzutaten: Sahne und Zucker. Allein damit lassen sich schon cremig leckere Karamellen herstellen.« Wie ein Oberlehrer deute ich darauf und Caissy nickt interessiert, als hätte sie noch nie im Leben Zucker gesehen. »Für manche Karamellen verwende ich Milch statt Sahne und je nachdem, welche Sorte es werden soll, füge ich Butter, Vanilleschoten, Ingwer oder was auch immer hinzu.«

Sie kramt Notizblock und Stift aus der Schürzentasche hervor, beugt sich über die Arbeitsplatte und schreibt. Ich verdrehe die Augen. Als ob man sich das alles nicht merken könnte. Nebenbei riskiere ich einen Blick auf ihren wohlgeformten Hintern. Sie dreht sich zu mir und rasch schaue ich starr in die Karamellmasse.

»Aber die Geheimzutat?« Sie lässt nicht locker. »Du hast sie erwähnt und ich habe es nicht vergessen.«

Um Zeit zu gewinnen, schütte ich die Sahne in den Kessel und drehe die Temperatur höher.

»Mark! Ich rede mit dir«, sagt sie energisch, richtet sich auf und ich spüre, wie ihr warmer Atem in meinem Nacken kitzelt.

15

Caissy

Mark schüttet in aller Seelenruhe den Zucker zur Sahne in den Kessel. Dann dreht er sich um und steht dicht vor mir. Okay, ich gebe zu, ich stehe dicht vor ihm, denn ich bin ihm auf die Pelle gerückt. Wir sehen uns tief in die Augen. Ich spüre die Wärme, die von seinem Körper ausgeht. Zum ersten Mal entdecke ich die kleinen Fältchen, die seine Augenwinkel umspielen.

Rasch mache ich einen großen Schritt rückwärts, atme durch und ziehe die Augenbrauen hoch.

»Und? Rückst du nun endlich mit der Sprache heraus?«

»Hör mal, Caissy«, windet er sich. »Ich bin wirklich bereit, dir mit allem hier behilflich zu sein …«

Warum kaufe ich ihm seine Worte nicht ab?

»Und ich werde dich unterstützen, wo ich kann. Aber meine Geheimzutat, die posaune ich nicht einfach so in die Welt hinaus.«

»Weshalb nicht?« Ich stemme die Hände in die Hüften und blitze ihn an. »Was ist schon dabei?«, bohre ich, obwohl mir natürlich klar ist, dass die Geheimzutat sozusagen Marks Ass im Ärmel ist. Damit hat er mich in der Hand.

»Weil ich damit mein Patent verschenken würde, wenn ich sie dir verrate.«

»Und wo liegt das Problem?«

Mark lacht schallend, als hätte ich den besten Witz aller Zeiten gerissen. »Wo das Problem liegt?«

Herausfordernd blitze ich ihn an.

Er rührt gelassen mit dem Holzlöffel, der mir neulich schon aufgefallen ist, die Flüssigkeit im Kessel um. Heute erkenne ich die Gravur: *In freundschaftlicher Verbundenheit*. Bestimmt hat er ihn von Großvater bekommen. Es gibt mir einen Stich.

»Ich habe dir versprochen, dass ich dir alles erkläre, was du wissen musst. Aber meine Geheimzutat ... die ist ... davon hängt mein Leben in gewisser Weise ab.«

»Dein Leben?« Jetzt bin ich es, die schallend lacht.

»Du wirst sie schon noch erfahren«, versucht er mich zu besänftigen.

»Und wann?« Ich werde nicht locker lassen. Ist Mark mir gegenüber nicht sogar verpflichtet, Firmengeheimnisse weiterzugeben? Heute Abend werde ich mir seinen Arbeitsvertrag ansehen und prüfen, ob da irgendetwas steht, womit ich ihn drankriegen kann.

»Können wir uns fürs Erste darauf einigen, dass ich dir die Basics beibringe?«

Möglicherweise ist es klüger, mich zunächst auf seine Spielchen einzulassen. Also gebe ich klein bei. »Okay, von mir aus.«

»Wenn du genug gelernt hast, wirst du sie von selbst herausfinden.«

»Und dann lügst du mich auch bestimmt nicht an?« Ein Fünkchen Hoffnung keimt in mir auf. »Versprochen?«

»Versprochen!«

***

Am Abend des langen Arbeitstages lege ich erschöpft die Beine hoch. Statt wie zu Hause in den Steuertipps zu blättern, habe ich mir den ersten von Großvaters Aktenordnern vorgenommen, die im Wohnzimmerschrank stehen. Ich will sie nach und nach durchsehen und hoffentlich den einen oder anderen Hinweis auf meine Wurzeln finden. Doch leider befindet sich im ersten nichts außer Rechnungen. Nachdem ich Seite für Seite durchgeblättert habe, stelle ich ihn resigniert zurück ins Regal. Später falle ich völlig übermüdet in mein Bett.

Am Morgen verspüre ich einen heftigen Muskelkater. Ich komme kaum aus dem Bett, solche Schmerzen habe ich in den Armen und im Rücken. Es wird Tage dauern, bis ich wieder halbwegs gerade gehen kann. Und Wochen, bis ich mich daran gewöhnt habe, den kompletten Arbeitstag auf den Beinen zu verbringen.

***

Und tatsächlich, nach einer weiteren Woche geht es mir körperlich keine Spur besser. Niemals hätte ich es für möglich gehalten, dass der Job in einer Karamellmanufaktur derartige Knochenarbeit ist. Nicht nur das Stehen ist anstrengend, sondern auch das ewige Rühren in der Karamellmasse. Nachdem ich täglich einige

Stunden rührend am Kessel verbringe, fürchte ich allmählich, mir einen Tennisarm zu holen.

Dem Enträtseln der Geheimzutat komme ich auch keinen Millimeter näher. Und dabei dachte ich, dass ich maximal zwei Tage brauchen würde, das Geheimnis zu knacken. Immerhin halte ich mich für schlau, kreativ und kann gut kombinieren. Ich beobachte jeden von Marks Schritten, wenn er eine Zutat in den Kessel gibt. Er kann sie schließlich nicht ewig vor mir verbergen. Und ohne sie ist es vermutlich nicht möglich, die berühmten Karamellen herzustellen. Was wäre ein Verkauf ohne die wichtigste Zutat wert? Nichts!

Am Abend eines weiteren langen Tages bin ich fix und fertig. Mark hat mich heute gnadenlos eingespannt und herumgescheucht wie eine Auszubildende. Zwischendurch musste er in den Laden, weil Laufkundschaft kam. Ich war ihm immer dicht auf den Fersen und habe ständig überlegt, was man optimieren könnte und habe mir haufenweise Notizen gemacht.

Nun ist er endlich nach Hause gegangen. Und ich habe vorgegeben, auch Feierabend zu machen. Doch statt nach oben in die Wohnung zu gehen und die Beine hochzulegen, wühle ich mich durch sämtliche Schubladen, Schränke und Fächer. Irgendwo muss diese verdammte Geheimzutat doch zu finden sein. Ich krame zwischen Zimt und Zucker, Blechen und Töpfen. Nach einer halben Stunde, in der ich kopfüber wirklich in ausnahmslos jedem Schrank und jeder Schublade gesteckt habe, bin ich immer noch nicht fündig geworden. Entweder hat er sie extrem gut versteckt oder er trägt sie bei sich. In meiner Verzweiflung googele ich nach *Geheimrezept für Karamellen.* Doch auch hier finde ich keine Zutat, die mir nicht schon bekannt wäre.

Doch einen ersten Erfolg kann ich verzeichnen. Mark hat mir bestätigt, dass wir mit meiner Hilfe fünf Prozent mehr Karamellen hergestellt haben als üblich. In meiner Kopfrechnung bedeutet das einen deutlichen Gewinnzuwachs.

Mark ist zwar weiterhin nicht überschwänglich nett zu mir, während wir nebeneinander her werken, doch das ist auch nicht nötig. Ich finde, die Distanz zwischen uns ist ganz in Ordnung. Schließlich ist es nicht wichtig, Worte zu wechseln, die über die Arbeit hinausgehen. Hauptsache, der Laden brummt. Und das Knistern, das ich anfangs in seiner Nähe verspürte, ist glücklicherweise deutlich weniger geworden. Es täte dem beruflichen Klima ohnehin nicht gut.

***

Nach einigem Hin und Her habe ich mich mit Eilis darauf geeinigt, dass sie weiterhin als Haushälterin und Reinemachefee, wie mein Großvater sie genannt hat, für mich arbeiten kann. Zumindest dreimal die Woche. Zuerst wollte ich ihr kündigen, schon wegen der Kostenersparnis. Doch dann wurde mir klar, dass ich ihre Hilfe gut brauchen kann, zumal die Erweiterung der Karamellproduktion wirklich viel Zeit in Anspruch nimmt und ich abends nicht noch den Nerv habe, mich um den Haushalt zu kümmern. Die Gewinne sind steigend. Deshalb sind die Kosten für Eilis finanziell leicht zu stemmen. Außerdem habe ich gemerkt, wie sehr sie an ihrem Job hängt. Ich habe es nicht übers Herz gebracht, ihr den einfach zu nehmen. Irgendwie tat sie mir leid.

Eigentlich hätte ich am heutigen Samstag gerne meine Ruhe gehabt, doch Eilis musste den Wochenputz wegen ihres gestrigen Arzttermins auf heute verschieben. Na ja, vielleicht ist das Glück auf meiner Seite und sie beeilt sich.

Während sie sich durch den Flur und das Schlafzimmer putzt, gehe ich nach unten und leere den Briefkasten. Ein Werbekatalog eines Lebensmittelgroßhändlers, der an Großvater adressiert ist, liegt darin. Ob er sich wohl dafür interessiert hätte? Oder empfand er Werbung eher als lästig und sie wanderte ungelesen in den Papiermüll?

Dank des Nachsendeauftrags, den ich von Deutschland aus erstellt habe, ist der druckfrische *Steuerberater* ebenfalls heute eingetroffen. Ich kann es kaum erwarten, nachher mit einer Tasse schwarzem Kaffee in den neuesten BFH-Urteilen zu schmökern. Unweigerlich denke ich an meinen unleidlichen Mandanten Ingo Müller-Engelhart. Ob meine Kollegen in der Kanzlei ähnlich viel Geduld mit ihm haben wie ich?

Ich entdecke Mick, den Inhaber von *Murphys Bakery*, der sich zwischen drei schwatzenden Frauen hindurchschlängelt, die den Eingang der Metzgerei versperren. An seinen Armen reißen seine beiden zappelnden Kinder. Als er mich erblickt, winkt er fröhlich und kommt auf mich zu.

»Guten Morgen!«

»Guten Morgen, Mick«, grüße ich zurück und schmunzle beim Anblick der kleinen Rabauken. »Musst du heute nicht arbeiten?«

»Nein, Kelly schmeißt den Laden. Und ich muss mich stattdessen um die beiden Quälgeister hier kümmern.«

»Daddy, ich will auf den Spielplatz«, jammert der kleine Finn und postwendend stimmt der etwas ältere Kane mit ein.

»Au ja, Spielplatz, Spielplatz!« Er hüpft auf und ab und zerrt weiterhin am Arm seines Vaters.

»Du siehst ja, wie mein freier Tag aussieht.« Er lacht. »Ich muss weiter. Grüß mir Mark schön, hörst du?«

»Mach ich.« Ich winke den dreien nach und mir wird schwer ums Herz. Auch wenn die Kleinen anstrengend und mit Sicherheit nicht immer einverstanden mit dem sind, was ihre Eltern entscheiden, so haben sie etwas, was ich nie hatte: eine Familie.

Ich klammere mich an den *Steuerberater* und drücke ihn an meine Brust. Die Jungs lachen und scherzen. Mick gibt Kane einen liebevollen Klaps auf den Po, während er Finns Hand fester umklammert, damit dieser nicht unbeaufsichtigt über die Straße rennt. Selbst als sie längst um die Ecke sind, starre ich auf die Stelle, an der sie aus meinem Sichtfeld verschwunden sind. Dann atme ich kräftig durch und richte den Rücken gerade. Die drei Frauen stehen immer noch lachend und schwatzend vor der Bäckerei und nehmen niemanden um sich herum wahr. Ich verschwinde wieder im Haus.

Eilis ist mittlerweile im Wohnzimmer angelangt. Ich setze mich auf die Couch und blättere in meiner Zeitschrift. Wegen des ohrenbetäubenden Staubsaugerlärms kann ich mich kaum konzentrieren.

Miss Doyle tapst über den Boden und macht es sich auf dem flauschigen Teppich bequem. Sie putzt sich ausgiebig. Dann streckt sie sich und springt mit einem Satz zu mir auf die Couch. Ich streichle über ihr warmes, weiches Fell. Eine seltsame Ruhe breitet sich in mir aus. Mit der Schnauze stupst sie gegen den *Steuerberater*, der daraufhin zuklappt.

»Du willst wohl nicht, dass ich lese, was?«, sage ich liebevoll.

Unschuldig sieht sie mich mit ihren grün-grauen Augen an, stupst schon wieder an die Zeitung und macht es sich auf meinen Oberschenkeln bequem.

Als Eilis später mit dem Wischmopp bewaffnet erneut ins Wohnzimmer stapft, sehe ich von meiner Zeitschrift auf.

»Eilis, wie gut kannten Sie Großvater privat?« Ich schwinge die Beine auf das Sofa, damit sie den Boden unter der Couch wischen kann. Miss Doyle schnurrt und krallt sich mit ihren Pfötchen an meiner Jeans fest.

»Gut, Kindchen, gut kannte ich ihn«, antwortet sie in ihrem üblichen, mürrischen Tonfall und wischt unmittelbar eine Spur hektischer.

»Wie gut?«, hake ich nach.

»Sehr gut.« Sie hängt an ihrem Wischmopp wie ich an meinen Fachzeitschriften.

»Ich würde so gerne ein wenig mehr über ihn erfahren. Können Sie mir erzählen, wie er so war?«

»Vielleicht ein andermal.« Sie sieht auf ihre altmodische Armbanduhr. »Ich habe heute nicht allzu lange Zeit.«

Was mich an Eilis stört, ist die Tatsache, dass sie zwar auf meine Fragen reagiert, aber das war‘s dann auch schon. Jedes Mal, wenn ich sie auf Großvater anspreche, folgt eine höfliche, knappe Antwort. Nicht mehr. Das macht mich rasend. Warum plaudert sie nicht ein wenig mit mir?

»Stimmt es, dass Sie schon immer bei meinem Großvater und meiner Großmutter gewohnt haben?«

Eilis bleibt stehen und stützt die Unterarme auf der Wischmoppstange ab.

»Ich meine, bevor er nach Greenkenny kam.«

»Ich hatte meine eigene Wohnung. Aber ja, ich wohnte in der gleichen Stadt«, verteidigt sie sich beinahe empört, beugt sich nach unten und schiebt den Wischmopp in die Ecke des Raumes.

Dass sie nicht von Beaufort, Mutters Geburtsort spricht, habe ich längst herausgefunden. Das Postamt, den Supermarkt und die Wirtshäuser, die es in diesem kleinen Dorf in der Grafschaft Kerry gibt, habe ich schon abtelefoniert, um etwas herauszufinden. Fehlanzeige! Niemand dort kennt meine Familie.

»In welcher Stadt lebten Sie damals?«

»Das ist doch unwichtig, Kindchen.«

Ich schnaube. Wie ich es hasse, dass sie mich ständig Kindchen nennt. Und noch mehr hasse ich es, dass sie sich aus jeder meiner Fragen herauswindet. »Und warum sind Sie Großvater nachgereist, als er nach Großmutters Tod hierher kam?« Mal sehen, ob ich sie mit meiner provokanten Frage aus der Reserve locken kann.

»Kindchen, nun hören Sie mal«, antwortet sie aufgebracht. »Ich bin ihm doch nicht nachgereist. Was bilden Sie sich ein? Ihr Großvater hatte mir angeboten, dass ich weiter für ihn arbeiten könne, wenn ich mit nach Greenkenny käme. Und da ich nicht gebunden war, habe ich kurzerhand beschlossen, meine Tätigkeit für ihn fortzusetzen.« Sie hebt die Augenbrauen. »Und bitte unterstellen Sie mir nun nicht auch noch, dass ich eine Liebschaft mit ihm gehabt hätte. Die hatte ich nämlich ... nicht.« Sie schrubbt eine Spur energischer und weicht meinen bohrenden Blicken aus.

Auf die Idee wäre ich gar nicht gekommen. Aber jetzt, wo sie es anspricht ... Ich mustere sie aufmerksam. Hatte Eilis etwa eine Affäre mit Großvater? Sie wirkt sichtlich nervös. Irgendetwas verschweigt sie.

Ich zucke mit den Schultern. »Sie beide waren erwachsen. Mir wäre es egal, ob sie ein Verhältnis mit ihm gehabt hätten.«

»Hatten wir nicht«, betont sie mit Nachdruck. Sie holt ein Papiertaschentuch aus ihrer Schürzentasche und wischt sich über die Stirn. Dann verschwindet sie mit dem Wischmopp im Flur und murmelt etwas vor sich hin, das ich nicht verstehe.

»Aber warum ist Großvater überhaupt umgezogen? Hat es ihm an seinem früheren Wohnort nicht mehr gefallen?«, rufe ich ihr nach. Ich löchere sie einfach so lange, bis ich alles erfahren habe, was ich wissen will.

»Ich höre nichts«, raunt sie entnervt und rumpelt gegen ein Möbelstück.

Miss Doyle schreckt hoch und springt von der Couch. Sie tapst zur Tür und reckt ihren Hals neugierig in den Flur.

Ich wette, Eilis stellt sich absichtlich taub. Etwas lauter wiederhole ich meine Frage.

Sie streckt den Kopf zur Tür herein und zieht die Augenbrauen in Richtung ihrer faltigen Stirn. »Sie wissen doch, dass er hier die Manufaktur aufgebaut hat.«

»Ja, aber warum hat er das getan?«, lasse ich nicht locker.

»Kindchen, das weiß ich doch nicht. Da hätten Sie ihn schon selber fragen müssen. Darf ich nun weiter arbeiten?« Sie schaut erneut auf ihre Armbanduhr.

Ich fürchte, ich muss sie nun in Ruhe lassen. Dennoch starte ich einen letzten Versuch. »Ja sicher, aber als was hat er vorher gearbeitet?«

Sie rollt mit den Augen und seufzt. »Er hatte ebenfalls eine Karamellmanufaktur. Oder sagen wir besser ... eine halbe.«

»Eine halbe?« Dass ich ihr jedes Wort aus der Nase ziehen muss, nervt gewaltig.

»Er hatte zusammen mit einem Freund ein Geschäft. Die beiden haben sich verkracht und Ihr Großvater hat nach dem Streit die Konsequenzen gezogen, seinen Anteil verkauft und in Greenkenny neu angefangen.« Sie rattert die Informationen herunter wie ein Schaffner die Lautsprecheransagen an der Münchner S-Bahn. *Vorsicht an Gleis eins. Die S-Bahn fährt ein. Nächster Halt Marienplatz.*

Sie streicht eine ihrer widerspenstigen Haarsträhnen hinter das Ohr, die sich aus dem Dutt gelöst hat. »Sind Sie nun endlich zufrieden? Kann ich jetzt zu Ende putzen?«

***

Heute nehme ich mir einen freien Tag, was ich mir nach den ersten Wochen, in denen ich tapfer durchgehalten habe, redlich verdient habe. Dass ich mir nicht freinehme, um die Gegend anzusehen, ahnt Mark bestimmt nicht. Statt zum Sightseeing mache ich mich mit Großvaters in die Jahre gekommenen Lieferwagen auf den Weg zu einem Küchengerätegroßhändler in Belfast. Die Fahrt dauert über zwei Stunden und stellt für mich, dank des klapprigen Gefährts und des Linksverkehrs, eine richtige Herausforderung dar. Dennoch bewundere ich, so gut es mir während der Fahrt möglich ist, die raue irische Landschaft, die saftigen grünen Hügel, die in das sanfte Licht der Morgensonne eingehüllt sind. Ich fahre an plätschernden Bächen und eingewachsenen Seen vorbei, die sich wie gemalt in die Umgebung einfügen. Als ich schließlich in Belfast ankomme, brauche ich ewig mit der Parkplatzsuche.

Endlich öffne ich die Tür des Ladens, der mein heutiges Ziel ist. Es strahlen mir hunderte, nein tausende Edelstahlgeräte entgegen. Staunend schlendere ich durch das wohlsortierte Geschäft, vorbei an kompletten Küchenblöcken bis hin zu überdimensional großen Hausgeräten. Hier bin ich genau richtig. Zufrieden grinse ich in mich hinein, weil ich weiß, dass ich meinem Plan, die Produktion der Manufaktur zu erweitern, einen Schritt näher komme.

»Kann ich Ihnen behilflich sein?«, fragt mich ein Verkäufer mit untersetztem Bauch in einem viel zu engen Cordanzug.

Ich erläutere ihm mein Anliegen und staune nicht schlecht, als er mich zu einem Rührgerät führt, das etwa die Größe einer Spülmaschine hat.

»Sie haben hier die Möglichkeit, unterschiedlichste Aufsätze einzuhängen und damit die verschiedenen Zutaten miteinander zu verrühren«, erklärt er mit Stolz in der Stimme. »Der Clou ist, dass Sie das Gerät aufheizen können und dank der einzigartigen Oberflächenveredelung brennt nichts an.«

Fasziniert lausche ich seinen Ausführungen. Das ist exakt das, was ich mir vorgestellt habe. Wenn nicht sogar noch besser, als ich mir erträumt hatte. Mit diesem Zauberteil lassen sich die Karamellen bestimmt wie von selbst herstellen. Und die Menge der Flüssigkeit, die hineinpasst, ist dreimal so hoch wie bei unserem Kessel. Der Preis mit Sicherheit auch. Wenn nicht noch mehr. Vorsichtig schiele ich auf die Beschreibung. Als ich den Wucherpreis des Super-Hightech-Gerätes entdecke, wird mir zwar beinahe übel, aber ich muss dieses Teil unbedingt haben.

»Ich nehme es«, sage ich und fühle mich, als hätte ich soeben einen Mittelklassewagen erstanden. Aufgeregt aber zufrieden schlage ich in die Hand des Verkäufers ein und folge ihm zur Kasse. Mark wird Augen machen, wenn das Gerät geliefert wird. Ich stelle mir sein verdutztes Gesicht vor und frage mich, was er dazu sagen wird. Bestimmt dauert es seine Zeit, bis er sich damit anfreundet.

Weil es erst früher Nachmittag ist, fahre ich in die Innenstadt, schlendere an der Belfast City Hall vorbei und schieße ein paar Fotos zur Erinnerung. Obwohl Belfast eine der größeren irischen Städte ist, ist sie nicht mit dem Münchner Treiben zu vergleichen. Mit einem Mal vermisse ich meine geliebte Heimat. Die Cafés und Bars im Glockenbachviertel, in denen ich so gerne meine Zeit verbracht habe und den Viktualienmarkt, auf dem ich zu besonderen Anlässen sündhaft teuren Fisch gekauft habe. Doch so schnell werde ich die bayerische Landeshauptstadt nicht wiedersehen.

In einem Café genehmige ich mir zur Ablenkung ein Stück Apfelstreuselkuchen und eine Tasse herrlich duftenden schwarzen Kaffee. Während ich den Kuchen mit einer ordentlichen Portion Sahne vertilge, blättere ich in dem Prospekt, den mir der Verkäufer mitgegeben hat. Akribisch schlage ich Seite für Seite auf und sammle Ideen. Bestimmt bleibt das Rührgerät nicht das Einzige, das ich dort erstehen werde. Nach und nach werde ich die komplette Manufaktur verändern und optimieren. Einen ersten Schritt habe ich heute getan.

16

Mark

Der heutige Tag ist ruhig. Beinahe zu ruhig. Doch es tut mir gut, mal wieder entspannt ohne diese nervige Stimme im Ohr zu arbeiten. Kein ständiges Gequassel, bohrende Fragen oder Verbesserungsvorschläge. Und nicht das ewige Rätseln nach meiner Geheimzutat. Verrückt, dass Caissy nicht von selbst darauf kommt.

Müde wische ich am Abend die Arbeitsfläche ab und betrachte zufrieden meine neue Erfindung, die Chili-Rosmarin-Karamellen. Insgeheim nenne ich sie *Creation Caissy*. Als ich den Chili, der bekanntlich die sexuelle Lust steigert und den Rosmarin, der die Sinne betört, gedankenverloren in die Karamellmasse habe einrieseln lassen, habe ich unweigerlich an sie und ihr Parfüm denken müssen. Selbst jetzt, wo sie unterwegs ist, habe ich den blumig-orientalischen Duft in der Nase. Auch wenn der im Grunde keine Spur mit den Karamellen zu tun hat.

Draußen höre ich eine Wagentür zuschlagen und blicke aus dem Fenster. Da kommt sie. Ihre Haare wehen im Wind und sie wischt sich eine Strähne aus dem Gesicht. Sie wirkt nahezu anmutig. Urplötzlich stolpert nicht nur mein Herz, auch meine Beine geraten aus dem Gleichgewicht, weil ich gegen die offene Schranktür gestoßen bin. Nur knapp verhindere ich einen Sturz. Verdammt, warum habe ich mich nicht besser im Griff? Dabei gibt es keinen Anlass, nervös zu sein. Wegen was auch? Außerdem verschwindet sie bestimmt direkt in ihrer Wohnung.

Da wird die Tür aufgerissen und Caissy platzt herein. »Du bist noch hier?« Tadelnd deutet sie auf ihre Armbanduhr. »Du sollst keine Überstunden machen. Wann lernst du endlich, dich an die Arbeitszeiten zu halten?«

Ich ziehe scharf Luft durch die Nase und knalle den Lappen auf die Arbeitsfläche. »Hallo, Caissy«, begrüße ich sie so freundlich, wie es mir nach dieser verbalen Backpfeife möglich ist. Warum nörgelt sie ständig? Sie kann doch froh sein, dass ich so gewissenhaft bin und meinen Arbeitsplatz erst verlasse, wenn er halbwegs ordentlich aussieht. Mir ist unbegreiflich, weshalb mich ihre Ankunft eben noch nervös gemacht hat.

»Hast du mich verstanden?«

»Ja«, entgegne ich gedehnt. »Habe ich.« Ich stemme die Hände in die Hüften.

»Warum antwortest du dann nicht?«

Irgendwann treibt sie mich noch in den Wahnsinn. »Ich würde gern meine Arbeit zu Ende bringen, wenn es erlaubt ist.« Ich schnappe den Chili und räume ihn in den Schrank.

»Halt!«, ruft sie energisch.

Was ist denn nun schon wieder?, möchte ich am liebsten maulen. Doch ich drehe mich nur stumm zu ihr um und hebe genervt eine Augenbraue.

»Was ist das?« Mit ihrem Zeigefinger deutet sie auf die Chilidose in meiner Hand.

»Das ist Chili.«

»Aaaha!« Ihre Augen blitzen und ihre geschminkten Lippen verziehen sich zu einem breiten Grinsen. »Was hast du damit gemacht?«

Mein Gott, was soll diese blöde Fragerei?

»Caissy!« Ich schnaube. »Ich habe das Chiligewürz gebraucht, um scharfe, heiße Karamellen zu produzieren.« Bei den Worten *scharf* und *heiß* grinse ich sie ein wenig zu anzüglich an. Aber momentan kann ich nicht anders, als sie zu provozieren. Den Rosmarin erwähne ich nicht, denn ich habe ja keine Ahnung, ob sie sich mit den erotisierenden Wirkungen von Gewürzen auskennt und aus meiner Mischung falsche Schlüsse zieht. »Magst du probieren?«, schlage ich versöhnlich vor, obwohl es mir schwerfällt. Ich reiche ihr ein paar Karamellen auf einem Teller. Sie schiebt sich zwei auf einmal in den Mund.

»Hmm ... köstlich!«, schwärmt sie und ihrem zufriedenen Gesichtsausdruck entnehme ich, dass sie mir meine Überstunden längst verziehen hat.

17

Caissy

Genüsslich kaue ich die cremig-süßen Karamellen und schlecke mir über die Lippen. In diesem Augenblick knurrt mein Magen und meldet, dass ich außer dem Apfelkuchen in Belfast heute noch nicht besonders viel zwischen die Zähne bekommen habe. Doch ich schiebe das Hungergefühl beiseite, denn mir wird unweigerlich klar, dass ich genau zum richtigen Zeitpunkt zurückgekommen bin. Und zwar in dem, in dem Mark nicht damit gerechnet hat, dass ich heute noch hier aufkreuze. In einem Moment, in dem er sich völlig sicher fühlte und in dem er annahm, die Geheimzutat nicht vor mir verstecken zu müssen. Doch nun ist mir klar, wovon er immer gesprochen hat.

Chili! Dass ich nicht früher darauf gekommen bin. Immerhin ist dieses Gewürz mit einer Prise Salz vergleichbar, die ja auch in nahezu keinem Gericht fehlen darf. Bestimmt verleiht das Chiligewürz den Karamellen seine unverwechselbare Note. Einen Hauch von Schärfe, den man jedoch nicht wirklich herausschmeckt. Doch ich werde ihn nun nicht weiter bedrängen. Schließlich sehe ich ihm an der Nasenspitze an, dass ich sein Geheimnis gelüftet habe. Innerlich könnte ich Luftsprünge machen, doch äußerlich gebe ich mich so, als hätte ich nicht bemerkt, wie er bis über beide Ohren rot geworden ist.

Mein Magen macht sich erneut bemerkbar, was Mark nicht entgeht. Er starrt auf meinen Bauch. »Hast du heute noch nichts außer Karamellen gegessen?«

»Fast. Belfast war so aufregend, dass ich ganz vergessen habe zu essen.«

Mark hat die Ärmel seines braun-karierten Hemdes hochgeschoben, was einen überaus reizvollen Blick auf seine muskulösen Unterarme freigibt. Ich lecke mir über die Lippen und zwinge mich, wieder woanders hinzusehen.

»Ich wollte mir auf dem Heimweg Fish & Chips an der Lane Street holen.« Er sieht mich abwartend an. »Hast du Lust, mit mir zu essen?«

Mit Mark essen? Kurz zögere ich, denn ich bin mir nicht sicher, ob wir außerhalb des Geschäftes überhaupt Zeit miteinander verbringen sollten. Aber ... es ist nur ein Essen und Fish & Chips klingt nicht gerade nach einem romantischen Candle-Light-Dinner. Zudem habe ich wirklich Hunger.

»Gerne«, antworte ich deshalb.

Außerdem habe ich nach den Stunden im Auto richtig Lust auf etwas Gesellschaft. Auf Marks Gesellschaft. Es ist doch nichts Verwerfliches dabei, mit seinem Angestellten ein paar Happen zu sich zu nehmen.

Ich laufe kurz in die Wohnung hinauf, gehe zur Toilette und lege im Anschluss etwas Parfüm auf. Die Lippen ziehe ich mit einem roséfarbenen Lippenstift nach und schnappe mir die kleine dunkelbraune Lederhandtasche, die vom Stil perfekt zu meiner Jeans passt.

Minuten später sind wir auf dem Weg zur Lane Street und ich erzähle Mark von meinem Sightseeingtrip nach Belfast. Den Laden, den ich besucht habe, verschweige ich. Er wird die Überraschung noch früh genug erfahren.

»Zweimal Fish & Chips«, ordert Mark und ich zücke mein Portemonnaie. Er hebt abwehrend die Hand. »Lass nur. Ich lade dich ein.«

»Aber ...«

»Ich sagte, ich lade dich ein.«

Zugegeben, es fällt mir schwer, seine Einladung anzunehmen, denn er hat bestimmt weniger Geld als ich und irgendwie kommt es mir nicht richtig vor. Doch sein energischer Blick lässt mich lächelnd nicken. »Danke.«

Wir lassen uns auf den Holzbänken vor dem Foodtruck nieder und hauen genüsslich rein. Wie ich Fish & Chips liebe.

»Hast du eigentlich schon herausgefunden, warum dein Grandpa dieses Supermarktbild auf dem Nachttisch hat?«, fragt Mark unverblümt und kickt mit dem Fuß ein paar Chips zur Seite, die auf dem Kopfsteinpflaster liegen.

»Nein«, antworte ich seufzend. »Und es scheint, als gäbe es im ganzen Haus kein weiteres Bild von meiner Mutter und mir. Nicht mal ein altes Fotoalbum habe ich gefunden. Das ist doch merkwürdig, findest du nicht?«

Er zuckt mit den Schultern.

»Darf ich dich was fragen, Mark?« Ich spieße die Holzgabel in den Fisch.

Er hält inne und wischt sich mit dem Finger die Sauce Tartare aus dem Mundwinkel. »Klar.«

»Wie gut kanntest du meinen Großvater?« Ich schiebe mir eine weitere Gabel voller Fisch in den Mund.

»Sehr gut«, antwortet er mampfend.

»Ich würde gern ein wenig mehr über ihn erfahren. Würdest du mir von ihm erzählen? Wie war er, wie dachte er und so. Verstehst du, was ich meine?«

Mark lächelt mich mit seinen blauen Augen an. »Sieh dich an, dann weißt du, wie er war.«

»Wie meinst du das?«

»Er hatte zwar nicht diesen ausgeprägten Optimierungswahn, aber er war Perfektionist ... wie du.«

»Ist das ein Kompliment?«

Statt zu antworten, schiebt er sich ein paar Chips in den Mund und leckt sich über die Lippen.

Ich sehe ihn abwartend an.

»Perfektion in gewissem Maße finde ich bei dir sogar anziehend.« Er umfasst sein Kinn mit Daumen und Zeigefinger und sieht mich intensiv an. Sein Blick geht mir durch und durch und seine Worte schmeicheln mir. Ich schlucke.

»Doch wenn es krankhaft wird, ist es nicht mehr lustig.«

Mit einem Schlag macht er seine eben ausgesprochenen Worte kaputt. In meinem Magen grummelt es und Unbehagen zieht sich wie ein dunkler Schleier um mich. »Willst du mir sagen, ich sei krankhaft?«

»Nein nein«, antwortet er beschwichtigend und hebt beide Hände. »Ich meinte nur, dass es nicht mehr lustig wäre, *wenn* es krankhaft wäre.«

»Warum sagst du es überhaupt, wenn du nicht mich damit meinst?« Ich bin mir sicher, dass es eine Anspielung war. »Ich weiß, dass ich manchmal mit meiner Perfektion ein wenig übertreibe ...«, erkläre ich mit einem beleidigten Unterton in der Stimme und bin über mich selbst überrascht, dass ich meinem Angestellten gegenüber derart offen bin. Wo ist meine professionelle Distanz geblieben?

»Ein wenig?« Er lacht laut auf.

»Du machst es schon wieder.«

»Was denn?«

»Mich provozieren.«

»Caissy«, sagt er sanft. »Das ist nicht meine Absicht. Ich spreche doch nur über Tatsachen.«

Tatsachen, mit denen ich ungern von ihm konfrontiert werde. Und ich will mich jetzt auch nicht damit beschäftigen müssen. »Was fällt dir eigentlich ein?« Ich blitze ihn an. »Was gibt dir das Recht, mich zu maßregeln?« Ich stehe auf, nehme den geleerten Pappteller und werfe ihn in den Müllbehälter neben dem Foodtruck. »Ich muss los.« Damit drehe ich mich um und haste die Straße entlang.

Es war eine miserable Idee, seine Einladung anzunehmen. Aus dieser Sache habe ich gelernt. Zweifelsohne. Auch wenn Mark irgendwie recht hat ... dass er mir meine Fehler so schonungslos vor die Nase hält, steht ihm nicht zu. Schließlich kennen wir uns kaum. Zumindest nicht privat.

»Caissy ... warte doch«, vernehme ich hinter mir seine eindringliche Stimme.

Vor der Haustür wartet bereits Miss Doyle auf mich.

Ich sperre auf und sie huscht an mir vorbei, die Treppe nach oben. Ich schmunzle, als ich an den Moment zurückdenke, als ich dachte, Miss Doyle wäre eine alte Dame, die mit Großvater zusammengelebt hätte. Auch wenn ich keinerlei Erfahrung mit Haustieren habe, ist es mir deutlich lieber, mich um eine Katze zu kümmern, als um eine Mitbewohnerin in Form eines Menschen.

Aus der Speisekammer hole ich eine Dose Truthahn in Gelee. Miss Doyle wartet bereits vor ihrem Schälchen und kann es sichtlich kaum erwarten, bis ich ihr das Fressen serviere. Aufgeregt wuselt sie hin und her und miaut dabei.

»Lass es dir schmecken.« Liebevoll streichle ich über ihr Fell, was sie schnurrend beantwortet. Bisher scheine ich alles richtig zu machen. Obwohl ich eigentlich kein Fan von Haustieren bin, zwingt Miss Doyle mich täglich, ihr Aufmerksamkeit zu schenken. Sie fordert sie vehement ein, indem sie auf mich springt, während ich irgendwo sitze und mich so lange mit ihren grün-grauen Augen ansieht, bis ich sie streichle. Allmählich gewöhne ich mich an sie.

Als sie zufrieden vor sich hin futtert, setze ich mich vor den Fernseher, in dem eine Diskussionsrunde über Fachkräftemangel läuft, der auch in Irland Einzug gehalten hat. Nebenbei blättere ich den Inhalt eines Schuhkartons durch, den ich erst gestern Abend ganz hinten in einem Fach des Wohnzimmerschrankes entdeckt habe. Großvater hat darin Fotos aufbewahrt. Ich vermute, in einer Frau auf den Bildern meine Großmutter zu erkennen. Sie hat eine gewisse Ähnlichkeit mit Mutter. Jedoch ist von ihr kein einziges dabei. Resigniert lege ich den Karton zur Seite und seufze, weil ich mit meiner Recherche nicht wirklich weiterkomme.

Ich versuche, mich wieder auf das Programm zu konzentrieren. Zu meinem Leidwesen wandern meine Gedanken nun laufend zu Mark. Warum kann ich das nicht abstellen? Fest steht, ich hätte mich gar nicht auf ein Abendessen mit ihm einlassen dürfen. Was fiel ihm ein, so mit mir zu sprechen? Er hat kein Recht, mir die Meinung zu geigen. Wir sind weder verwandt noch befreundet. Ich werde ihn zukünftig auf Distanz halten. Geschäft und Privatleben passen definitiv nicht zusammen. Nicht dass ich es nicht schon vorher gewusst hätte.

Weil ich mich nicht auf die Diskussion im Fernsehen konzentrieren kann, zappe ich mich durchs Programm, bis ich schließlich schlafen gehe.

***

»Morgen, Caissy«, begrüßt Mark mich am nächsten Morgen, als ich die Küche des Geschäfts betrete. Er vermeidet den Blickkontakt und die angespannte Stimmung zwischen uns ist deutlich spürbar. Ob ihm leidtut, wie er gestern mit mir gesprochen hat?

»Hallo, Mark«, sage ich steif. Als ich in den Kessel sehe, fällt mir auf, dass die Masse schon zähflüssig, fast cremig ist. Er muss seit Stunden hier sein.

»Morgen, Caissy«, ruft Daniel durch die geöffnete Tür des Lagerraums. Ich hatte ganz vergessen, dass er heute da ist. Er kommt mit einem Stapel Pappkartons in die Küche. Sein Blick wandert von mir zu Mark. Er sieht uns fragend an. »Alles okay?«

»Ja ja«, antworten wir im Chor.

Rasch wende ich mich ab und bereite die Auskühlbleche für die Karamellen auf der Arbeitsfläche vor. Daniel pfeift gut gelaunt.

Mark und ich arbeiten schweigend nebeneinander her. Obwohl er sonst enorme Leidenschaft in die Herstellung der Karamellen legt, ist heute das glatte Gegenteil der Fall. Er wirkt steif und distanziert.

Später bringt er mir bei, wie man die leckeren Toffees herstellt, die so herrlich in den Zähnen kleben.

»Im Gegensatz zu den Fudges muss die Kesseltemperatur bei den Toffees etwa 150 Grad erreichen«, erklärt er emotionslos.

Draußen höre ich eine kräftige Stimme rufen. »Ist da wer?«

»Ich habe die Glocke gar nicht gehört.« Mark wäscht sich die Hände und hastet in den Verkaufsraum. »Was zum Teufel ...«, vernehme ich seine eindringliche Stimme.

»Was ist los, Mark?« Eilig folge ich ihm. Als ich die beiden Männer erblicke, die ein ultragroßes, in Styropor verpacktes Monstrum zur Tür hineinhieven, ist mir klar, dass das unser neues Rührgerät sein muss.

»Wo soll das Teil hin?«, fragt der eine, dessen Stirn mit Schweißperlen übersät ist.

Mark stellt sich ihnen in den Weg. »Ich habe nichts bestellt, das muss ein Missverständnis ...«

»Aber ich.« Beinahe habe ich ein schlechtes Gewissen, ihn nicht früher eingeweiht zu haben, aber im Grunde gehen ihn meine Geschäfte nichts an.

»Hier entlang. Da ist die Küche.« Ich laufe voraus und halte den Männern die Tür auf. »Stellen Sie es genau hier hin, bitte.« Ich deute auf die freie Bodenfläche neben dem Herd, auf dem der Kessel steht.

An Marks Wange zuckt ein Muskel.

Die beiden lassen das Riesending auf den Bodenfliesen nieder. Dann begleite ich sie nach draußen, gebe ihnen einen Zehner Trinkgeld und verabschiede sie.

Langsam, fast im Zeitlupentempo tapse ich zurück in die Küche, in der Mark das überdimensional große Teil anstarrt. Ich bin selbst erstaunt, wie riesig es ist.

»Was ist das, Caissy?«, fragt er mit monotoner Stimme.

»Ganz schön wuchtig, nicht?«, stelle ich zähneknirschend fest. Es übersteigt die Größe all unserer Geräte und Schüsseln auf einmal. Zugegeben wirkt es in dieser Küche fast ein wenig überdimensional. Doch da wird mir bewusst, dass ich die Chefin bin und einkaufen kann, wozu ich Lust habe.

»Was ist das?« Mark betont jedes Wort einzeln.

Ich zucke mit den Schultern. »Eine Überraschung.«

Vielleicht ist es weniger monströs, wenn erst die dicke Styroporschicht weg ist.

Mark löst energisch die Klebebänder an den Seiten. Die Anspannung steht ihm ins Gesicht geschrieben.

Zu meinem Entsetzen wirkt das Gerät selbst nach dem Auspacken noch wie ein Monster. Ein Küchengerätemonster.

»Das sieht aus wie eine Rührmaschine. Und zwar eine, mit der man Unmengen von Beton mischen kann«, bemerkt er trocken.

Daniel entfährt ein Lachen. Ich sehe ihn strafend an. Sofort hält er sich die Hand auf den Mund und schaut entschuldigend drein.

»Nun übertreib es doch nicht gleich«, antworte ich Mark, obwohl sein Vergleich gar nicht so abwegig ist. »Du hast recht. Es ist ein Rührgerät. Ich dachte, ich erleichtere uns die Arbeit ein wenig. Hast du nicht auch jeden Abend Muskelkater von dem ewigen Umrühren von Hand?«

Er lacht schallend und sieht mich dann bitterernst an. »Caissy, ich rühre seit vielen Jahren täglich in unserem antiken Kessel. Da bekommt man keinen Muskelkater mehr.« Demonstrativ hebt er seinen Arm und lässt seine Oberarmmuskeln spielen.

»Egal. Ich habe haufenweise Kataloge gewälzt und gestern, an meinem freien Tag, war ich in Belfast und habe einfach mal geschaut, was es so gibt, um uns die Arbeit zu erleichtern. Wenn das Gerät von selbst rührt, hast du Zeit für andere Tätigkeiten.«

»Dann bin ich bald überflüssig«, murmelt Daniel zerknirscht.

»Nein!«, antworte ich energisch. »Natürlich nicht. Wir wollen ja mehr produzieren.«

»Du willst, das ist ein riesengroßer Unterschied«, stellt Mark klar.

»Ja, wenn du es so nennen willst, dann will eben ich. Ja, ich will mehr produzieren, mehr verpacken und mehr ausliefern. Und dazu brauche ich euch selbstverständlich weiterhin. Schließlich habe ich bisher keine Maschine gefunden, die Karamellen ausliefert.«

Mark lacht sarkastisch. »Und wenn es sie gäbe, würdest du keine Sekunde zögern.« Er verschränkt die Arme vor der Brust. »Und wie willst du das in unseren Flyern und auf der Homepage erklären?«

»Was meinst du?«

»Nun ja, wir werben damit, dass unsere Karamellen von Hand hergestellt sind. Soll da in Zukunft stehen: maschinengerührte Karamellen?« Er hebt die Augenbrauen.

»Ach komm, sei doch nicht so kleinlich. Den Spruch darf man nicht so wörtlich nehmen. Wir machen ja immer noch sehr viel von Hand.«

Mark beißt sich auf die Unterlippe. »Gib das Teil zurück, Caissy«, fordert er energisch.

Ich stemme die Hände in die Hüften. »Mache ich nicht.«

Er nimmt einen tiefen Atemzug. Dann hievt er den alten Herd mit Daniel zur Seite und hilft mir, das Küchengerätemonster an seinen Platz zu schieben. Auch wenn die Puppenküche nun nicht mehr ganz so zuckersüß aussieht, bin ich überzeugt davon, genau das Richtige getan zu haben.

18

Mark

Heute hat Caissy mir freigegeben. Was nicht schadet. So kann ich endlich mal den Kopf frei bekommen. Mit einer ausgiebigen Joggingrunde starte ich in den Tag. Nebel liegt über den Farmhäusern und die Luft ist klar und frisch. Ich genieße den mystischen Anblick und die Ruhe. In lockerem Tempo laufe ich entlang des Küstenpfades, der sich schlängelnd über die grünen Hügel und Klippen erstreckt. Bald erhöhe ich die Geschwindigkeit. Nach etwa einer halben Stunde erreiche ich den Strand. Keuchend stütze ich die Hände auf die Knie und versuche, meinen Atem zu beruhigen. Die Aussicht auf das glitzernde Meer ist einfach umwerfend. Der sanfte Klang der Wellen vermischt sich mit dem Zwitschern der Vögel aus den Bäumen hinter mir. Ich atme die leichte Meeresbrise ein, die mir entgegenweht.

Meine Gedanken wandern zu Caissy. Ich kann mit ihr diskutieren, wie ich will. Wenn sie keine Lust mehr hat, auf meine Argumente zu reagieren, sagt sie mir frech ins Gesicht, dass sie die Chefin ist. Dann blitzt sie mich mit ihren grün funkelnden Augen an und bestärkt meinen Wunsch, sie zu packen, zu küssen und sie damit zum Schweigen zu bringen.

Die halbe Nacht habe ich wach gelegen und an sie gedacht. Verdammt! Die Fantasie geht allmählich mit mir durch. Ihr betörendes Parfüm, das ich noch in der Nase habe, wenn sie nicht mehr in meiner Nähe ist, meine Hand an ihrem Nacken, die sich in ihrem seidig glänzenden Haar vergräbt ... jetzt bloß nicht weiter daran denken. Ich muss mich in den Griff bekommen. Außerdem würden wir ohnehin nicht zusammenpassen. Niemals käme ich in einer Beziehung mit einer derart energischen Person zurecht, die ständig alles besser weiß und mir quasi mit dem Taschenrechner unter der Nase hinterherläuft. Im Übrigen ist mir klar, dass ihr Interesse mir gegenüber rein geschäftlicher Natur ist. Immer wieder quetscht sie mich aus wie eine Zitrone, saugt sämtliche Kleinigkeiten in sich auf, die ich ihr vom Handwerk der Karamellherstellung beibringe.

Auf dem Rückweg beschleunige ich mein Tempo wieder und laufe durch den dichten Wald. Weiterhin genieße ich das melodische Vogelkonzert, das mich noch immer begleitet. An der malerischen Lichtung, auf der sich das morgendliche Sonnenlicht bricht, verlasse ich den Wald, biege ab und nehme den Weg am Kinderheim vorbei, wieder zurück nach Hause.

Jetzt fühle ich mich deutlich besser und mein Kopf ist klarer. Ich springe unter die Dusche und genieße den wohligen, warmen Wasserstrahl. Erneut wandern meine Gedanken zu Caissy. Was sie wohl gerade macht? Ob sie in der Manufaktur zurechtkommt? So ganz alleine ... Vielleicht sollte ich rein zufällig nachher mal dort vorbeischauen. Ich seife mich ausgiebig ein und schließe die Augen. Wenn ich mir vorstelle, dass meine Hände nicht meine sind, sondern ihre ...

Verflixt! Warum kriege ich sie nicht aus meinem Schädel? Energisch drehe ich den Wasserhahn auf eiskalt. Ich brauche dringend eine Abkühlung.

Bis kurz nach Mittag schaffe ich es, mich zurückzunehmen. Dann halte ich es nicht mehr aus. Wie von selbst tragen mich meine Füße zur Manufaktur.

19

Caissy

Mein Herz hüpft vor Freude, als ich der Karamellmasse zusehe, wie sie von unserem neuen Rührgerät sanft gerührt wird. Neben ein paar Vanilleschoten habe ich auch Marks Geheimzutat, das Chiligewürz hinzugefügt. Der wird Augen machen, wenn ich ihm verrate, dass ich ihm auf die Schliche gekommen bin. Ich bin gespannt, ob er den Chili herausschmecken wird.

Draußen ertönt die Ladenglocke. Rasch sehe ich zur Karamellmasse, die wunderbar vor sich hin köchelt und kontinuierlich gerührt wird. Damit brennt nichts an. Dieses Gerät war definitiv der Kauf meines Lebens. Kurz streiche ich über den glänzenden Edelstahl und öffne dann die Tür zum Laden. Dort wartet jedoch kein Kunde, sondern Mark.

»Was machst du denn hier? Hatte ich dir nicht freigegeben?«, frage ich beinahe vorwurfsvoll. Obwohl es mir zuwider ist, dass er sich nicht an unsere Abmachung hält, wird mein Herz wohlig warm.

Er tritt von einem Bein auf das andere. »Ich war gerade in der Gegend und da dachte ich ...«

»Da dachtest du, du schaust mal, ob ich auch ohne dich zurechtkomme?« Traut er mir nicht oder hält er es keinen Tag ohne seine geliebte Arbeit aus? »Hast du Angst, dass ich den Laden abfackele, wenn du nicht hier bist?« Ich lache auf. »Komm mal mit.« Mit dem Zeigefinger bedeute ich ihm, mir zu folgen und spaziere mit stolzgeschwellter Brust voraus in die Küche.

Mark reckt sein Kinn und sieht bewundernd auf die sich drehende Masse. »Schaut gut aus.« Er nickt anerkennend.

»Finde ich auch. Und stell dir vor, ich habe etwas herausbekommen.« Verheißungsvoll sehe ich ihn an und halte kurz die Luft an. »Ich kenne deine Geheimzutat.«

»Ach, wirklich?« Mark schmunzelt und wirkt nicht sonderlich überrascht. »Na, da bin ich ja mal gespannt.« Offensichtlich macht es ihm nichts aus, dass sein Geheimnis nun gelüftet ist. Seltsam, dass er überhaupt so ein riesiges Drama darum veranstaltet hat.

Ich greife nach einem Löffel und tauche ihn in die Masse. Dann puste ich und halte ihm diesen hin. Er öffnet den Mund und lässt sich von mir füttern. Gespannt warte ich auf seine Reaktion, die prompt folgt.

Erst schließt er die Augen, dann verzieht er angewidert das Gesicht, als hätte ich ihm einen Löffel voller Pfeffer in den Mund geschoben. Er saugt Luft durch die Zähne und seine Wangen werden rosig.

»Was ist? Zu heiß?« Meine Güte bin ich nervös.

»Scharf«, keucht er und läuft zum Spülbecken. »Wie viel hast du von dem Chili hineingegeben?« Er schnappt sich ein Glas aus dem Hängeschrank und füllt es mit Milch aus dem Kühlschrank.

»Nur ein paar Teelöffel.«

Mit einem Zug leert er das Glas. »Nur ein paar Teelöffel?« Er reißt die Augen auf und japst nach Luft. »Du solltest das Zeug nicht probieren«, warnt er mich wild gestikulierend und deutet mit fuchtelndem Finger auf das Rührgerät.

So scharf kann es doch gar nicht sein. Ich tauche einen frischen Löffel hinein und koste ebenfalls. Wie zuvor Mark sauge nun auch ich Luft durch den Mund. »Verdammt, ist das scheußlich.« Ich entleere den Inhalt meines Mundes über dem Mülleimer.

»So deutlich wollte ich es nicht sagen.« Er verkneift sich ein Grinsen.

»Ich glaube, ich habe viel zu viel von deiner Geheimzutat erwischt.«

»Du dachtest allen Ernstes, Chili wäre des Rätsels Lösung?« Er lacht laut auf und füllt sein Glas erneut mit Milch.

»Ist es nicht?« Mutlos lasse ich den Kopf hängen.

»Völlig falsch.« Mittlerweile lacht er schallend. »So leicht ist es nun auch wieder nicht.« Er legt freundschaftlich eine Hand auf meine Schulter. »Glaub mir, du findest sie schon noch heraus.«

»Spuck es endlich aus«, fordere ich energisch.

»Es macht mir viel mehr Spaß, dich zappeln zu lassen. Wie einen Fisch an der Angel«, sagt er in neckendem Tonfall.

Dann hält er plötzlich inne. Unsere Blicke treffen sich und verfangen sich ineinander. Bevor ich erneut protestieren kann, versinke ich in seinen blauen Augen.

»Wie gemein«, flüstere ich und bin irritiert über die unerwartete Nähe, die ich wie aus dem Nichts zwischen uns wahrnehme. Sein Lachen ist verebbt und es ist, als würde die Luft vibrieren. Ein Hauch von Sehnsucht spiegelt sich in seinen Augen wider, während sein Blick mich mit sanfter Intensität fixiert.

»Hab Geduld, Caissy«, sagt er leise.

In meinem Bauch kribbelt es. Das Verlangen, Mark zu berühren und ihn zu küssen, das ich mehrfach versucht habe zu verdrängen, ist jetzt ohne Vorwarnung mit voller Wucht zurückgekehrt. Unfähig, etwas zu entgegnen, sehe ich zu ihm auf.

»Du wirst beizeiten von selbst darauf kommen.« Seine Hand wandert zögernd von der Schulter zu meiner Wange. Er beobachtet meine Reaktion. Als ich mich nicht dagegen wehre, berührt er sie sanft. Ich halte die Luft an. Er streichelt liebevoll an meinen Wangenknochen auf und ab. Als unsere Blicke sich erneut treffen, ist es, als würde der Raum um uns verschwimmen und nur wir beide übrig bleiben.

Dann nimmt er die Hand ruckartig zurück und wendet sich ab. »Ich verschwinde besser wieder.« Mit diesen Worten hastet er zur Tür hinaus.

Ich bleibe wie angewurzelt stehen und blicke ihm nach. Was ist hier gerade passiert?

***

Gedankenversunken werfe ich eine Ladung Wäsche in die Waschmaschine. Selbst jetzt, nach Ladenschluss, geht mir der kurze Augenblick der Nähe zwischen Mark und mir nicht mehr aus dem Kopf. Wie konnte ich nur ... wie konnte er das zulassen? Und vor allem, wie sollen wir morgen wieder völlig unbefangen nebeneinander her arbeiten?

Natürlich haben mir die eindeutigen Reaktionen meines Körpers in den vergangenen Wochen ein ums andere Mal deutlich gezeigt, dass ich mich irgendwie zu ihm hingezogen fühle. Doch bisher habe ich all diese Gedanken, die mich verwirren, energisch beiseitegeschoben. Oder habe es zumindest versucht. Wie konnte das heute nur geschehen? Plötzlich lag seine zärtliche Hand an meiner Wange. Noch immer spüre ich die Wärme seiner Haut, dort, wo er mich berührt hat. Und dieser männlich-herbe Geruch ...

Ich muss die Gedanken an ihn, die mir den Verstand rauben, unbedingt wieder aus meinem Kopf kriegen. Mark ist mein Angestellter. Nicht mehr und nicht weniger. Als Chefin ist es mein Job, professionelle Distanz zu wahren. Die ist auch bitternötig. Ich weiß, wo so etwas hinführen kann. Eines Tages nimmt er mich nicht mehr ernst und schwups ... sagt er mir, was ich zu tun habe. Das habe ich zu verhindern.

Ich drehe den Regler auf Buntwäsche und wärme mir im Anschluss die Kartoffeln mit Käsesoße auf, die ich mir gestern zubereitet habe.

Gleich morgen früh werde ich mit Mark sprechen. Ich werde ihm klarmachen, dass ich seinen schwachen Moment nicht als Annäherungsversuch interpretiere. Damit ist die Sache hoffentlich geklärt.

Zufrieden nehme ich das Essen vom Herd und setze mich an den Esstisch. Ich spieße eine heiße Kartoffel auf die Gabel und puste. Lächelnd denke ich an den morgigen Tag. Wer hätte gedacht, dass ich mich in so kurzer Zeit zu einer so guten Chefin entwickle, die auch in Konfliktsituationen die beste Lösung findet.

Als ich nach dem Essen den Teller in die Spülmaschine räume, fällt mir siedend heiß ein, dass wir morgen eine größere Bestellung abzuarbeiten haben. Die örtliche Primary School hat für ihr Sommerfest drei Dutzend Kartons Sahnekaramellen geordert, die wir neben den üblichen Aufträgen abarbeiten müssen. Möglicherweise ist es klug, die Sache zwischen uns schon heute aus dem Weg zu räumen, sonst verlieren wir dadurch morgen wertvolle Zeit. Ich blicke auf eine der Wanduhren. Es ist erst halb acht. Ich beschließe, Mark zu Hause aufzusuchen. Klar ist das nicht das, was eine normale Chefin täte, aber ebenso unternimmt man keine Annäherungsversuche seinen Vorgesetzten gegenüber. Und damit sind wir quitt und es ist mein Recht, bei ihm aufzukreuzen.

Das in die Jahre gekommene Mehrfamilienhaus, in dem Mark wohnt, liegt nur wenige Straßen von der Manufaktur entfernt. Zugegeben habe ich es bereits vor ein paar Wochen rein zufällig bei einem Abendspaziergang entdeckt. Vor dem Haus fordert eine junge Mutter ihre Tochter dazu auf, endlich vom Klettergerüst zu steigen. Energisch sieht sie dabei auf die Uhr und tippt mit dem Fuß auf das Pflaster. Die Kleine steigt die wackelige Hängeleiter hinunter und verschwindet mit stampfenden Schritten im Sandkasten. »Ich gehe nicht heim«, protestiert sie lautstark.

Ich grinse und denke daran, wie ungeduldig Mutter früher war, wenn ich nur noch eine Minute schaukeln wollte, bevor es wieder nach Hause ging. Aus der Minute wurden meist mehrere. Sicher habe ich sie einiges an Nerven gekostet.

Ich wende mich ab und blicke nach oben zu den Balkonen. Ob einer davon Marks ist? Vielleicht der mit der bunt blühenden Blütenpracht? Ich spaziere zur Eingangstür im Erdgeschoss. Sie ist einen Spalt weit offen. Dennoch betätige ich den Klingelknopf, auf dem *Foley* steht. »Mark Foley«, flüstere ich und es ist, als hätte ich zartschmelzende Karamellen im Mund. Auf dem Weg nach oben lese ich sämtliche Namensschilder an den Wohnungstüren. Im zweiten Stock angelangt, finde ich schließlich seinen Namen und warte darauf, dass er mir öffnet. Doch es tut sich nichts. Lärmende Rockmusik dringt an mein Ohr. Erneut läute ich. Endlich höre ich Schritte. Ich richte mich auf und lege meine Worte zurecht. Meine feuchten Finger wische ich an der Jeans ab. Einatmen. Ausatmen.

Mark öffnet nicht.

Wieder drücke ich meinen Finger auf die Klingel. Dieses Mal etwas länger und energischer. Weil ich von drinnen definitiv Schritte wahrnehme, hämmere ich nun auch noch mit der Faust an die Tür. Vielleicht hat er die Musik so laut aufgedreht, dass er mich nicht hört. Endlich vernehme ich ein Trampeln, das immer polternder wird.

Mark reißt die Tür auf und starrt mich wie versteinert an.

»Hallo, Mark«, sage ich freundlich und bemühe mich, nicht zu vergessen, dass ich als Chefin vor ihm stehe.

»Caissy«, faucht er. »Was soll das?« Sein Gesicht hat sämtliche Farbe verloren.

Hinter mir vernehme ich das Knarzen einer Wohnungstür. »Ist bei Ihnen alles in Ordnung, Mark?«

Ich drehe mich um und sehe in die blau-grauen Augen einer älteren Dame mit schneeweißen Haaren.

»Alles bestens, Fiona«, antwortet er scharf und bedeutet ihr mit einer wedelnden Handbewegung, dass sie wieder hinter ihrer Tür verschwinden soll.

Doch sie tritt einen Schritt näher und stemmt die Hände in die Hüften. »Sie sehen gar nicht gut aus.«

»Fiona, das geht Sie einen ...« Er räuspert sich. »Bitte lassen Sie uns allein«, sagt er hart und bestimmt.

Die Frau bläst Luft durch die Lippen und verzieht sich wieder in ihre Wohnung.

Mark verschränkt die Hände vor der Brust und macht sich im Türrahmen breit, als hätte er Angst, dass ich jeden Moment sein Zuhause stürme.

»Also ... was soll das? Warum kreuzt du nach Feierabend, auf den du ja sonst den allergrößten Wert legst, bei mir auf?«

Ich räuspere mich. »Ich ... ähm ...« Die Rockmusik wummert dank der geöffneten Tür nun richtig laut.

Seine eisigen Blicke erschrecken mich. Automatisch weiche ich einen Schritt zurück.

»Also, was fällt dir ein, hier Sturm zu klingeln und fast meine Tür einzutreten?« Seine Stimme ist so laut, dass sie mit Sicherheit bis ins Erdgeschoss zu hören ist.

»Ich wollte nur ...«

»Ich habe dich nicht eingeladen.« Für den Bruchteil einer Sekunde huscht ein dunkler Schatten über sein Gesicht. Sein herrischer Ton geht mir durch und durch.

Völlig perplex ringe ich nach Worten. Meine Kehle ist staubtrocken. Warum ist er so hart zu mir? Ich habe doch nichts getan.

»Falls es in München üblich ist, einfach so bei anderen Leuten aufzukreuzen, lass dir gesagt sein, in Greenkenny ist es nicht so. Man ruft vorher an oder vereinbart einen Termin«, poltert er weiter.

»Okay«, sage ich gedehnt.

Seine Gesichtsfarbe hat sich mittlerweile in ein tiefes Rot verwandelt.

Obwohl ich seine Reaktion absolut nicht verstehe, habe ich eines kapiert: Es ist besser, wenn ich von hier verschwinde. Ich mache auf dem Absatz kehrt und stürme wortlos die Treppen nach unten.

»Tauche nie wieder ohne Einladung hier auf«, plärrt er mir durchs Treppenhaus nach. Dann höre ich das Knallen der Tür.

Ich laufe, so schnell mich meine Beine tragen. Mein Atem hetzt hinterher. Meine Güte, ich wollte ihm doch nichts Böses. Wie konnte er nur dermaßen überreagieren? Ein Grummeln macht sich in meinem Magen bemerkbar. Ich habe ihm einen kurzen Besuch abgestattet, nicht mehr und nicht weniger. Okay, ich habe es mit dem Hämmern möglicherweise etwas übertrieben, aber Herrgott, deshalb muss er bei aller Liebe doch nicht gleich so ausrasten. Außerdem konnte er das wegen der dröhnenden Musik eigentlich gar nicht hören.

Vielleicht war es doch keine so gute Idee, den Traum meiner eigenen Steuerkanzlei für eine Karamellmanufaktur zurückzustellen. Wofür? Dafür, dass mir mein Engagement mit einem unverschämten Mitarbeiter gedankt wird? Obendrein habe ich ohnehin allmählich das Gefühl, in diesem verschlafenen Kaff zu versauern. Bis auf die abendliche Livemusik im *McCafferty's*, ist hier herzlich wenig los. Wenn ich an München denke ...

da pulsiert das Leben nach zweiundzwanzig Uhr an jeder Ecke.

20

Mark

Ich drehe den Lautsprecherregler noch eine Spur lauter. Das Wummern der Musik lässt den Boden unter mir vibrieren. Mein Herz klopft immer noch unangenehm unregelmäßig. Das Hämmern an der Tür und das unnachgiebige Läuten haben in mir alte Erinnerungen hervorgerufen. Fast hatte ich befürchtet, das alles erneut durchleben zu müssen. Zuerst dachte ich, *sie* wäre vor der Tür. Auch wenn es Caissy und nicht Bonny war, war es genau dieses energische Klopfen, mit dem der Albtraum damals begonnen hatte. Warum konnte Caissy nicht einfach klingeln wie ein normaler Mensch und warten, bis ich öffne? Weshalb machen Frauen immer gleich ein Drama daraus, wenn man nicht schnell genug spurt?

Definitiv war es die einzig richtige Entscheidung, ihr sofort die Grenzen aufzuzeigen. Noch einmal lasse ich es nicht zu, dass mir eine Frau das Leben zur Hölle macht.

Um Fiona nicht erneut den Anlass zu geben, bei mir zu klingeln und ihre Nase in meine Angelegenheiten zu stecken, drehe ich die Musik wieder leiser und lege mich mit einem Schottland-Krimi auf die Couch. Ich muss mich ablenken.

Doch immer wieder schweifen meine Gedanken zu Caissy. Warum sie wohl hier war? Ob sie mit mir über den Nachmittag sprechen wollte? Die Hand, mit er ich ihre Wange berührte, habe ich seitdem nicht gewaschen. Wenn ich die Augen schließe, meine ich, ihren blumigen Duft an meinen Fingern zu riechen. Und dann erinnere ich mich an das scheußlich schmeckende Karamellgemisch. Ich lache laut auf. Sie glaubte also tatsächlich, dass Chili meine Geheimzutat sei. Dann kommt mir wieder dieses unnachgiebige Hämmern in den Sinn und mir fährt ein eiskalter Schauer über den Rücken. Möglicherweise habe ich mich nicht ganz korrekt verhalten. Sicherlich hatte sie einen guten Grund, mich zu besuchen und ich habe dermaßen überreagiert. Aber ich kann eben auch nicht aus meiner Haut.

Weil das Grübeln kein Ende nimmt und ich mich nicht auf das Buch konzentrieren kann, überlege ich, bei Caissy vorbeizuschauen, um mich zu entschuldigen. Doch sofort verwerfe ich den Gedanken wieder. Bestimmt knallt sie dann mir die Tür vor der Nase zu. Was ich ihr nicht mal verdenken könnte. In einem passenden Moment werde ich ihr erzählen, warum ich dermaßen ausgerastet bin. Sicherlich wird sie mich dann verstehen.

Mit dieser Gewissheit gehe ich schließlich am späten Abend ins Bett. Doch die ganze Nacht lang begleiten mich die Erinnerungen an Bonny. Ich habe wüste Träume, sehe ihr Grinsen und mich, wie ich panisch davonlaufe. Meine Angst ist unerträglich und ich komme nicht vorwärts. Es ist, als würde mich eine unsichtbare Hand am Fortkommen hindern. Schreiend wache ich auf. Ich sitze senkrecht im Bett. Mein Rücken ist klatschnass.

21

Caissy

Heute ignoriere ich Mark. Wir arbeiten ohne Worte nebeneinander her und ich bin froh, dass Daniel nicht da ist.

Am späten Nachmittag zerknüllt Mark ein Geschirrtuch in seiner Hand und sieht mich mit zerknirschtem Gesichtsausdruck an. »Caissy, wegen gestern ...«

Ich halte kurz inne und lege das Karamellschneidegerät beiseite.

»Es tut mir leid ...«, fährt er reumütig fort und kommt einen Schritt näher. Seine Brust hebt und senkt sich.

Ich drehe mich weg. »Schon in Ordnung, ich hätte nicht so einfach bei dir aufkreuzen sollen«, erwidere ich und bin über meinen beleidigten Unterton selbst ein bisschen überrascht. Energisch zerteile ich den Karamellbrocken auf der Arbeitsfläche. »Lass uns weiterarbeiten.«

Mein Tonfall ist bestimmt. Nach wie vor kann ich seine gestrige Reaktion nicht nachvollziehen, aber ich habe keine Lust, dies nochmals zu thematisieren. Es käme ohnehin nichts dabei heraus. Schließlich hat er mir klipp und klar gesagt, dass man nicht einfach an fremden Haustüren klingelt. Für mich steht fest, er hätte nicht so ruppig mit mir umgehen dürfen – fertig. Überraschungsbesuch hin oder her. Wir werden nun wie gewohnt unsere Arbeit erledigen und uns professionell verhalten.

Außerdem finde ich es ohnehin klüger, den Abstand zwischen uns wieder zu vergrößern. Noch immer schwirrt mir der flüchtige Moment der Nähe am gestrigen Nachmittag durch den Kopf. Ab sofort werde ich mich mehr denn je meiner Mission hier widmen.

»Wir müssen effizienter arbeiten, Mark.« Ich zähle die verpackten Karamellen, die wir heute hergestellt haben. »Das ist nicht genug.«

Das Kommando vorzugeben erscheint mir die einzige Möglichkeit, zu überspielen, wie verletzt ich bin. Ich bin die Chefin, also werde ich das auch weiterhin äußerst deutlich machen.

Stirnrunzelnd reibt er sich den Nacken. »Sämtliche Regale sind voll, warum ist dir das nicht genug?«

Ich hebe die Augenbrauen. »Weil wir dank des neuen Rührgerätes deutlich mehr herstellen und demnach auch verkaufen könnten. Doch aktuell habe ich eher den Eindruck, was das Gerät an Zeitersparnis einbringt, vertrödelst du an anderer Stelle.«

»Wie bitte? Was unterstellst du mir da?« Mark ballt die Hände zu Fäusten und seine Augen blitzen gefährlich. »Du weißt genau, dass ich mich in der Zeit um das Lager kümmere, das seit Ewigkeiten nicht aufgeräumt wurde.«

»Was uns finanziell null Komma null bringt.«

»Geld, Geld! Herrgott, Caissy! Ist Geld das Einzige, was in deinem Kopf herumschwirrt?«

»Ich bin Geschäftsfrau. Ist es da verwunderlich, dass es mein Ziel ist, den bestmöglichen Profit aus dem Laden rauszuholen?«, verteidige ich mich spitz.

»Aber wenn das Lager durcheinander ist, finden wir irgendwann nichts mehr. Das ist auch nicht effizient.«

»Du tust ja so, als hätten wir dort das reinste Chaos.« Was einfach nicht stimmt.

»Trotzdem finde ich, dass neben all dem Produktionswahn die Liebe zur Arbeit nicht verlorengehen sollte.«

»Liebe?« Dass ich nicht lache. »Was hat Liebe mit Arbeit zu tun?«, fauche ich, obwohl ich zugegeben mehr und mehr Gefallen an der Herstellung der Karamellen finde. Ich wasche meine Hände, schiebe mich an ihm vorbei und räume die Spülmaschine ein.

»Liebst du den Job als Steuerberaterin nicht?«

Jetzt hat er mich wieder.

»Doch«, stammle ich, schwirre weiter durch die Küche und sammle die Kochutensilien ein. »Aber das ist was völlig anderes. Als Steuerberaterin kann ich meinen Gewinn nicht erhöhen, indem ich effizienter arbeite. Bei unserer Produktion ist das jedoch möglich.« Ich schnaube und ziehe Luft durch die Nase. In der Kanzlei bin ich schließlich nur angestellt. Die Gewinne fahren andere ein. »Merk dir eines, Mark ...« Ich werfe die Tür der Spülmaschine schwungvoll zu. Mit erhobenem Zeigefinger gehe ich auf ihn zu.

Er baut sich mit verschränkten Armen vor mir auf und steht da wie ein Schrank. Einer, den ich nur mit Mühe umwerfen könnte. Doch ich muss. Ich muss ihm klarmachen, wer hier die Chefin ist. Sofern er es noch immer nicht kapiert hat.

Erneut hole ich tief Luft. »Also … merk dir eines … wenn ich will, dass wir effizienter arbeiten, weil ich möchte, dass wir mehr Umsatz und damit mehr Gewinn machen, dann hast du mich als mein Angestellter zu unterstützen.«

Die Farbe weicht aus seinem Gesicht. Sicher hat er von Großvater niemals so eine klare Ansage erhalten. Was mich nicht interessiert.

Jetzt stemmt er die Hände in die Hüften. »Und du, liebste Chefin, merkst dir Folgendes …« Das Wort *liebste* betont er geradezu spöttisch. »Befiel mir, was du willst, wenn du das als Art wertschätzende Zusammenarbeit betrachtest. Aber ich sag dir eines …«, er steht jetzt so dicht vor mir, dass ich seinen Atem deutlich spüre, »… ich habe noch nie im Leben mit einer derart besserwisserischen Person zusammengearbeitet.«

»Besserwisserisch? Du nennst mich besserwisserisch?« Ich schnappe nach Luft.

»Jawohl! Dein Grandpa war im Gegensatz zu dir …« Er macht eine wegwerfende Handbewegung. »Ach, vergiss es.«

»Wie redest du mit deiner Chefin?«

In seinen Augen steckt ein wütendes Funkeln. Wortlos hastet er auf das Rührgerät zu, rollt es mit Wucht zur Seite und schiebt den Herd, der daneben steht, an seinen früheren Platz. Dann holt er den alten Kessel aus dem Schrank und heizt ihn an.

»Was machst du da?«, fauche ich.

»Wonach sieht's denn aus?« Er hastet zum Kühlschrank, greift nach Sahne und Zucker und gießt beides in den Kessel. »Ich mache noch eine Portion Karamellen nach traditioneller Art, und zwar ohne dieses neumodische Teil.« Verächtlich deutet er mit dem Kinn auf unser Hightechgerät. »Und weißt du, warum?« Er redet sich völlig in Rage. Bevor ich antworten kann, donnert er weiter. »Weil ich meine Arbeit liebe und gern ein paar Überstunden mache, selbst wenn es mit diesem Kessel etwas länger dauert. Und außerdem ... vielleicht ist es dir noch nicht aufgefallen ... damit hergestellt schmecken sie um Welten besser.« Liebevoll streichelt er über die geschwungenen Seiten.

»Ich habe dir diese Arbeit aber nicht aufgetragen.«

»Das interessiert mich nicht.« Er schnappt seinen gravierten Holzlöffel und beginnt zu rühren. »Wie ich deine besserwisserische Art hasse«, fügt er kaum hörbar hinzu.

Ich schnaube, antworte jedoch nicht. Sonst würde ich wohl Worte aussprechen, die ich später bereue. Außerdem habe ich ohnehin das Gefühl, dass alles, was ich jetzt noch von mir gebe, an ihm abperlen würde wie heißes Öl in einer Teflonpfanne.

Langsam, so wie früher, rührt er im Kessel und ich merke sichtlich, wie er sich beruhigt.

Resigniert setze ich mich auf den Küchenstuhl, wische meine Hände an der Schürze ab und sehe ihm zu. Es ist, als hätte mir unser Streit alle Kraft genommen.

Nach einer Weile sieht er auf. »Wenn wir weiterhin zusammenarbeiten wollen, müssen wir einen Weg finden, auf dem wir uns nicht gegenseitig zerfleischen«, sagt er nun deutlich sanfter.

Ich nicke stumm, weil mir klar ist, dass er recht hat.

»Und ... mir fehlt ... mir fehlt deine Leidenschaft ...«, ich merke, wie er nach passenden Worten sucht, »... für die Karamellherstellung.«

»Wie meinst du das?«, frage ich, weil mir schleierhaft ist, weshalb er denkt, ich wäre nicht mit Leidenschaft bei der Arbeit.

»Alles, was du beschließt, geschieht mit deinem Kopf.« Er sieht mich intensiv an.

Ich starre beschämt zu Boden.

»Du bist meine Chefin und ich habe all deine Entscheidungen zu akzeptieren. Aber triff sie doch auch mal aus dem Bauch heraus.«

»Mache ich doch.«

»So? Und wann zum Beispiel?«

Ich kratze mich am Kopf.

»Siehst du, dir fällt nichts ein. Warum zermarterst du dir ständig das Hirn über meine Geheimzutat oder darüber, wie wir die Zahlen verbessern und effizienter arbeiten können? Weshalb lässt du dich nicht von deinen Gefühlen leiten?«

»Und warum verstehst du nicht, dass ich hier die Verantwortung trage und so denken muss? Mir bleibt doch überhaupt keine Wahl.«

»Natürlich hast du eine Wahl. Man hat sie immer.«

Mein Schädel brummt und ich seufze. »Weißt du was, Mark?« Ich drehe mich in Richtung Tür. »Für heute habe ich genug. Ich gehe jetzt. Ich muss nachdenken.«

Gerade als ich verschwinden will, ruft er mir nach. »Siehst du, du denkst schon wieder.«

Seinem Tonfall entnehme ich Mitgefühl. Als würde er mich bedauern, dass ich mein Hirn einschalte. Dabei sehe ich es als einen entscheidenden Vorteil an, den Verstand zu gebrauchen.

Krachend fällt die Tür hinter mir ins Schloss. Müde schlurfe ich die Treppenstufen nach oben in die Wohnung. Mit jedem Schritt krampft mein Herz sich mehr zusammen. Bin ich wirklich so ein schrecklicher Mensch? Besserwisserisch und verkopft? Ich betrete den Flur, streife meine Sneakers ab und laufe geradewegs ins Schlafzimmer. Bäuchlings falle ich auf das Bett. Obwohl mir zum Heulen zumute ist, steigt keine einzige Träne in mir auf. Es ist Jahre her, dass ich mich in Mutters Armen ausweinen konnte. Seit ihrem Tod sind meine Tränen versiegt. Es ist, als hätte ich sie alle an ihrem Grab gelassen.

Ich nehme das Foto vom Nachttisch und streichle darüber. Warum nur hat sie mich so früh verlassen? Sie würde mich bestimmt verstehen. Verdammt, sie fehlt mir so.

Je länger ich hier liege, desto mehr muss ich mir eingestehen, dass Mark nicht ganz unrecht hat. Ich denke, bevor ich handle, aber bin ich deshalb verkopft? Bisher habe ich das eher als positive Eigenschaft interpretiert. Und noch etwas wird mir unweigerlich klar: Seit Mutters Tod habe ich niemanden mehr an mich herangelassen. Ich habe eine Mauer um mich gezogen. Sie schützt mich, wenn jemand versucht, mir zu nahe zu kommen. Möglicherweise ist Mark der erste Mensch seit Langem, der sich nicht scheut, darüberzuschauen. Doch weil ich eine Höllenangst davor habe, was passiert, wenn er sie überwindet, setze ich lieber einen weiteren Stein darauf. Außerdem will ich mich nicht verletzlich zeigen. Das passt nicht zu mir. In mir schlummert seit Jahren diese Panik, erneut jemanden zu verlieren, den ich lieb gewonnen habe. So wie Mutter. Ich könnte das nicht ertragen. Also gebe ich mich lieber distanziert. Und das, obwohl mir längst klar ist, dass Mark der erste Mann seit einer Ewigkeit ist, der mich fasziniert. Ich wünschte, ich könnte es schaffen, ihn an mich heranzulassen. Und dann kommt mir wieder diese Chefin-Angestelltensache in den Sinn, die das Ganze ohnehin unmöglich macht. Erschöpft schlafe ich unter dem sich drehenden Gedankenkarussell ein.

22

Mark

Vielleicht bin ich gestern zu weit gegangen. Aber manchmal kann ich nicht aus meiner Haut. Das, was wochenlang in mir wie in einem Vulkan brodelte, wollte an die Oberfläche. Weiterhin wurmt es mich, dass Old Sullivan ausgerechnet Caissy sein Lebenswerk vermacht hat. Ich habe mich wirklich bemüht, meinen Frust nicht an ihr auszulassen. Wenn sie mich nur nicht ständig provozieren würde. Gestern ist es wie von selbst aus mir herausgeplatzt und ich habe ihr meine Meinung vor die Füße geknallt – schonungslos und möglicherweise zu hart. Mir ist schon klar, dass sie mit ihren Worten recht hatte. Sie ist meine Chefin. Punkt. Und ja, ich sollte ihr gegenüber respektvoller auftreten. Was, wenn sie mich nun feuert?

Ich fahre das Rührgerät wieder an seine übliche Stelle und verbanne meinen geliebten Kessel wieder in den Wandschrank. Warum ist hier nichts mehr, wie es war? Als ich die Schranktür schließe, ist es ein Gefühl, als würde ich ein nervendes Kind darin einsperren, das überhaupt nicht versteht, weshalb das alles hier passiert. Blöder Vergleich. Ein Kessel und ein Kind! Mein

Gott, das waren noch Zeiten, damals im Heim. Zum Glück hat man mich nur ein einziges Mal in der Kammer oberhalb der Schlafräume eingesperrt.

»Können wir reden?«, vernehme ich plötzlich Caissys Stimme hinter mir.

Ich habe sie gar nicht kommen hören, so gedankenversunken war ich. In ihrer Mimik lese ich Bestimmtheit, aber auch Verletzlichkeit. Verdammt, ich glaube, sie macht ernst und kündigt mir jetzt.

»Ja, klar«, antworte ich krächzend und drehe den Hitzeregler des Rührgerätes hoch.

»Entschuldige bitte, dass ich gestern so hart war«, kommt sie direkt zur Sache.

Verdattert starre ich sie an. Mit diesem reumütigen Verhalten habe ich überhaupt nicht gerechnet.

»Was meinst du genau mit hart?«, will ich von ihr wissen, weil mich interessiert, wie meine gestrigen Worte bei ihr ankamen.

Sie setzt sich auf einen der Stühle vor dem Tresen und bedeutet mir, mich ebenfalls zu setzen. Ich drehe den Hitzeregler wieder zurück und folge ihr.

»Es war nicht nett von mir, die Chefin derart raushängen zu lassen.« Sie senkt den Kopf. »Eigentlich will ich das gar nicht, aber mein Verstand sagt mir ständig, ich müsse hart sein. Und manchmal sage ich Dinge, die ich nicht sagen will. Ich bin härter, als mir lieb ist.« Sie starrt auf ihre verschränkten Finger. »Weißt du, Mark, ich brauche dich.« Jetzt sieht sie mich direkt an. Ihr Blick geht mir durch und durch. Sie braucht mich. Ich schlucke hart.

»Ich brauche dich … für all das hier.« Sie scannt die Küche mit ihren Blicken ab. »Du bist der beste Karamellbäcker, den ich kenne.«

Ich lache laut auf. »Danke für die Blumen, Caissy. Aber mal unter uns … wie viele kennst du?« Gespannt warte ich auf ihre Antwort und lasse sie nicht aus den Augen. Ihre Wangen werden rosig. Süß sieht sie aus, wenn sie so verlegen ist. Ob ich will oder nicht, ich fühle mich mit einem Mal wieder zu ihr hingezogen. Und das, wo ich geglaubt hatte, ich bekäme allmählich emotionalen Abstand zu ihr.

»Ehrlich gesagt nicht mal eine Handvoll«, gibt sie zu und lächelt. »Was ich sagen möchte, ist, du hattest gestern vielleicht ein klitzekleines bisschen recht.«

»Tatsächlich?«, hake ich zwinkernd nach und spüre auf einmal, wie die Mauer zwischen uns bröckelt.

»Eventuell bin ich manchmal besserwisserisch. Aber weißt du, ich muss mich seit Jahren allein durchschlagen, seit Mutter …« Ihr Blick trübt sich.

Ich bin sprachlos, dass sie so offen ausspricht, was sie belastet. Die Härchen an meinen Armen stellen sich auf. Einen Moment lang habe ich das Gefühl, dass mein Blick tief in ihre Seele eindringt.

»Sie fehlt dir, nicht wahr?«, frage ich vorsichtig.

»Jeden Tag«, haucht sie kaum hörbar.

Am liebsten würde ich sie jetzt in den Arm nehmen. Aber ich halte mich zurück.

»Weißt du, Caissy, ich finde, es ist völlig normal, dass es zwischen zwei Menschen kracht, die viel miteinander zu tun haben. Es ist wie in einer guten Ehe.« Ich zwinkere. »Bei uns ist es eben eine Arbeitsehe. Und ich bin der Meinung, wir beide sind gar kein so schlechtes Team.«

»Findest du?« In ihren Augen blitzt ein Hoffnungsschimmer auf.

»Ja, wirklich. Auch wenn ich es ungern zugebe, schadet es nicht, dass du auf die Zahlen achtest, während ich eher der praktische Typ bin. Vielleicht gestehst du mir im Gegenzug zu, dass ich weiterhin Liebe in meine Arbeit legen will.«

»Das sollst du auch.« Ihr warmes Lächeln geht mir durch und durch. »Ich brauche dich, um die Manufaktur erfolgreich zu führen.« Sie räuspert sich. »Und außerdem ... außerdem bist du menschlich gesehen gar nicht so übel.« In ihrem Blick stecken so viel Aufrichtigkeit und Wärme.

Wenn sie nicht gleich aufhört, packe ich sie und ... Ich wische den Gedanken energisch beiseite und springe auf. Förmlich strecke ich ihr die Hand entgegen. »Dann lass uns diesen lächerlichen Disput von gestern vergessen, abgemacht?«

»Abgemacht.« Sie steht ebenfalls auf und schlägt lächelnd ein.

»Jetzt aber an die Arbeit.«

23

Caissy

Kaum zu glauben, dass ich mittlerweile zwei Monate hier bin. Die Zeit rast wie ein Formel-1-Auto auf der Rennstrecke. Mehr und mehr identifiziere ich mich mit der Manufaktur. Mit *meiner* Manufaktur. Zwar kenne ich Marks Geheimzutat immer noch nicht, aber das ist mir egal. Ich habe eine neue Sorte mit Macadamianüssen und Schokolade kreiert, der ich den Namen *Caissys Sweets* gegeben habe. Und ich finde sie superlecker.

Hatte ich anfangs aufgrund des höllischen Muskelkaters noch Mühe, in aller Frühe aus dem Bett zu kriechen, kann ich es nun oft nicht erwarten, am Morgen wieder in der Manufaktur zu stehen.

»Du machst dich mittlerweile richtig gut«, lobt Mark mich am Ende eines langen Arbeitstages, an dem wir wie verrückt produziert haben. Er stellt mir eine Tasse schwarzen Kaffee auf die Arbeitsplatte und legt einen irischen Steuerratgeber dazu.

Ich öffne sprachlos den Mund. »Wie lieb ist das denn?«, sage ich dann.

Mark zuckt mit den Schultern und grinst breit. »Hab ich am Kiosk entdeckt und ich weiß, dass du auf diesen trockenen Stoff stehst …« Er grinst und stützt sich mit den Unterarmen auf der Arbeitsplatte ab. »Ich geb‘s ja ungern zu, aber wir ergänzen uns immer besser.«

»Das finde ich auch«, stimme ich ihm offen zu. Ich tippe auf die Zeitschrift. »Und jetzt versorgst du mich sogar noch mit Steuernews. Was will ich mehr?«

Die Stimmung zwischen uns ist inzwischen deutlich gelöster, als das noch vor ein paar Wochen der Fall war. Ich bin froh darüber, dass die Fronten mittlerweile geklärt sind. Mark ist mein Angestellter, der seine Ideen einbringen darf und ich bin die Chefin, die letzten Endes die Entscheidungen trifft. Damit können wir beide leben.

»Wir haben in den vergangenen Wochen so viel erreicht. Unsere tägliche Produktion hat sich erhöht. Ich bin mit den betriebswirtschaftlichen Zahlen wirklich zufrieden.«

Mark holt sich ebenfalls eine Tasse aus dem Schrank. »Wir haben aber auch einige Überstunden geleistet und geschuftet bis zum Abwinken.«

»Ja … schon klar.« Ich kaue auf meiner Unterlippe. »Und deshalb habe ich mir etwas überlegt.«

»Na, da bin ich gespannt.« Er nimmt einen Schluck von seinem Kaffee und stützt dann seinen Kopf mit der Hand ab.

»Wir brauchen Unterstützung.«

»Wie meinst du das?«

»Wir müssen mehr Leute einstellen. Daniel als Aushilfe ist nicht genug.«

Mark macht große Augen und japst nach Luft. Gerade als er den Mund öffnen will, hebe ich die Hand.

Ich lege mir gedanklich die passenden Worte zurecht und nippe am Kaffee. »Die tägliche Arbeit hier wird zu viel für uns. Du hast doch selbst eben gesagt, dass wir dauernd Überstunden machen.«

Er wirkt angespannt und schaufelt einen Löffel Zucker nach dem anderen in seinen Kaffee.

»Was machst du da?« Mit dem Kinn deute ich auf seine Tasse und das mittlerweile bestimmt völlig übersüßte Getränk.

Mark hält inne und stellt die Zuckerdose beiseite.

»Unser Gewinn ist so fantastisch, dass wir locker ein bis zwei Leute einstellen könnten. Und ich habe mir überlegt, dass wir es erst einmal mit einer Person versuchen und sehen, wie es läuft.«

Marks Blick schweift durch den Raum. Er wirkt betrübt.

»Was hältst du davon, Mark?«, frage ich sanft. Vielleicht etwas zu sanft. Aber ich will ihn miteinbeziehen, ihm zeigen, dass mir seine Meinung wichtig ist. Schließlich sind wir ein Team. Das ist mir mittlerweile klar.

»Mach, was du für richtig hältst«, entgegnet er mit rauem Tonfall.

»Aber ich will wissen, wie du darüber denkst.«

Er saugt Luft durch die Zähne und wendet sich ab. »Haben wir uns nicht darauf geeinigt, dass du die Entscheidungen triffst?«

»Ja, haben wir. Aber wir haben auch vereinbart, dass du deine Ideen einbringst.«

Ruckartig wendet er sich mir zu. »Dann lass es!«

»Wie bitte?«

»Du hast mich schon verstanden. Die Zahlen sind großartig und selbst wenn wir beide etwas kürzertreten, werden sie sich nicht übermäßig verschlechtern.«

»Aber ich will die Manufaktur ausbauen ... sie erweitern ... und ...« *sie nach diesem Jahr gewinnbringend verkaufen.* Ich wage nicht, es auszusprechen, denn ich bin mir sicher, dass es das Letzte ist, was Mark jetzt hören möchte.

»Das hast du doch bereits getan.« Er sieht mich eindringlich an und wirkt so verletzlich. »Du hast in den wenigen Monaten Enormes erreicht. Du solltest dir mal eine Pause gönnen.« Er räuspert sich. »Vielleicht mal wieder abends, nach der Arbeit ... mit mir?« Er beißt sich auf die Unterlippe, als würde er sich am liebsten für seine ausgesprochenen Worte ohrfeigen.

Ich warte darauf, dass er es zurücknimmt, aber er sieht mich einfach nur an.

Unsere Blicke verfangen sich ineinander. Keiner sagt etwas.

Ich mustere sein kantiges Gesicht, die kurzen Bartstoppeln und bleibe an seinen Lippen hängen.

»Nun?«, fragt er sanft. »Lust auf ein freundschaftliches Date heute Abend?«

Mark zu treffen, passt nicht zu meiner Einstellung, Berufliches und Privates zu trennen. Doch wie in aller Welt soll ich ihm das klarmachen? Eigentlich sollte er es wissen. Aber warum hat er dann gefragt? Er sieht mich so gespannt an, dass ich ihn ungern zurückweisen will. Den Abend mit ihm zu verbringen, könnte die Professionalität zwischen uns durcheinanderwirbeln.

»Ich ... ich bin mir nicht sicher«, stammle ich und merke, wie mein Gesicht heiß wird. Unauffällig reibe ich mir die Wangen, als würde ich nachdenken.

»Denkst du gerade an einen One-Night-Stand?«, sagt Mark in einem rauen Tonfall, der unverschämt sexy klingt.

Meine Güte, warum ist es hier plötzlich so warm?

»Ich nämlich nicht«, fügt er zwinkernd an. »Ich schlage lediglich ein ungezwungenes Treffen fernab dieser Küche vor. Und maximal eine lockere Freundschaft. Nicht mehr und nicht weniger.«

Erneut fahre ich mir über das Gesicht. Weil mir absolut kein Gegenargument einfällt, nicke ich.

»Okay. Dann komm um zwanzig Uhr auf ein Glas Wein zu mir, einverstanden?«

»Für mich gerne ein anderes Getränk, aber danke für die Einladung.« Er macht eine angedeutete Verbeugung und grinst frech. »Ich freu mich drauf.«

Du meine Güte, ich habe ihn tatsächlich zu mir eingeladen! Eine wohlige Wärme breitet sich in mir aus.

Wir machen noch rasch die Küche sauber und verabschieden uns dann mit einem: »Bis nachher.«

Zwei Stunden später versorge ich Miss Doyle mit frischem Nassfutter, räume im Anschluss gerade das Geschirr vom Abendessen auf, als es an der Haustür klingelt. Mit zitternden Fingern gebe ich der Spülmaschinentür einen Schubs und reibe die Hände an der Jeans ab. Mit klopfendem Herzen gehe ich die Treppe hinab.

Das ist nur ein freundschaftliches Treffen, stell dich nicht so an, beruhige ich mich im Geiste. Doch es nützt nichts. Ich bin sowas von nervös. Unten angekommen öffne ich die Tür.

»Ah, da bist du ja«, begrüße ich Mark in möglichst belanglosem Tonfall. »Komm rein.«

Ich gehe ihm voran die Treppe wieder nach oben. Bei jedem Schritt spüre ich seine Nähe in meinem Rücken und bemühe mich, unverkrampft zu wirken. Ich bin mir allerdings nicht sicher, ob es mir gelingt. Ich deute ihm den Weg ins Wohnzimmer und er nimmt am Tisch im Erker Platz.

»Was willst du trinken?« Ich öffne den Spirituosenschrank, der mittlerweile noch besser gefüllt ist, als in Zeiten meines Großvaters. »Du magst keinen Wein, sagtest du? Was darf ich dir sonst anbieten?«

»Nichts mit Alkohol, bitte.«

»Warum nicht?« Verdattert sehe ich ihn an.

Er windet sich. »Ich mag ihn einfach nicht.«

Stirnrunzelnd gieße ich mir ein Glas Weißwein ein und stelle es ab. Ich erinnere mich an den Tag, als Mark mir diese Wohnung zeigte. Damals bot er mir Whiskey an und trank selbst nur ein Wasser. »Trinkst du nie Alkohol?«

»Nein.«

Ich starre ihn an, als hätte er mir gestanden, dass er lieber ein Glas Orangensaft mit einem Schuss Spiritus trinken würde. Dabei ist es doch völlig in Ordnung, dass er keinen Alkohol mag.

»Okay, ich habe ansonsten noch Saft, Wasser und Tee ... Barry's Tee.«

»Das klingt doch gut.«

»Also Barry's Tee?«

Mark nickt. Ich verschwinde in der Küche, öffne das Fenster und lasse die kühle Abendluft hinein, denn mir ist plötzlich ganz warm. Während ich das Teewasser aufkoche, lege ich mir ein paar Fragen zurecht, die ich ihm stellen könnte, damit unser Gespräch möglichst unverkrampft bleibt. Herrgott, was ist nur mit mir los? Auf dem Weg zurück ins Wohnzimmer sehe ich kurz in den Spiegel und finde, dass ich ziemlich angespannt wirke. Und so fühle ich mich auch.

Ich reiche Mark die Teetasse auf einem Tablett, zusammen mit einer frisch ausgepressten Zitrone und Zucker. Er gibt beides in den Tee und hebt seine Tasse. »Auf einen netten Abend.«

Ich schlucke und proste ihm zu.

»Ich weiß nicht, wie viele Stunden ich bereits in dieser Wohnung verbracht habe. In den Zeiten, als Old Sullivan noch lebte, war ich fast jeden Abend hier.«

»Dann hast du es sicher vermisst, hierherzukommen.«

»Ja, schon. Aber es ist auch seltsam.« Er braucht nicht hinzuzufügen, dass es seltsam für ihn ist, dass nicht Großvater, sondern ich hier sitze.

Er sieht sich im Raum um. »Du hast einiges verändert.«

»Ja ... aber nicht viel«, verteidige ich mich und habe sofort ein schlechtes Gewissen, dass ich die altmodischen Kristallvasen in den Schrank verbannt und das Fach stattdessen für meine Fachzeitschriften verwendet habe.

Und an der Stelle, wo früher der abgenutzte Perserteppich lag, befindet sich nun ein modischer Kurzflorteppich mit der blau-grauen Silhouette von New Yorks Wolkenkratzern. Ich scanne den Raum ab und tatsächlich fällt mir auf, dass ich noch das eine oder andere umgestaltet habe.

»Es gefällt mir.« Mark nickt anerkennend.

»Dann bist du nicht enttäuscht?«, hake ich erleichtert nach.

Er lacht laut auf. »Weshalb denn? Weil du es dir nach deinen Vorstellungen eingerichtet hast? Ich hätte das nicht anders gemacht.«

»Ich hatte schon befürchtet, dass du es mir übel nimmst.« Ich nehme einen Schluck Wein und lecke mir über die Lippen. »Haben mein Großvater und du eigentlich auch tiefgründige Gespräche geführt? Ich meine ... über ... über Persönliches geredet und solche Sachen?«

»Ja, klar.«

»Auch über Großvaters Vergangenheit und so?«

Mark lehnt sich nach vorne und stützt die Unterarme auf seinen Knien ab. »Wir hatten keine Geheimnisse voreinander ... wenn du das meinst.« Sein Gesichtsausdruck versteinert sich. »Das nahm ich zumindest an. Er erzählte mir von seiner Ehe mit deiner Grandma, von der Idee, Karamellbäcker zu werden und von den Ängsten, an einem Herzinfarkt zu sterben, wie sein Vater.«

Ich hänge an Marks Lippen, als er mir ausführlich von Großvaters Jugend und dem Leben mit meiner Großmutter berichtet.

Er seufzt, als er zu Ende erzählt hat. »Aber bei all diesen Gesprächen fiel nicht ein einziges Mal ein Sterbenswörtchen über deine Mum oder dich. Glaub mir, Caissy, ich verstehe das selbst nicht.«

»Meinst du, zwischen den beiden ist etwas vorgefallen?« Ein anderer plausibler Grund fällt mir nicht ein, weshalb der Kontakt abgerissen ist. Aber bisher habe ich keinerlei Hinweise darauf gefunden.

»Ich gehe davon aus«, bestätigt Mark meine Befürchtung. »Wenn da tatsächlich etwas war, muss es wirklich schlimm gewesen sein. Und zwar so, dass er nicht mal mit mir darüber sprach.« Seine Augen trüben sich und zeigen deutlich, wie sehr ihn Großvaters Unaufrichtigkeit verletzt hat.

»Ich habe bereits mehrfach versucht, ein paar Details aus Eilis herauszuquetschen«, berichte ich seufzend.

»Und?« Interessiert sieht er mich an.

»Sie schweigt beharrlich. Und je öfter ich sie darauf anspreche, desto mehr verstärkt sich mein Verdacht, dass sie deutlich mehr weiß, als sie mir verrät.«

»Sie ist die Einzige, die etwas wissen könnte. Schließlich war sie es, die mir vor der Beerdigung von dir erzählte und zugab, dass sie von deiner Existenz wusste.« Er schnaubt verächtlich. »In dem Augenblick fühlte ich mich verraten und verkauft.« In seinen Augen liegt so viel Schmerz, dass ich selbst einen brennenden Druck auf der Brust spüre. Zaghaft strecke ich die Hand nach ihm aus, ziehe sie jedoch sofort wieder zurück. Ein Schatten huscht über sein Gesicht.

»Hast du eine Idee, wie ich mehr aus Eilis herauskriegen könnte?«

Mark zuckt mit den Schultern. »Ich fürchte nicht. Sie ist hart wie ein Betonklotz.« Er legt das Kinn zwischen Daumen und Zeigefinger. »Du müsstest mit jemand anderem sprechen, der deinen Grandpa noch von früher kennt.«

»Wenn ich mich nicht täusche, ist Eilis die Einzige in Greenkenny, die dafür infrage käme.«

»Ja, das fürchte ich auch. Old Sullivan war bereits Witwer, als er die Manufaktur hier eröffnete. Aber vielleicht könntest du mit jemandem in Killarney sprechen.«

»Wieso dort?«

»Ganz einfach, weil er da lebte und eine Karamellmanufaktur betrieb, bevor er hierherzog.«

Ich springe auf. »Was?« Ich reiße die Augen sperrangelweit auf. »Warum erzählst du mir das erst heute?«

Er schüttelt irritiert den Kopf. »Ich dachte, du wüsstest das. Außerdem hast du mich ja nie gefragt.«

»Nein, ich hatte keine Ahnung davon«, antworte ich energisch. »Und Eilis hatte sich geweigert, es mir zu sagen. Warum nur?« Ich reiße die Arme vorwurfsvoll in die Höhe.

»Hast du dich nie dafür interessiert, wo deine Mum in Irland lebte?«

»Natürlich. Ich weiß doch, dass sie in Beaufort geboren wurde. Danach sind sie offensichtlich von dort weggezogen, denn niemand in dem Dorf erinnert sich an meine Familie. Außerdem war ich erst siebzehn, als Mutter starb. In dem Alter hatte ich anderes im Kopf, als über ihre Aufenthaltsorte zu grübeln. Es war mir zu ihren Lebzeiten schlicht und ergreifend nicht wichtig, sie darüber auszufragen und von selbst hat sie nichts erzählt. Und jetzt, wo ich es wissen wollte, fand ich es nicht heraus.«

»Glaubst du, dass sie zusammen mit deinem Grandpa in Killarney lebte?«

»Ja, das muss so gewesen sein. Schließlich eröffnete er die Manufaktur hier nur wenige Monate, nachdem meine Mutter nach Deutschland ging. Es ist also davon auszugehen, dass sie zuvor unter einem Dach lebten. Außerdem war Mutter damals minderjährig.« Ich halte kurz inne. »Auch wenn ich noch nicht alle Puzzleteile zusammen habe, bin ich mir sicher, dass irgendetwas passiert sein muss, was zur Folge hatte, dass Mutter nach München zog und Großvater hierher.« Ich laufe aufgeregt umher. Dann bleibe ich abrupt stehen und klatsche in die Hände. »Weißt du, was ich mache?«

Mark schmunzelt. »Du wirst es mir sicher gleich verraten.«

»Ich werde googeln, ob es noch eine oder gar mehrere Karamellmanufakturen in Killarney gibt und sie alle abtelefonieren. Vielleicht erinnert sich jemand an Großvater. Und mit ein wenig Glück besteht sogar seine damalige Manufaktur noch.«

»Hoffentlich kommst du damit weiter. Schließlich ist es Jahre her, dass er dort lebte und arbeitete«, gibt Mark skeptisch zu bedenken. »Ob die Alten nicht alle längst gestorben sind? Und die jüngere Generation wird ihn kaum kennen.«

»Aber irgendwer wird sich schon erinnern.« Ich bin mir ganz sicher und fühle mich wie berauscht.

Mark schüttelt den Kopf. »Hoffentlich suchst du nicht nach einem Salzkorn an einem Sandstrand.« So zweifelnd kenne ich ihn gar nicht.

»Wenn es nur eine oder wenige Karamellmanufakturen in Killarney gibt, wovon ich ausgehe, habe ich mein Ziel schnell erreicht, bombensicher!«

Hitze steigt in mir auf. Dieses Mal nicht wegen Mark, sondern aufgrund der Euphorie, auf der richtigen Fährte zu sein. »Leider gibt es keine alten Unterlagen, die Aufschluss über eine frühere Adresse geben. Ich habe wirklich sämtliche Ordner durchforstet, die mir untergekommen sind. Wahrscheinlich hat er den Rest nach der gesetzlichen Aufbewahrungsfrist vernichtet.«

Mark lacht auf. »So penibel war er nicht. Möglicherweise bewahrte er weitere im Dachboden auf. Da stehen meines Wissens einige rum. Wir waren mal oben.«

»Ich weiß. Die habe ich schon alle durch.« Ich hatte sie entdeckt, als ich die Kartons mit Großvaters Kleidungsstücken heraufgetragen hatte.

»Hast du auch hinter dem breiten Regal nachgesehen?«

Ich mache große Augen. »Was? Dahinter habe ich noch nicht geschaut. Du meine Güte, da muss ich so schnell wie möglich nachsehen.« Ich schlage die Hände über dem Kopf zusammen. »O Mark, ich bin so aufgeregt. Am liebsten würde ich sofort mit der Suche loslegen.«

»Ich will dich nicht aufhalten«, er sieht auf die Uhr, »aber es ist spät. Vielleicht solltest du deine Detektivarbeit auf morgen verschieben.« Er steht auf und schiebt die hochgerutschten Hosenbeine nach unten. »Ich für meinen Teil mach mich dann mal auf den Weg nach Hause.«

»Du kannst mich doch jetzt nicht alleine lassen«, kreische ich beinahe panisch.

Mark macht einen langsamen Schritt auf mich zu. »Und warum nicht?«

»Weil ... weil ich so aufgeregt bin. Ich drehe fast durch bei dem Gedanken, mehr von Großvaters Leben, von *meinem* Leben zu erfahren.«

Mark breitet die Arme aus und macht einen weiteren Schritt auf mich zu. Er legt sie freundschaftlich auf meine Schultern. »Beruhige dich, Caissy. Du bist ja völlig außer dir.« Ohne auf meine Reaktion zu warten, umschließt er mich mit seinen kräftigen Armen und zieht mich zu sich.

Ich schlucke. Binnen einer Nanosekunde durchzuckt ein Kribbeln meinen Körper, beginnend in den Zehenspitzen, bis hin zum Scheitel. Mit einem tiefen Atemzug schließe ich die Augen und inhaliere Marks angenehmen Körpergeruch, eine Mischung aus Aftershave und einem Hauch Karamellbonbons.

»Besser?« Er schiebt mich ein Stück von sich weg und sieht mich an.

Ich schüttle den Kopf und schmiege mich erneut an seine Brust, denn ich will nicht, dass er mich jetzt loslässt. Nun schlinge auch ich meine Arme um seinen Körper. Obwohl ich weiß, dass ich einen entscheidenden Fehler mache, fühlt es sich in diesem Augenblick einfach nur großartig an.

Mark zieht mich noch näher und streicht mir sanft über den Rücken. Nachdem ich es geschehen lasse und leise seufze, senkt er seinen Kopf und vergräbt ihn in meinen Haaren. Ein Schauer fährt über meinen Nacken. Seine Hände wandern zögernd weiter hinab. Am Ansatz meines Pos machen sie halt und ziehen mich noch näher zu sich.

Alles in mir schreit, dass ich das nicht zulassen darf. Aber es fühlt sich so fantastisch an. *Lass es zu,* meldet sich eine völlig unbekannte Stimme in meinem Kopf. Sie macht mir deutlich, wie sehr ich mich nach ein wenig Nähe sehne. Nähe, die ich all die Jahre nicht zugelassen habe. *Nur noch ein paar Minütchen*, verhandle ich mit mir selbst. Ich schlinge meine Arme fester um ihn und streichle nun ebenfalls sanft über seinen Rücken.

Seine Bartstoppeln kitzeln meine Wangen. Nachdem ich keinen Rückzieher mache, wandern seine Lippen federleicht an meiner Schläfe hinab zu den Wangenknochen. Ich spüre einen sanften Kuss auf meiner Haut, der ein Feuerwerk in mir explodieren lässt. Zärtlich streichelt er an meinen Oberarmen auf und ab. Mit geschlossenen Lidern genieße ich.

Nun schiebt er mich wieder ein Stück von sich weg, hält aber meine Arme weiter fest. Ich öffne die Augen und versinke in Marks blauen Pupillen, die heute tief wie ein Ozean wirken. Obwohl ich wegsehen will, weil das Kribbeln beinahe unerträglich wird, schaffe ich es nicht. Also halte ich seinem leidenschaftlichen Blick stand.

Eine gefühlte Ewigkeit sehen wir uns an. Keiner von uns sagt ein Wort.

»Hörst du es auch?«, sagt Mark dann heiser.

»Was?«, flüstere ich und meine Stimme kippt.

»Das Knistern zwischen uns.«

Ehe ich antworten kann, senkt Mark seinen Kopf und kommt meinem gefährlich nahe.

Ich atme schwer. Doch als seine Lippen nur noch wenige Millimeter von meinen entfernt sind, schiebe ich meine Hand an seinen Brustkorb und drücke ihn von mir weg. Ich senke den Kopf.

»Du solltest jetzt gehen«, krächze ich.

Mark weicht zurück und schaut zerknirscht drein. Dann schnappt er seine Jacke vom Stuhl. »Entschuldige bitte, Caissy. Ich hätte die Situation nicht ausnutzen dürfen.« Er stürmt zur Tür hinaus.

Ich lausche seinen polternden Schritten die Treppe nach unten. Als ich die Haustür unten ins Schloss fallen höre, sinke ich auf den Stuhl und vergrabe mein Gesicht in den Händen. Mit geschlossenen Augen lasse ich Revue passieren, was gerade zwischen uns geschehen ist. Was nicht hätte geschehen dürfen. Warum hatte ich mich nicht unter Kontrolle? Okay, ich habe das Schlimmste verhindert, aber ich hätte schon viel früher Nein sagen müssen. Wie konnte ich es zulassen, dass er mir so nahe kommt? *Super, Caissy!*, tadle ich mich. Doch es fühlte sich so richtig an.

24

Mark

Ich bin so ein Idiot! So ein verdammter Idiot. Wie konnte ich Caissy nur dermaßen überrumpeln? Wütend kicke ich einen Stein zur Seite, der mitten auf dem Gehsteig liegt. Beinahe wäre ich im Schein der Straßenlaterne darüber gestolpert.

Wie konnte ich ihre aufgewühlte Situation nur so schamlos ausnutzen? Meine Aufgabe wäre es gewesen, ihr zuzuhören und mit ihr zu überlegen, was sie tun kann, um mehr über das Leben ihres Grandpas herauszufinden. Das habe ich ordentlich vermasselt. Hat sie mir nicht in den vergangenen Monaten deutliche Signale gegeben, dass sie kein Interesse an mir hat? Okay, vielleicht doch nicht. Vielmehr hat sie mich mit ihren sehnsüchtigen Blicken schier verrückt gemacht. Habe ich das alles falsch gedeutet?

Im Laufschritt gehe ich zum Fußballplatz, auf dem die Heimkinder und ich uns mittwochs treffen. Wie immer liegt ein Ball am Rande des Feldes. Ich lege ihn vor meine Füße und schieße ihn mit aller Kraft in Richtung Tor. Er prallt mit voller Wucht am Pfosten ab und schnellt zu mir zurück. Erneut verpasse ich ihm einen heftigen Tritt und befördere ihn dieses Mal in die Tormitte.

Regentropfen fallen vom Himmel. Ich ziehe die Kapuze meiner Windjacke in die Stirn. Wie ich mich für mein Verhalten schäme! Könnte ich die Uhr doch nur um ein paar Stunden zurückdrehen. Warum nur hatte ich mich nicht im Griff? Wie soll ich Caissy je wieder unter die Augen treten? Sicher hält sie mich für einen lüsternen Kerl, der sich nicht unter Kontrolle hat.

***

Sorgsam lege ich mir auf den Weg zur Arbeit die Worte zurecht, die ich Caissy heute sagen will. Hoffentlich nimmt sie meine Entschuldigung an. Es liegt mir so viel daran, dass wir weiterhin freundschaftlich miteinander umgehen. Ich sehe auf die Uhr und beschleunige meinen Schritt, denn ich bin spät dran.

Als ich die Ladentür öffne und nach ihr Ausschau halte, fehlt von ihr jede Spur. Selbst in der Küche ist sie nicht anzutreffen. Ich seufze und schalte die Beleuchtung ein. Da entdecke ich einen Zettel auf dem Tresen. Er ist von ihr. Von wem sonst?

Bin krank, kann leider nicht kommen.

Ich packe das Papier, knülle es zusammen und pfeffere es in den Mülleimer. »Verdammt!«

Wenn ich geglaubt habe, heute würde sich alles wieder regeln, wurde ich eben eines Besseren belehrt. Nichts wird sich regeln. Ich habe es gewaltig vergeigt.

Um mich abzulenken, drehe ich die Musik im Radio laut auf und mache mich sofort an die Arbeit. In Rekordtempo stelle ich heute fast ein Viertel mehr Karamellen her als sonst. Ich schufte wie am Fließband und schaffe es tagsüber tatsächlich, die trüben Gedanken beiseitezuschieben. Glücklicherweise ist das Aufkommen von Laufkundschaft heute ungewöhnlich hoch und so ist der Abend schneller gekommen, als ich am Morgen gehofft hatte. Ab und zu hatte ich die Ohren gespitzt, weil ich glaubte, Schritte in der Wohnung über mir oder auf der Treppe zu hören. In diesen Momenten spannte sich jede Faser meines Körpers an. Doch Caissy ließ sich den ganzen Tag nicht hier blicken.

25

Caissy

Auch wenn es Mark gegenüber nicht fair ist, dass ich ihn heute ohne Vorwarnung habe hängen lassen, so empfand ich es doch als besser. Nach dem gestrigen Abend hätte ich ihm nicht unter die Augen treten können. Warum nur habe ich die Umarmung zugelassen? Ich weiß nicht einmal mehr, wie es dazu kam. Ich erinnere mich nur, dass ich seine Nähe wie ein ausgehungerter Vampir in mir aufgesaugt habe. Er musste also annehmen, dass ich mit allem einverstanden wäre. Bei der Erinnerung an seinen tiefen Blick ist mir immer noch flau im Magen. Es ist mir schleierhaft, wie ich mich verhalten soll, wenn wir uns wiedersehen. Doch darüber werde ich mir zu einem späteren Zeitpunkt Gedanken machen. Heute kümmere ich mich nur um mich und meine Mission. Schon um mich abzulenken und nicht dauernd an ihn zu denken.

Entschlossen gehe ich ins Arbeitszimmer herüber und fahre den Computer hoch. Das Passwort habe ich mittlerweile geändert, wobei ich ohnehin nicht glaube, dass Mark sich ohne mein Einverständnis hier einloggen würde.

Ich googele nach *Karamellmanufaktur in Killarney* und werde zu meinem Leidwesen nicht fündig. Das ist doch zum Verrücktwerden! Ich seufze.

Dann steige ich auf den Dachboden und suche nach den Aktenordnern, von denen Mark gesprochen hat. Staubkörner tanzen in der Sonne, die durch das schräge Dachfenster hineinscheint. Die Luft hier oben ist trocken und staubig. Ich niese. Und tatsächlich ... hinter dem besagten Regal erspähe ich einige Ordner. Ich ziehe den Bauch ein und zwänge mich dahinter. Dort entdecke ich eine weitere, noch nicht durchgesehene Kiste, die in einer Nische unter dem Dachbalken steht. Zuerst schichte ich so viele Ordner, wie ich tragen kann auf meine Arme und bringe sie nach und nach in die Wohnung. Dort durchforste ich sie akribisch. Ich finde Rechnungen von der Reparatur des Lieferwagens, Quittungen von Apotheken, Versicherungsunterlagen und weitere unbedeutende Papiere. Nichts davon ist brauchbar. Also packe ich sie in Kisten und trage sie auf den Dachboden zurück.

Ich stelle den Karton ab und lasse meinen Blick über das Fahrrad gleiten, das an einem Holzbalken lehnt, bis zu der Ecke, in der eine vermutlich defekte Küchenmaschine steht.

Erneut quetsche ich mich hinter das Regal, um an die Kiste zu gelangen, die ich vorhin entdeckt habe. Um nicht an die Dachbalken zu stoßen, ducke ich mich und krieche in den hintersten Winkel. Spinnweben verfangen sich in meinem Haar, als ich den staubigen Karton hervorzerre. Es ist unmöglich, dass ich ihn bis nach unten bekomme. Es ist viel zu eng hier. Also knie ich mich auf den harten Betonboden, puste den Staub zur Seite und öffne die oberen Laschen. Darin liegen eine Menge Porzellanfiguren und ein Stapel Kontoauszüge, den ich herausnehme. Sie sind ungefähr so alt wie ich und riechen modrig. So uralten Kram würde ich nie und nimmer aufbewahren. Doch es ist, als hielte ich ein Stück Nostalgie in den Händen.

Ich suche einen kleineren leeren Karton und lege die Kontoauszüge hinein. Mit meinem gefundenen Schatz steige ich zur Wohnung hinunter und stelle die Kiste auf den Esstisch. Zuvor schiebe ich mit einer Hand die Tischdecke zur Seite.

Obwohl ich nicht glaube, in den Kontoauszügen etwas Brauchbares zu finden, sortiere ich sie. Leider steht darauf lediglich Großvaters Name und nicht seine Adresse. Doch ich gehe davon aus, dass er damals bereits hier gewohnt hat, da die Bank ihren Sitz in Greenkenny hat.

Meine Güte, waren die Strompreise früher günstig. Und die Gaspreise erst. Schmunzelnd blättere ich weiter durch das leicht vergilbte Thermopapier, das nach all den Jahren erstaunlich gut erhalten ist.

Plötzlich springt mir ein Posten auf dem Auszug ins Auge, auf dem der Name meiner Mutter steht. Ich schnappe nach Luft und halte mir das Papier dichter vor die Nase. Ja, das ist definitiv ihr Name. Ich fasse es nicht! Großvater hat ihr Geld überwiesen? Warum hat er das getan? Das Adrenalin in meinem Körper steigt. Die beiden hatten eindeutig Kontakt zueinander. Das ist der Beweis. Ich sehe mir das Datum an und rechne zurück. Zu dem Zeitpunkt war ich etwa zwei Jahre alt. Es handelt sich um einen Dauerauftrag. Im Verwendungszweck lese ich *für Caissy* und urplötzlich fühlt sich mein Hals trocken und kratzig an. Mein Großvater hat monatlich Geld für mich überwiesen? Das ist ja unfassbar! Jetzt ist mir klar, woher die große Summe auf Mutters Sparkonto kam, die ich nach ihrem Tod erhielt. Warum habe ich nur nie in ihren Kontoauszügen geforscht? Möglicherweise wäre ich damit viel früher auf Großvater gestoßen. Ich hätte ihn noch zu Lebzeiten kennengelernt und er hätte mir all die Fragen beantworten können, deren Antworten ich nun mühsam alleine herausfinden muss. Fragen, die sich von Tag zu Tag häufen. Mein Herz klopft wie verrückt. Eines ist klar, ich muss unbedingt noch einmal mit Eilis sprechen.

26

Caissy

Am Morgen kann ich es kaum erwarten, die Manufaktur aufzuschließen, um Mark von meiner Entdeckung zu berichten. Die Sache von vorgestern ist für mich mittlerweile in den Hintergrund gerückt, denn mein Kopf ist voll von den gestrigen Ereignissen.

Als Mark die Küchentür öffnet, bleibt er abrupt im Rahmen stehen. »Guten Morgen, Caissy ... bist du wieder gesund?« Er sieht mich verunsichert an und holt tief Luft. »Wegen vorgestern ... es tut mir leid, ich hätte nicht ...«

»Schon vergessen«, wiegele ich seine angedeutete Entschuldigung mit einer kurzen Handbewegung ab. »Wir hatten beide einen schwachen Moment. Aber es ist ja nichts Großartiges passiert. Dieser kleine Zwischenfall sollte unsere gerade begonnene Freundschaft nicht belasten.« Ich habe jetzt nicht den Nerv, darüber nachzudenken oder zu diskutieren.

Mark schiebt die Hände in die Hosentaschen und lächelt sichtlich erleichtert, dass ich diese Sache so leicht wegstecke. »Gut, dass du es so siehst.«

»Weißt du, was ich gestern gefunden habe?«, frage ich und grinse triumphierend.

Mark runzelt die Stirn. »Woher sollte ich?«

»Ich habe auf Großvaters Kontoauszügen monatliche Überweisungen an meine Mutter entdeckt.«

Mark tritt aufmerksam näher. »Hast du auch herausgefunden, was die zu bedeuten haben?«

»Leider nein.« Ich berichte ihm alles, was ich weiß, und plumpse dann auf den Holzstuhl.

Markt legt die Stirn in Falten. »Vielleicht solltest du doch noch mal mit Eilis sprechen. Sie muss doch etwas wissen.«

»Das war auch meine Idee. Und weißt du was? Das werde ich nachher gleich tun, wenn sie kommt. Kannst du mich am Nachmittag vertreten?«

Mark tritt von einem Bein auf das andere. »Heute ist Mittwoch, Caissy.«

»Ja und?« Plötzlich fällt mir siedend heiß ein, dass Mark an den Mittwochnachmittagen immer frei hat, um mit den Heimkindern Fußball zu spielen.

»Ach! Total vergessen.«

Ich kann ihm seinen Nachmittag auf keinen Fall nehmen und will es auch nicht. Dann muss ich mich wohl noch gedulden. Was mir enorm schwerfällt.

***

Zwei Tage später ist es so weit. Ich habe mir vorgenommen, mit Eilis zu sprechen. Ich streife mir die Ofenhandschuhe über und hole den herrlich duftenden Apfelkuchen aus dem Ofen, den ich mit Streuseln bedeckt habe. Ich stelle ihn zum Auskühlen an das offene Fenster. Verstohlen schiele ich durch die Küchentür. Wenn sie meine Einladung ausschlägt, werde ich ein Nein nicht akzeptieren. Ich habe mein Ziel klar fokussiert und werde nicht lockerlassen.

Eilis ist mit dem Staubwischen im Büro fertig. Nun höre ich sie im Schlafzimmer rumpeln. Ich schlendere möglichst unauffällig zu ihr hinüber.

»Eilis, haben Sie Lust, nachher mit mir einen Kaffee zu trinken?« Ich sehe auf den Wischmopp. »Sobald Sie hier fertig sind? Ich habe gebacken.«

»Das riecht man. Und es duftet gar nicht übel«, sagt sie in ihrer typisch schroffen Art, an die ich mich mittlerweile gewöhnt habe. Sie hält kurz inne, als würde sie überlegen und wischt dann etwas zügiger. »Ich habe aber leider keine Zeit.«

»Eilis«, sage ich energisch. »Warum lehnen Sie jeden meiner Versuche ab, Sie näher kennenzulernen?«

»Mache ich doch gar nicht.« Sie sieht mich an, als wäre ihr völlig schleierhaft, wovon ich rede.

»Dann beweisen Sie es mir. Trinken Sie mit mir einen Kaffee. Ich habe extra für Sie gebacken.«

Sie seufzt. »Na meinetwegen«, stimmt sie gnädigerweise zu.

»Super!« Ich wirbele herum, laufe siegessicher zurück ins Wohnzimmer, hole das geblümte Festtagskaffeegeschirr aus dem Schrank und decke damit den Esstisch. Auf die gehäkelte weiße Tischdecke, die bestimmt noch von meiner Großmutter stammt, stelle ich einen von Großvaters kristallenen Kerzenständern und zünde eine lange cremefarbene Kerze an. Zufrieden lächele ich beim Anblick des gedeckten Tisches, der aussieht, als würde ich zum Kaffeeklatsch einer Häkelgruppe für ältere Damen einladen.

Nach einer knappen halben Stunde steckt Eilis den Kopf zur Tür herein. »Ich wäre dann so weit. Ich mach mich noch kurz frisch, ja?« Sie wischt sich mit dem Handrücken über die schweißnasse Stirn.

»Selbstverständlich.« Ich nicke ihr zu und höre die Badezimmertür zuschlagen.

Dann hole ich den Kuchen von der Fensterbank und schneide ihn an.

Als Eilis fertig ist, steht sie unschlüssig im Türrahmen.

»Kommen Sie, nehmen Sie Platz.«

Sie legt ihre bunt-karierte Kittelschürze ab und faltet sie sorgsam. »Ich bin das gar nicht gewohnt, mich in diesem Haus zu setzen.«

»Dann wird es Zeit, dass sich das ändert. Haben Sie nie mit Großvater zusammengesessen?«

»Manchmal«, gibt sie knapp zurück. »Aber er war meistens in der Manufaktur, wenn ich für ihn gekocht oder hier alles wieder blitzblank gemacht habe.«

Damit sind wir schneller beim Thema, als ich erhofft hatte.

Ich schmunzle in mich hinein. »Kaffee?«

»Ja, gerne.« Sie hält mir ihre Tasse entgegen und ich schenke ein.

»Und Sie kannten meine Großmutter auch? Zucker? Milch?«

Sie nickt. »Sicher.«

»Und meine Großmutter, wie war die so?«, hake ich möglichst unbefangen nach.

Eilis Augen verfinstern sich. »Soll das ein Verhör werden, Kindchen?«

»Nie im Leben«, versichere ich ihr. Auf einmal bin ich mir nicht mehr sicher, ob ich noch ein weiteres Wort aus ihr herausbringen kann. Ich lege ein Stück Apfelkuchen auf ihren Teller und biete ihr Sahne an.

Sie schiebt sich eine Gabel voller Kuchen in den Mund und verdreht ihre Augen. »Himmlisch, Kindchen.«

Ich probiere ebenfalls und muss ihr zustimmen. Es schmeckt fabelhaft.

»Wo haben Sie so gut backen gelernt?«

»Ehrlich gesagt habe ich es noch nicht besonders oft versucht. In meinem Job bleibt keine Zeit für so etwas. Ich habe mir eines von Großvaters Backbüchern geschnappt und das Rezept herausgesucht.« Ich schmunzle. »Zugegeben bin ich selbst überrascht, wie gut er gelungen ist.«

Eilis wirkt urplötzlich versöhnlich. Ob es an meinen Backkünsten liegt? Zufrieden mampft sie in sich hinein. Wenn sie doch nur etwas gesprächiger wäre.

Ich starte einen weiteren Versuch. »Also, wie gesagt, ich will Sie nicht verhören. Aber würden Sie bitte meine Frage beantworten? Die mit meiner Großmutter.«

»Na ja, meinetwegen.« Sie scheint nach Worten zu ringen. »Um es auf den Punkt zu bringen, sie war ein mürrisches Weibsbild.« Allein ihrem Tonfall entnehme ich, dass sie meine Großmutter nicht sonderlich gemocht haben kann. »Zufrieden?«

»Das passt so gar nicht zu dem liebevollen, gütigen Großvater, den Mark mir immer beschrieben hat.«

»Gegensätze ziehen sich an, nicht wahr?« Sie wischt sich mit der Serviette über die faltigen Lippen. Ich sehe ihrem verzerrten Gesichtsausdruck an, dass sie lieber das Thema wechseln würde.

»Wahrscheinlich ist das so.«

»Aber John konnte auch streng sein. Wenn ich da an Ihre Mutter denke …«

Eilis spricht von Mutter. In mir verkrampft sich alles. Doch es ist auch, als könne ich ihr damit ein Stückchen näher sein. »Kannten Sie sie gut?«, hake ich mit zittriger Stimme nach.

»Ja, sicher. Ihre Mutter war ein ziemliches …« Eilis stockt und starrt auf ihren Kuchen.

»Was war sie?« Ich halte die Luft an.

»Nicht so wichtig, Kindchen. Wirklich, es ist nicht so wichtig.«

»Bitte«, sage ich eindringlich. »Bitte sprechen Sie weiter.«

»Nein, Kindchen, das ist Vergangenheit.«

Unter dem Tisch balle ich die Hände zu Fäusten. Ich habe Mühe, nicht laut zu werden. *Nennen Sie mich nicht immer Kindchen,* will ich schreien. *Und spucken Sie sofort aus, was Sie so angestrengt versuchen vor mir zu verheimlichen.* Doch ich weiß, dass es keinen Sinn hat, sie noch mehr zu bedrängen. Trotzdem starte ich einen erneuten Anlauf.

»Bitte, Eilis. Bitte erzählen Sie mir von meiner Mutter«, flehe ich sie mit gedämpfter Stimme an.

Doch sie bleibt eisern. »Wie ich schon sagte: Es ist nicht wichtig, Kindchen.«

»Könnten Sie mir dann zumindest Großvaters alte Adresse in Killarney verraten?«

Sie nimmt ihre Brille von der Nase und putzt sie mit ihrem Blusenzipfel. »Es ist lange her, ich hab sie vergessen.«

Warum nehme ich ihr das nicht ab? Vielleicht weil ihr die Lüge ins Gesicht geschrieben steht. Am liebsten will ich sie packen und schütteln. Aber selbst dann würde wahrscheinlich kein einziges Wort aus ihr herauspurzeln. Es ist zum Verzweifeln. »Können Sie mir wenigstens erklären, warum mein Großvater Geld an meine Mutter überwiesen hat?«, lasse ich nicht locker.

Eilis wird bleich um die Nase und rückt ihren Stuhl zurück. »Nein, Kind ...« Sie bricht mitten im Satz ab und starrt auf eine der unzähligen Uhren an der Wand. »Ich denke, es ist genug für heute. Ich muss los.« Mit diesen Worten steht sie auf und verschwindet ohne ein weiteres Wort.

Ich starre ihr hinterher, als hätte sie sich in Luft aufgelöst. Eilis weiß so viel mehr, als sie mir verrät. Und sie weiß definitiv etwas von den Überweisungen. Ganz sicher. Ihr versteinerter Gesichtsausdruck hat sie entlarvt. Warum nur ist sie nicht bereit, mir das zu offenbaren, was sie weiß?

In Gedanken versunken räume ich das Kaffeegeschirr ab. Wenn Eilis mir nicht hilft, muss ich mich selbst auf die Suche machen. Und am besten fange ich dort an, wo meine Großeltern und meine Mutter damals gelebt haben. In Killarney.

27

Mark

Nervös wie bei einem ersten Date trete ich vor Caissys Tür unruhig von einem Bein auf das andere und betätige den Klingelknopf. Sie hat ihren Worten, dass sie mir den Beinahe-Kuss nicht übel nimmt, Taten folgen lassen und mich heute Abend zu sich eingeladen. Dieses Mal werde ich es nicht vermasseln. Ganz sicher nicht. Ich werde sie nicht anrühren. Schließlich bin ich heilfroh, dass sie unsere gerade beginnende Freundschaft nicht aufgekündigt hat.

In den vergangenen beiden Tagen hatte ich frei. Und nun kann ich es kaum erwarten zu hören, ob sie mittlerweile etwas über das frühere Leben ihres Grandpas herausgefunden hat.

»Ah, da bist du ja«, begrüßt sie mich freundlich, als sie die Tür öffnet. »Komm rein.«

Der Geruch von Eintopf liegt in der Luft. Miss Doyle springt die Treppenstufen nach unten, schlängelt sich zwischen Caissys Füßen durch und huscht durch die geöffnete Haustür.

Ich folge Caissy nach oben. Sie bittet mich, am Esstisch Platz zu nehmen. Kurz darauf kommt sie mit einem dampfenden Topf Irish Stew zurück.

»Hmm! Das riecht ausgezeichnet«, schwärme ich. Mir läuft das Wasser im Mund zusammen.

Sie reicht mir einen Teller. »Es ist wie verhext«, seufzt sie und berichtet ausführlich von ihrer Recherchearbeit und davon, dass in Killarney keine Karamellmanufaktur existiert. »Ich habe sogar in der Online-Telefonauskunft nach dem Namen Sullivan gesucht. Aber mein Nachname scheint in Irland ein Allerweltsname zu sein.« Sie schaufelt das Irish Stew in sich hinein.

»Schmeckt übrigens genial«, lobe ich ihre Kochkünste. Doch sie hört mir gar nicht richtig zu.

»Ach Mark, ich weiß nicht, was ich tun soll. Werde ich je mehr über meine Wurzeln erfahren und den Grund, warum Großvater meiner Mutter Geld überwiesen hat?« Ihr dringender Wunsch, das Geheimnis zu lüften, ist deutlich spürbar.

»Und dann habe ich einige angerufen, die meinen Nachnamen tragen.«

»Wahllos?«

»Ja, irgendwo musste ich ja anfangen.« Sie schiebt sich eine Haarsträhne hinter das Ohr und leckt sich über die Lippen.

Ich zwinge mich, woanders hinzusehen.

»Ich glaube, ich gehe morgen mal ins Einwohnermeldeamt. Auf die Idee bin ich erst vorhin gekommen.«

»Was ist das?«

»Na, das Melderegister, wo man sich an- und abmeldet, wenn man umzieht. Dort müssten sie ja seine alte Adresse haben. Und dann googele ich, welches Geschäft mittlerweile dort ansässig ist und rufe da an.« Sie grinst siegessicher.

»Caissy, das Wort Einwohnermeldeamt höre ich heute zum ersten Mal.«

Sie starrt mich an, als wäre ich bekloppt.

»So etwas gibt es in Irland nicht. Wir haben hier keine Meldepflicht.«

»Nicht?« Sie reißt die Augen auf. »Das gibt's ja nicht.« Resigniert lehnt sie sich zurück und verzieht den Mund zu einem Strich.

Ich versuche, sie mit einem Lächeln aufzumuntern. Nur freundschaftlich. Nicht dass sie wieder etwas Falsches interpretiert. Etwas, was unter Umständen gar nicht so falsch zu interpretieren wäre, weil es nämlich ernst gemeint ist. Herrgott, welche Gedanken spinne ich mir nur wieder zusammen? Ich konzentriere mich erneut auf das leckere Essen und auf Caissys Worte.

»Du bist dir also sicher, dass die irischen Behörden mir nicht weiterhelfen können?«

Ich nicke. »Die einzige Möglichkeit ist ein Detektivbüro. Was ziemlich teuer ist.«

»Langsam habe ich das Gefühl, dass ich nie etwas herausfinden werde.«

»Gefühle können täuschen«, platzt es aus mir heraus.

Sie fängt meinen trüben Blick auf.

Reiß dich zusammen, ermahne ich mich im Geiste.

»Eine Caissy Sullivan gibt doch nicht auf«, füge ich rasch mit Bestimmtheit hinzu. »Es wäre das erste Mal, dass du eine Sache nicht durchziehen würdest.«

»Du scheinst mich mittlerweile ziemlich gut zu kennen.« Sie schmunzelt.

»So ist es. Und ich weiß, dass du das, was du dir vorgenommen hast, erreichst. Du machst dein Ding, koste es, was es wolle.«

»Das klingt nicht gerade schmeichelhaft.«

»Es sollte aber ein Kompliment sein. Okay … manchmal könntest du weniger verbissen sein, doch prinzipiell schadet es nicht, Ziele zu haben und alles dafür zu geben, sie zu erreichen.«

»Was nützt es mir denn, ein Ziel vor Augen zu haben, aber nicht zu wissen, wie ich es erreichen kann?«

»Du wirst es schaffen. Eben weil du Caissy Sullivan bist. Es dauert nur ein wenig. Und das ist nun wiederum etwas, das ich spüre.« Ich klopfe mit der Faust gegen meine Brust und hoffe, ich irre nicht.

Sie lässt den Kopf hängen. Ich wünschte, ich könnte noch mehr für sie tun als zuzuhören. Da kommt mir eine Idee.

»Ich habe eine Bekannte bei der Bank.« Ich schlucke. Bonny. »Ich … du könntest mal bei ihr nachfragen, ob sie irgendwo die alte Adresse deines Grandpas hat.«

»Wirklich?«

»Ja, klar. Wir werden dem Geheimnis schon auf die Spur kommen.«

»Das wäre großartig, Mark. Kannst du sie gleich morgen fragen?« Caissy steht auf und räumt die Teller ab. »Oder noch besser: Kann ich mit?«

Ich folge ihr in die Küche und hole einen Lappen, um den Tisch abzuwischen.

»Ja, wir können morgen mal dort vorbeischauen.«

Caissy räumt die Spülmaschine ein. Dann wirbelt sie herum und stößt frontal mit mir zusammen.

Aus einem Reflex heraus lasse ich den Lappen fallen und halte sie fest, damit sie nicht fällt. Und da ist er wieder ... ein Augenblick, in dem sich unsere Blicke kreuzen. Ein Moment, in dem wir regungslos voreinander stehen. Caissy wirkt verwirrt. Auch ich habe Mühe, den Drang zu verbergen, dass ich am liebsten meine Hand in ihren Nacken legen und sie küssen würde. Doch ich mache den gleichen Fehler niemals erneut. Also zwinge ich mich, mich von ihrem Blick loszureißen und nehme die Hände von ihr. Ich bücke mich nach dem Wischlappen und gehe damit zurück zum Esstisch.

Caissy ist noch immer in der Küche. Ich nutze den Moment, um einmal tief durchzuatmen.

Als sie zurückkommt, gibt sie sich übertrieben heiter. »Lust auf einen Whiskey?«

»Caissy, du weißt doch, dass ich nicht trinke«, sage ich eine Spur zu fröhlich, weil ich vertuschen will, wie sehr mich unser Zusammenstoß aus der Fassung gebracht hat. So spielen wir beide die offensichtlich knisternde Spannung herunter, die zweifelsohne zwischen uns herrscht.

28

Caissy

Wir beeilen uns mit der Arbeit und haben bereits um vier Uhr sämtliche hergestellten Karamellen verpackt und die Küche wieder blitzblank geschrubbt.

»Danke, dass du den Laden bis Feierabend alleine schmeißt«, sage ich zu Daniel.

Dann wende ich mich an Mark, der eine Seelenruhe ausstrahlt. »Ich bin so aufgeregt.« Seit ich heute aufgewacht bin, herrscht eine unerträgliche Spannung in mir.

Als wir uns später auf den Weg zur Ulster Bank machen, halte ich es vor Nervosität kaum aus. Vor dem Gebäude bleibt Mark stehen und verschränkt die Arme vor der Brust.

»Was ist?« Irritiert sehe ich ihn an. »Wollen wir nicht reingehen?«

Er druckst herum und schaut durch die Scheibe. »Ich warte hier auf dich.«

»Warum?«, entgegne ich stirnrunzelnd.

»Mir ist gerade etwas übel.«

Besorgt sehe ich zu ihm auf. Er hält sich den Bauch. Mit dem Kinn deutet er durch die Scheibe zu einem der beiden Schalter. »Stell dich links an und versuche, bei der Frau mit dem dunklen Bob etwas herauszufinden.«

Nervös trete ich von einem Bein aufs andere, einen von Großvaters alten Kontoauszügen fest umklammert. »Du willst wirklich nicht mitkommen? Du sagtest doch, du kennst die Frau.«

»Lieber nicht. Vielleicht gibt sie dir auch so Auskunft.«

Okay, wenn er neben mir auf den Schalter kotzt, haben wir beide nichts davon. Also straffe ich die Schultern und betrete die Bank.

»Wie kann ich Ihnen helfen?«, fragt mich nach einer für mich unerträglichen Wartezeit die besagte Dame, die in ihrem schicken dunkelblauen Kostüm aussieht, als wäre sie direkt einem Werbeprospekt für Kreditverträge entsprungen. Ihr Parfüm ist schwer und ich halte kurz die Luft an.

Ich nicke Mark durch die Fensterscheibe zu. Er zwinkert zurück.

Ich zeige der Dame meinen Personalausweis. »Ich bin die Kontobevollmächtigte dieses Kontos, das mittlerweile geschlossen ist. Es handelt sich um einen Notfall«, stammle ich und deute auf die Überweisung auf dem Auszug.

Die Bankangestellte hebt die Augenbrauen. Ihr Blick wandert an mir vorbei zur Fensterscheibe. Ihre Miene wirkt auf einmal wie versteinert. Mark, der immer noch draußen steht, wendet sich ab.

»Ich muss wissen, wo Mr Sullivan früher lebte, bevor er dieses Konto bei Ihnen eröffnete.«

Sie nimmt den Kontoauszug zwischen ihre rot lackierten Fingernägel. »Tut mir leid, das kann man hier nicht ablesen«, erklärt sie in einem Tonfall, als wäre ich eine Vollidiotin.

»Das weiß ich«, antworte ich ungeduldig. »Aber Sie haben doch bestimmt irgendwo Unterlagen der alten Bank, wo seine ehemalige Adresse vermerkt ist.«

»Prinzipiell könnte das möglich sein. Da haben Sie recht. Allerdings habe ich hierzu keine Befugnis.«

»Ich bin doch die Bevollmächtigte«, stelle ich empört klar.

»Ja, für dieses Konto. Aber aus datenschutzrechtlichen Gründen darf ich Ihnen ausschließlich darüber Auskunft geben.«

»Bitte!«, flehe ich und hoffe, sie zu erweichen, indem ich die Dringlichkeit meines Anliegens begründe. »Es geht sozusagen um Leben und Tod«, untermauere ich meine Aussage zugegebenermaßen etwas übertrieben.

»Selbst wenn ich wollte, dürfte ich nicht«, antwortet sie bestimmt.

Ich habe keine Chance, sie zu erweichen.

»Hallo, Bonny!«, vernehme ich hinter mir Marks kräftige Stimme. Er krallt sich am Schalter fest, als würde er ohne diesen Halt umkippen.

»H... hallo, Mark«, stottert selbige nun und errötet. »L... lange nicht gesehen.« Sie senkt den Kopf.

Ich versuche, die Blicke zwischen den beiden zu deuten. Was wird hier gespielt?

»Nun, Bonny, vielleicht erinnerst du dich daran, dass du mir einen kleinen Gefallen schuldest.« Er sieht sie so eindringlich an, dass ich, wenn ich an ihrer Stelle wäre, nun völlig eingeschüchtert wäre. Zumal sein Tonfall ziemlich rau ist.

Und tatsächlich wirkt sie so, als seien Marks Worte Gesetz. Stumm nickt sie.

Warum schuldet sie ihm einen Gefallen und weshalb lässt sie sich von ihm so verunsichern?

»Ja, ich erinnere mich«, haucht sie. »Was kann ich für dich tun?«

Mark tippt auf den Kontoauszug. »Du musst für uns die ehemalige Adresse von John Sullivan in Killarney herausfinden. Aber das hat Miss Sullivan dir sicher schon gesagt.«

Ohne ein weiteres Wort über Datenschutz zu verlieren oder ihm klarzumachen, dass sie dazu nicht befugt ist, nickt sie nur, nimmt den Kontoauszug und macht eine Kopie davon.

»Schreiben Sie mir bitte Ihre Telefonnummer auf, ich melde mich bei Ihnen«, sagt sie kleinlaut an mich gewandt.

Rasch kritzle ich meine Nummer auf das Stück Papier, das sie mir reicht, und schiebe es zu ihr hinüber. Nicht dass sie es sich noch anders überlegt.

»Geht doch!«, sagt Mark mit einem frechen Grinsen im Gesicht. Dann legt er den Arm um meine Schultern und verlässt mit mir die Bank.

Draußen bleibe ich stehen und starre ihn an. »Was hatte das zu bedeuten, Mark?«

Wenn er eben noch völlig selbstsicher mit dieser Bonny gesprochen hat, wirkt er nun angespannt. »Ach ... lange Geschichte.«

»Mark, warum war sie so eingeschüchtert und weshalb hat sie, ohne mit der Wimper zu zucken, eingewilligt, mir die Adresse zu besorgen, wo sie mir doch zuvor breit erklärt hat, dass ich keinerlei Chance hätte?«

»Caissy, bitte …«, sagt er mit gequältem Gesichtsausdruck. »Ich kenne Bonny schon lange und … wie soll ich sagen … sie war mir noch etwas schuldig. Belassen wir es dabei, okay?«

Ich bohre nicht weiter nach, obwohl ich die Situation eben reichlich seltsam fand. Allerdings ist mir klar, dass ich Mark dankbar sein sollte. Immerhin haben wir durch ihn unser Ziel erreicht.

Tatsächlich klingelt schon einen Tag später mein Handy, als ich gerade nach getaner Arbeit die Beine auf der Couch hochlege.

»Miss Sullivan?«, vernehme ich eine weibliche Stimme am anderen Ende der Leitung.

»Am Apparat«, antworte ich und setze mich kerzengerade hin.

»Hier ist Bonny … Sie wissen schon.«

Ich halte den Atem an und warte gespannt, was sie mir zu berichten hat.

»Ich habe die alte Adresse von John Sullivan ausfindig gemacht«, sagt sie mit gedämpfter Stimme.

»Wirklich?« Sofort springe ich von der Couch auf. Mein Herz rast.

»Hören Sie, das muss unbedingt unter uns bleiben, dass ich diese Information an Sie weitergegeben habe. Das könnte mich meinen Job kosten, wenn das herauskäme.«

Ich sehe kurz auf das Display und erkenne eine Handynummer. Bonny hat bestimmt bereits Feierabend und ruft von ihrem privaten Mobiltelefon an.

»Ich verspreche es«, antworte ich feierlich und hole rasch Stift und Papier.

»Nun ... es war nicht ganz einfach. Haben Sie etwas zum Schreiben?«

Ich nicke eifrig, was sie logischerweise nicht sehen kann. »Ja!« Mit zitternden Fingern notiere ich die Adresse, die sie mir nennt. »Und ... wissen Sie, ob der ehemalige Teilhaber die Manufaktur noch betreibt?«

»Tut mir leid, das weiß ich nun wirklich nicht.«

»Bonny«, fasse ich mir ein Herz. »Ich habe zwar keinen Schimmer, was zwischen Mark und Ihnen vorgefallen ist und warum Sie ihm diesen Gefallen schuldig waren. Aber fest steht, dass Sie mir unglaublich geholfen haben. Dafür danke ich Ihnen von Herzen.«

»Keine Ursache«, antwortet sie freundlich, beinahe ein wenig schüchtern. »Ich bin froh, dass ich endlich meinen Schuldschein einlösen konnte.«

Nachdem ich mich von Bonny verabschiedet habe, rufe ich sofort Mark an.

»Hast du Zeit, Mark?«

»Ich bin eben erst heimgekommen«, antwortet er lachend. »Willst du eine Nachtschicht einlegen?«

»Nein, ich brauche jemanden zum Reden.«

»Ist was passiert?« Er klingt besorgt.

»Nein, es ist nichts passiert. Oder sagen wir ... doch ...«

Es ist kurz still in der Leitung. »Ich komme gleich zu dir, okay?«

»Hast du schon was gegessen?«

»Wann denn?«

»Das habe ich mir fast gedacht. Wollen wir uns am Brunnen in der Bridge Road treffen? Dort können wir dann überlegen, wo wir essen. Ich lade dich ein«, schlage ich ihm vor.

»Okay, ich bin in zehn Minuten da.«

»Gib mir fünfzehn.« Nachdem ich aufgelegt habe, entledige ich mich rasch meiner Klamotten, springe unter die Dusche und ziehe mir eine schicke Stoffhose und eine weiße Bluse über. Ich lege ein leichtes Make-up auf, tusche die Wimpern und schminke meine Lippen in einem zarten Rosa. Ob ich Mark so gefalle? Sofort tadle ich mich für diesen Gedanken. Das spielt nun wirklich keine Rolle. Ich mache mich lediglich dem Anlass entsprechend schick. Dabei muss ich mir eingestehen, dass ich mir selbst etwas vormache. Natürlich will ich ihm gefallen. Doch darüber nachzudenken, dazu habe ich jetzt keine Zeit.

Voller Vorfreude warte ich am Brunnen auf Mark. Das Wasser plätschert aus dem Krug, den eine rundliche Frau aus Beton unter dem Arm hält.

Da vorne kommt er. Ich winke ihm.

Er mustert mich eingehend während er auf mich zuspaziert.

Mir wird ganz warm. Ich betrachte ihn, der ebenfalls seine Arbeitsklamotten gegen eine lässige Jeans und Lederjacke getauscht hat.

Wir spazieren Seite an Seite durch die Bridge Road. Er deutet mit dem Kinn auf das Lokal vor uns. »Was hältst du vom *Statham's*? Ich finde, sie haben hier den besten Fisch im ganzen County.«

»Dann lass uns hineingehen«, antworte ich lächelnd.

Das Lokal ist brechend voll. Doch wir haben Glück und der Kellner führt uns an einen der wenigen freien Tische, über dem ein wertvoll aussehender Kronleuchter hängt. Er rückt meinen Stuhl zurecht und zündet eine Kerze an, die in einem Ständer aus geschliffenem Glas steckt. Dann reicht er mir die Karte. Ich lege sie auf der weißen Tischdecke ab und schlage sie auf. Im Hintergrund spielt leise Musik und im Kamin brennt ein behagliches Feuer. Die anderen Gäste reden beinahe flüsternd miteinander, sodass eine angenehme Atmosphäre herrscht.

»Ganz schön schick hier«, flüstere ich Mark über den Tisch zu.

Er zwinkert, wirft einen Blick in die umfangreiche Karte und sieht dann auf. »Du musst unbedingt den Lachs oder den Saibling probieren«, empfiehlt er. »Der Fisch hier ist legendär. Ich nehme auf jeden Fall den Lachs.« Damit schlägt er die Karte zu, stützt die Ellenbogen auf dem Tisch ab, faltet die Hände vor seinem Gesicht und sieht mich abwartend an.

Mark hat recht. Der Lachs, der mit Sommergemüse und Kartoffeln serviert wird, liest sich fabelhaft. Deshalb bestelle ich das Gleiche wie er und ordere dazu ein Glas Weißwein und Mark eine Flasche Sprudelwasser.

»Also los, erzähl.« Er sieht mich aufmerksam an.

»Lass uns auf die Getränke warten«, zögere ich die Spannung hinaus und sehe ihn verheißungsvoll an. Die werden genau in diesem Moment an unseren Tisch gebracht.

Mark hebt sein Wasserglas. »Auf uns!«

»Auf Bonny«, bremse ich ihn ein.

Seine Lippen verziehen sich zu einem Strich.

Die Gläser klirren aneinander und der Widerschein des Feuers verfängt sich in Marks Glas.

»Hmm! Der Wein schmeckt wirklich ausgezeichnet«, schwärme ich.

Mark beugt seinen Oberkörper nach vorne. »Soll ich dir was verraten?«, flüstert er.

Auch ich beuge mich über den Tisch.

»Du siehst heute fabelhaft aus.«

Sofort merke ich, wie meine Wangen heiß werden. »Danke«, erwidere ich und lehne mich wieder zurück.

»Aber nun erzähl schon«, fordert er mich ungeduldig auf.

»Also ...«, beginne ich und ziehe die Antwort gekünstelt in die Länge. »Bonny hat mich angerufen.«

»Davon bin ich ausgegangen.«

»Sie hat tatsächlich Großvaters alte Anschrift herausgefunden.«

»Und weiter?«

Ich ziehe einen Zettel aus der Tasche. »Und voilà: Hier ist sie. Unter dieser Adresse gibt es zwar keine Karamellmanufaktur, jedoch einen Süßwarenladen. Vielleicht wohnt der ehemalige Teilhaber ja noch dort.«

»Das könnte gut sein. Aber selbst wenn nicht, wird sicher irgendwer in der Umgebung Old Sullivan gekannt haben. Davon bin ich fest überzeugt.« Mark hält inne und schwenkt sein Glas. »Unfassbar. Ich hätte nie vermutet, dass ich eines Tages froh sein würde, dass Bonny mir diesen Gefallen geschuldet hat.«

»Erzählst du mir, was dahintersteckt?«, frage ich behutsam.

»Nein«, lautet die knappe Antwort.

Bestimmt ist Bonny eine von Marks Verflossenen und die Trennung verlief unschön. Sie wirkt zwar ein wenig älter, aber das kann auch täuschen. Vielleicht hatten die beiden eine Affäre und ihr Mann ... ach, was spinne ich mir da wieder zusammen ... Ich sehe auf, weil unsere Bestellung an den Tisch gebracht wird. Der Fisch duftet herrlich.

Die nächsten Minuten verbringen wir fast ausschließlich schweigend.

»Der Fisch schmeckt ausgezeichnet«, bemerkt Mark zwischendurch.

Ich nicke zustimmend. »Fabelhaft!«

»Möchtest du noch Wein?«

Ich nicke und er ordert beim Kellner ein weiteres Glas für mich.

Nach dem Essen wische ich mir mit der Stoffserviette den Mund ab und lege sie neben dem Teller ab. »Ich weiß nur nicht, wie ich nun weiter vorgehen soll.«

»Du könntest einfach nach Killarney fahren. Wenn du Glück hast, wohnt der alte Teilhaber noch bei der Adresse.«

Unweigerlich kommt mir die deutsche Fernsehsendung in den Sinn, in der sie nach vermissten Angehörigen oder verschollenen Freunden suchen. Ich schmunzle und berichte Mark davon.

Er lacht. »Keine üble Idee. Du könntest dich mit einem Kamerateam auf die Suche machen.«

»Jetzt mal Spaß beiseite. Was meinst du, wie ich es anstellen soll?«

»Du meinst *wir.*« Er zwinkert. »Es ist doch selbstverständlich, dass ich dich unterstütze, wo ich kann.«

Seine Worte lassen eine wohlige Wärme in meinem Inneren aufsteigen. Es ist, als würde er mich umarmen, ohne mich dabei zu berühren. Ich lächle ihn zaghaft an.

»Zugegeben, es steckt auch etwas Eigennutz dahinter. Mittlerweile bin ich nämlich viel zu neugierig, sodass ich unbedingt wissen will, wie die Geschichte weitergeht. Und zwar aus erster Hand.«

»Meinst du, dass ich morgen mal in dem Süßwarenladen anrufen und nachfragen soll, ob sie etwas wissen?«

»Das halte ich für einen klugen Plan.«

Ich kaue auf meiner Unterlippe und überlege.

Mark nimmt einen kräftigen Schluck von seinem Wasser.

Der Kellner kommt an den Tisch. »Haben Sie noch einen Wunsch? Vielleicht ein Dessert oder einen Kaffee?«

Mark sieht auf mein Weinglas. »Magst du noch?«

Ich nicke, obwohl mir der Alkohol bereits zu Kopf gestiegen ist.

»Also ... «, sammle ich meine Gedanken wieder. »Ich werde morgen dort anrufen und sehen, ob ich etwas herausfinde.«

»Du wirst es schaffen«, flüstert er in sanftem Tonfall. »Wie ich schon sagte, eine Caissy Sullivan erreicht immer ihr Ziel.« Er zwinkert, streckt seine Hand über den Tisch und drückt meine ganz sacht.

Am liebsten würde ich meine Finger in seine legen und seine Wärme spüren. Es ist verrückt, dass mir meine Gedanken ständig einen Streich spielen. Ich gebe mich so, als würde seine Berührung keinerlei Gefühl in mir auslösen.

»Du hast recht. Meine Güte, bin ich aufgeregt.« Dass Mark einen nicht unerheblichen Teil zu dieser Aufregung beiträgt, behalte ich für mich.

»Aber nun lass uns nicht weiter darüber sprechen. Erzähl mir, wie es mit den Jungs vom Kinderheim läuft.«

Mark strahlt über das ganze Gesicht. »Ach, die Kleinen sind großartig. Es macht mir wirklich Spaß, mich um sie zu kümmern.«

»Wie kam es dazu, dass du dich ihrer angenommen hast?«

Das Leuchten aus seinen Augen verschwindet. Er senkt den Blick. »Nun ...« Er scheint nach den richtigen Worten zu suchen. »Ich war selbst mal ein Heimkind.«

Ich ziehe die Augenbrauen in Richtung Stirn. »Tatsächlich? Das hast du mir noch gar nicht erzählt.«

»Na ja, unsere Konversation hat sich bisher ja eher überwiegend auf das Geschäftliche beschränkt.« Er kratzt sich an der Stirn.

»Warum warst du im Heim?«

»Meine Eltern haben sich nicht um mich gekümmert.« In seinen Augen liegt Schmerz. »Lass uns besser über etwas anderes sprechen.«

Schnell wechsle ich das Thema. »Magst du mir erzählen, wie es dazu kam, dass du Karamellbäcker wurdest?«

Nun erhellt ein Strahlen sein Gesicht. »Schon als Kind schlenderte ich nach fast jedem Fußballtraining an der Manufaktur vorbei, bevor ich wieder zurück ins Heim ging. Ich presste meine Nase an die Fensterscheibe und dein Grandpa winkte mir immer fröhlich zu. Ich liebte den süßen Geruch der Karamellen, der selbst vor der Tür zu riechen war. Eines Tages bat Old Sullivan mich herein.« Ein besonderer Ausdruck liegt in Marks Gesicht. »Er hob mich auf die Arbeitsplatte in der Küche und ich durfte ihm zusehen, wie er eine neue Karamellsorte kreierte.« Mark legt das Kinn in seine Hand und schaut besonnen drein. »Natürlich achtete er darauf, dass ich nicht zu lange blieb, damit ich im Heim keinen Ärger bekam. Als ich älter wurde, hatte ich mehr Ausgang und verbrachte meine Freizeit fast ausschließlich bei ihm. Vor allem dann, wenn es im Heim Streit gab. Old Sullivan und die Manufaktur wurden mein zweites Zuhause.« Mark blickt aus dem Fenster und sieht mich dann wieder an. »Nein, nicht mein zweites Zuhause. Mein erstes.«

Ich hänge an seinen Lippen und lausche seinen Erzählungen. »Und wann hast du dich entschieden, dort zu arbeiten?«

»Schon bevor ich mit der Schule fertig war, machte Old Sullivan mir das Angebot, dass ich jederzeit in der Manufaktur anfangen könnte. Er hätte genug für zwei zu tun. Und nachdem wir uns immer weiter anfreundeten, kam für mich bald kein anderer Beruf mehr infrage.«

»Und du hast es bis heute nicht bereut?«

»Nein.«

Wie wäre es wohl gewesen, wenn ich Großvater früher kennengelernt hätte? Hätte er auch mich bei der Karamellherstellung zusehen lassen? Ganz bestimmt. Ich lächle versonnen und bin im selben Moment traurig darüber, dass ich diese Erlebnisse mit meinem Großvater niemals hatte haben dürfen.

Unsere Gesprächsthemen wechseln nun wie Pingpongbälle hin und her. Mark ist ein ausgezeichneter Gesprächspartner, der mir aufmerksam zuhört und interessierte Fragen stellt. Ich würde gerne mehr über seine Vergangenheit im Heim wissen. Doch mir ist klar, dass ich behutsam vorgehen muss.

»Ist dein Job als Steuerberaterin nicht langweilig?«, fragt er nun, nachdem er mich über meine nicht vorhandenen Hobbys und die ebenso wenig stattfindenden sportlichen Aktivitäten ausgequetscht hat.

»Keineswegs. Ich liebe meine Arbeit«, spule ich die Standardantwort herunter, die ich immer gebe, wenn Leute irritiert dreinschauen, weil ich Spaß an dieser Tätigkeit habe. »Ich habe mit so vielen unterschiedlichen Menschen aller Branchen zu tun. Glaub mir, das ist enorm abwechslungsreich.«

»Fehlt dir die Kanzlei?«

»Nein«, gebe ich postwendend zu und bin selbst überrascht über meine klare Antwort. Ehrlicherweise muss ich sagen, dass ich von Tag zu Tag weniger an München denke, was ich gar nicht so übel finde. Ein Sabbatical ist immerhin auch dazu da, alles hinter sich zu lassen und den Kopf frei zu bekommen.

»Bist du sicher, dass du wieder nach München zurückkehren wirst?«

»Ja«, stelle ich genauso unmissverständlich klar. »Nach diesem Jahr, wenn ich hier alles geklärt habe, kehre ich zurück nach München.«

Mark sieht betrübt drein.

»Keine Sorge. Ich verspreche dir, dass ich einen Käufer finden werde, mit dem du dich verstehst. Mittlerweile ist mir klar, dass du und dein Chef zusammenpassen müssen.«

»So wie du und ich?«

29

Mark

Schon in der Sekunde, in der ich meine Frage ausgesprochen habe, könnte ich mich dafür ohrfeigen. Rasch rudere ich zurück. »Ich … ich meine … die Chemie muss ja zwischen Geschäftsinhaber und mir irgendwie passen.«

»Du hast recht. Ohne dich könnten wir den Laden gleich zusperren. Mittlerweile habe auch ich kapiert, dass du der beste Karamellbäcker auf diesem Planeten bist.«

Ihre Worte schmeicheln mir und ich bemühe mich, ihr nicht zu zeigen wie sehr.

»Schon aus dem Grund werde ich dich definitiv in die Entscheidung miteinbeziehen«, verspricht sie.

Hatte ich in den vergangenen Stunden zumeist den Eindruck, mit Caissy, einer guten Freundin, zu Abend zu essen, so habe ich nun das Gefühl, mir gegenüber sitzt meine Chefin und wir befinden uns vor dem Ende eines Geschäftsessens. Mir wäre lieber, sie würde ihren Entschluss, Greenkenny wieder zu verlassen, noch mal überdenken. Irgendwie wachsen wir mehr und mehr zu einem eingespielten Team zusammen. Natürlich nur beruflich. Mir graut davor, dass sich das in einigen Monaten ändern könnte, doch ich muss mich wohl damit abfinden.

»Außerdem kenne ich noch immer nicht deine Geheimzutat.« Sie klimpert mit ihren getuschten Wimpern.

Ich beuge mich nach vorne und sehe ihr eindringlich in die Augen. »Es wurmt dich, dass du sie immer noch nicht herausgefunden hast, nicht wahr?« Provokant hebe ich mehrfach kurz die Brauen.

Sie beugt sich ebenfalls nach vorne, nimmt ihr Weinglas zwischen die Fingerspitzen und leckt sich über die Lippen. Dann trinkt sie einen Schluck und hält währenddessen meinem Blick stand.

Ich schaffe es nicht, wegzusehen und intensiviere meinen Blickkontakt. Schwer atmend nehme auch ich mein Glas und lecke mir so wie sie eben über die Lippen.

Ihre Augen werden glasig. »Flirtest du mit mir?«, haucht sie.

Ich zucke mit den Schultern und zwinkere. »Noch Wein?«

Sie winkt ab. »Nein, danke. Mehr vertrage ich wirklich nicht.«

Hätte ich selbst getrunken, würde ich sagen, der Wein hat es in sich. Dabei ist mir klar, dass es Caissy ist, die mich von Minute zu Minute mehr um den Verstand bringt.

»Komm, wir zahlen und gehen nach Hause«, schlage ich vor, bevor ich mich wieder zu etwas hinreißen lasse, was ich später bereue.

Als wir das Restaurant verlassen, keucht Caissy. »Puh, ist mir schwindelig.« Sie hält sich an der holzvertäfelten Fassade fest. »Du bringst mich aus dem Gleichgewicht«, jammert sie und schlägt sich postwendend die Hand vor den Mund. »Der Wein … es ist der Wein, meinte ich.«

Ich lache auf. »Komm, nimm meinen Arm«, biete ich ihr an und strecke ihn ihr entgegen.

Sie hakt sich bei mir unter, schwankt jedoch dermaßen, dass ich kurzerhand den Arm um ihre Schultern lege.

Sie sieht zu mir auf. »Danke.«

Ich ziehe sie fester an mich und so spazieren wir zurück.

Vor der Manufaktur angekommen, lasse ich sie los, doch sie schlingt sofort beide Arme um meine Hüften. Ich atme tief ein und aus.

»Auf Wiedersehen, Mark«, sagt sie und sieht zu mir auf.

Ich ziehe sie kurz freundschaftlich an mich und versuche, die Regungen meines Körpers zu ignorieren. »Gute Nacht, Caissy. Der Abend war wunderschön.«

»Finde ich auch«, antwortet sie und lächelt.

Ich gebe ihr einen Schmatzer auf die Stirn und schiebe sie sachte von mir. »Schaffst du es allein nach oben?«

»Denke schon.« Nach wenigen Versuchen gelingt es ihr, den Schlüssel ins Schloss zu zittern und das Haus zu betreten. Drinnen dreht sie sich noch einmal um und wirft mir eine Kusshand zu. Dann fällt die Tür zwischen uns krachend ins Schloss und ich höre trampelnde Schritte. Erst als oben in der Wohnung das Licht angeht, mache ich mich auf den Heimweg. Eine Mischung aus Glücksgefühl und Zweifel begleiten mich.

30

Caissy

Heute liegt ein stressiger Tag vor uns. Greenkennys Bürgermeister Mr Sweeney wird siebzig Jahre alt. Ihm zu Ehren wird ab dem Nachmittag auf der großen Wiese, die an die Greenkenny Horse Farm angrenzt, ein Sommerfest veranstaltet. Wir haben dort einen Verkaufsstand gebucht, um unser Sortiment anzubieten.

Mark und ich sind seit Tagen auf Hochtouren dabei, wie am Fließband Karamellen in allen erdenklichen Sorten herzustellen. Mittlerweile hat er eingesehen, dass unser Rührgerät die Arbeit enorm erleichtert. Auch Daniel macht wegen des Verpackens der unzähligen Schachteln fleißig Überstunden.

Ich bin froh über die Ablenkung. Nachdem ich bei meinem Anruf in Killarney nicht weitergekommen bin und Großvater an seiner alten Adresse nicht bekannt war, bin ich ziemlich resigniert. Deshalb werde ich mich nun einfach in die Arbeit stürzen und in den kommenden Tagen genau überlegen, wie ich weiter vorgehe.

Wir verfrachten die Kartons mit den Karamellen samt der vorbereiteten Etiketten im Lieferwagen und brechen am späten Vormittag auf, um den Verkaufsstand vorzubereiten. Auf der Wiese, auf der das Stadtfest stattfindet, herrscht bereits reges Treiben. Neben uns bauen Mick und Kelly von *Murphys Bakery* gerade ihren Stand auf. Mick breitet seine Backwaren appetitlich auf einer weißen Tischdecke aus. Mir läuft beim Anblick der herrlich duftenden Scones und Muffins das Wasser im Mund zusammen.

»Lust auf eine kleine Stärkung?«, fragt er prompt und ich schnappe mir einen der köstlich aussehenden Blaubeer-Scones.

»Hmm! Himmlisch«, schwärme ich mit vollem Mund und wische mir einen Brösel aus dem Mundwinkel.

Mick stellt sich breitbeinig vor unseren Verkaufsstand und stemmt die Hände in die Hüften. »Das sieht ja aus wie in einem Museum. Mark, deine Karamellen sind allein schon rein äußerlich nicht zu überbieten.«

Mark lächelt stolz. »Du darfst Caissy nicht vergessen. Sie steht mir mittlerweile in nichts nach und mindestens die Hälfte dieser Karamellen gehen auf ihre Kappe.«

Ich knuffe ihn freundschaftlich in die Seite. »Ach was. Mick hat schon recht. Der Großteil des Lobes gebührt definitiv dir.«

Ich halte Mick den Teller unter die Nase, den wir mit Karamellstücken zum Probieren für die Festbesucher vorbereitet haben. »Greif ruhig zu, Mick«, ermuntere ich ihn.

Das lässt er sich nicht zweimal sagen. Er nimmt sich eines, schiebt es in den Mund und verdreht genüsslich die Augen. »Der Geschmack ist einmalig.« Zwinkernd wendet er sich an Mark. »Wenn du mal einen neuen Job suchst, du weißt, wo du mich findest.«

»Danke für das Angebot, Mick. Aber noch bin ich in der Manufaktur ganz glücklich«, antwortet Mark lachend und hievt die leeren Kisten wieder in den Lieferwagen.

Zwei Stunden später beginnt der offizielle Teil des Festes. Der Stadtrat hält eine Rede zu Ehren des Bürgermeisters, die dank der aufgebauten Lautsprecher über die gesamte Wiese dröhnt.

Mr Sweeney richtet im Anschluss daran selbst einige Worte an Greenkennys Bürger und betont, wie glücklich er darüber ist, schon so viele Jahre hier das Stadtoberhaupt zu sein. Dann gibt ein Dudelsackspieler ein eingängiges, fröhliches Musikstück zum Besten und das Fest wird offiziell für eröffnet erklärt.

Mark lächelt über die stattliche Schlange an Festgästen, die sich vor unserem Stand gebildet hat. Schon bald muss ich den Teller mit den Karamellen zum Probieren auffüllen. Es wird auch jede Menge gekauft. Mark übernimmt die Kasse und ich bediene zusammen mit Daniel die Kundschaft.

»Wenn das so weitergeht, müssen wir Daniel zurück in die Manufaktur schicken, um Nachschub zu holen«, flüstert Mark mir zu, während ich drei Schachteln Himbeerkaramellen in einer Tüte verpacke und er der Kundin das Wechselgeld herausgibt.

Als es zwischendurch etwas ruhiger wird, betrachte ich das Treiben auf der Wiese. Da entdecke ich im Getümmel Bonny. »Schau mal, wer da ist.«

Marks Blick folgt meinem ausgestreckten Zeigefinger.

»Bonny, Bonny!«, rufe ich und winke.

»Was soll das?«, raunt Mark und verzieht seine Augen zu Schlitzen.

Zögernd schlendert sie an unseren Stand. »Hallo, Mark, hallo …«

»Caissy«, helfe ich ihr auf die Sprünge und schüttle ihr die Hand, immer noch dankbar, dass sie mir Großvaters alte Adresse in Killarney besorgt hat.

»Ach ja, Caissy.« Unsicher schaut sie von mir zu Mark und wieder zurück. »Na? Waren Sie erfolgreich in Killarney?«

»Nein, leider nicht. Noch nicht.« Ich lasse die Schultern hängen. »Aber ich habe eine Idee, wie …«

»Gibt es Probleme?«, werde ich von einem Polizisten unterbrochen, der nun dicht hinter Bonny steht.

Sie sieht völlig eingeschüchtert zu ihm auf. »Entschuldigen Sie bitte«, piepst sie kleinlaut und macht auf dem Absatz kehrt. Und schon ist sie verschwunden.

»Tut mir leid, Mark«, entschuldigt sich der Polizist und schnappt sich eine der Karamellen. Dann spaziert er ohne ein weiteres Wort zum nächsten Stand.

Ich starre ihn an. »Was war das denn?«

Marks Wangen werden rosig und er streicht sich eine Haarsträhne zurück, die sich aus seinem Messy Bun gelöst hat.

»Spuck's aus, Mark.« Ich rüttle an seinem Arm und sehe ihn eindringlich an. »Warum hat der Polizist gefragt, ob es Probleme gibt? Bonny hat doch gar nichts gemacht.«

»Mark, hilfst du mir mal bitte mit dem Karton?«, ruft Daniel, der am Lieferwagen steht.

Warum habe ich das Gefühl, dass Daniel absichtlich genau jetzt seine Hilfe braucht? Liegt es an seinem merkwürdigen Gesichtsausdruck?

Ohne mir zu antworten, tut Mark meine Frage mit einer einzigen Handbewegung ab und geht Daniel zur Hand.

Es kommen weitere Kunden an den Stand und ich bin gezwungen, mich wieder dem Geschäft zu widmen.

Doch der Auftritt von eben geht mir nicht aus dem Sinn. Merkwürdig, wie Bonny den Polizisten angesehen hat. Sie wirkte so hilflos.

Als die Kunden weg sind, wende ich mich erneut Mark zu. »Nun?«

»Was nun?«

»Sagst du mir nun, was der Polizist wollte?«, wiederhole ich meine Frage von eben.

Mark geht in die Hocke und gibt vor, etwas in den Kartons unter dem Verkaufstisch zu suchen.

»Ich habe dich was gefragt, Mark!« Energisch beuge ich mich hinab. »Weich mir nicht aus«, fordere ich.

»Das ist privat, Caissy. Absolut privat«, erklärt er mit rauem Tonfall. »Ich sehe ja ein, dass du über alle geschäftlichen Angelegenheiten Bescheid wissen willst, aber das hier ... das geht dich schlicht und ergreifend nichts an.« Er klingt ungewöhnlich forsch.

Auch wenn seine scharfen Worte mich kränken, er hat recht. Egal was da zwischen ihm und Bonny war oder ist ... es geht mich nichts an. Mehr und mehr glaube ich, dass die beiden mal was miteinander hatten. Aber welche Rolle der Polizist dabei spielte, ist mir schleierhaft. Hat sie eine Straftat begangen und ist auf Bewährung?

***

Am Abend sind wir restlos ausverkauft. In den vergangenen Stunden haben wir wie Verrückte geschuftet. Und nun haben wir beschlossen, keinen Nachschub mehr in der Manufaktur zu holen, sondern den Stand abzubauen. Mick und Kelly sind ebenfalls mit dem Abbau beschäftigt.

Nachdem Kasse, Dekoration und sämtliche Kisten wieder im Lieferwagen verstaut sind, entlasse ich Daniel in den Feierabend.

Mark reibt seine Hände aneinander. »So, und wir beide haben uns jetzt eine Stärkung verdient.« Mit dem Kinn deutet er auf die Foodtrucks, die Seite an Seite auf der Wiese aufgebaut sind.

»Super Idee!« Ich hake mich bei ihm unter und wir spazieren zu einem Truck, der Werbung damit macht, die besten Fish & Chips Irlands zu verkaufen.

»Da habe ich jetzt richtig Lust drauf.« Mark reibt sich seinen Bauch.

»Bringst du mir auch welche mit? Ich sichere uns in der Zwischenzeit einen Platz.«

Er nickt und ich schlängle mich an einem vollbärtigen Kerl mit Hosenträgern und einer Frau mit hochhackigen Schuhen vorbei, die flirten, was das Zeug hält. Sie verzieht ihre Lippen zu einem Kussmund und er nippt an seinem Bier, während er lüstern auf ihr Gesicht starrt.

Ich steuere auf die Tische zu, die jetzt im Halbdunkeln von den bunten Lampions, die an den Bäumen hängen, erleuchtet werden. Ich entdecke einen freien Platz und kurz darauf kommt Mark mit zwei prall gefüllten Tüten in der Hand. Goldbraun glänzender Fisch und knusprig aussehende Chips ragen heraus.

»Das sieht ja superlecker aus.« Ich nehme ihm eine davon ab. Die bedruckte Tüte wirkt, als wäre sie aus Zeitungspapier. Gierig tunke ich eines der Chips in die Sauce Tartare, die in einem kleinen Schälchen auf den Tischen bereitsteht.

»Hmm ... fantastisch!«, schwärme ich. »Ich glaube, das sind wirklich die besten Fish & Chips, die ich je gegessen habe.«

Mark nickt zustimmend. »Wobei die im *Statham's* auch nicht übel schmecken.« Er sieht mich nachdenklich an. »Weißt du, was ich mir überlegt habe?«

»Du wirst es mir hoffentlich gleich sagen«, antworte ich mampfend und schiebe mir eine Gabel voller leckerem Fisch in den Mund.

»Was hältst du von der Idee, dass wir kommendes Wochenende nach Killarney fahren und uns vor Ort auf die Suche nach Menschen machen, die deinen Grandpa gekannt haben könnten?«

Einen Herzschlag lang sehe ich ihn ungläubig an. »Du bist allen Ernstes bereit, mir bei meiner Suche zu helfen?«

»Klar, ich habe am Wochenende nichts Besseres vor«, sagt er grinsend. »Außerdem ist das doch jetzt *unsere* Mission.«

»Gut, dann ist es abgemacht.«

Ein Glücksgefühl macht sich in mir breit. Schon alleine die Tatsache, dass ich nach Killarney reisen werde, den Ort, in dem Mutter aufgewachsen ist, lässt die Vorfreude ins Unermessliche steigen. Doch natürlich hoffe ich, dort auch fehlende Puzzleteile aus der Vergangenheit zu finden.

Mark deutet auf die Tanzfläche, die mit feierwütigen Menschen völlig überfüllt ist. »Nach dem Essen tanzen wir.«

»Ich bin darin mehr als untalentiert«, wehre ich sofort ab. Mir kommt die Wohltätigkeitsveranstaltung im Spiegelsaal des Deutschen Theaters in den Sinn, zu der die Kanzlei im vergangenen Jahr eingeladen hatte. Dort herrschte ein völlig anderes Ambiente, welches mir damals enorm imponierte. Glänzende Gläser statt Pappbecher, poliertes Besteck statt der einfachen Holzstäbchen und gedämpftes Licht in fliederfarbenen Tönen. Wie ich diesen Luxus liebte. Ich mochte es, mich herauszuputzen, in einem Abendkleid über das Parkett zu schweben und die anerkennenden Blicke der Kollegen und Mandanten auf mir zu spüren. Seltsam, dass ich derartige Veranstaltungen nicht vermisse und es mir mittlerweile surreal erscheint. Stattdessen liebe ich es, hier mit Mark auf einer harten Bierbank zu sitzen, zu lachen und simple Fish & Chips in mich hinein zu futtern. Die besten der Welt, wohlgemerkt. Alles ohne dieses Schickimicki Gedöns. Wahrscheinlich brauche ich eine ziemlich lange Eingewöhnungszeit, wenn ich wieder zurück in Deutschland bin. Das Leben dort ist völlig anders – hektischer und lauter. Ich hätte nie für möglich gehalten, dass ich es eines Tages genießen würde, in Irland zu sein.

Momentan fühlt es sich so an, als wäre ich hier und jetzt genau am richtigen Ort. Zufrieden darüber und nicht zuletzt über den erfolgreichen Tag, lächle ich vor mich hin und proste Mark mit meinem Pint zu. Er lächelt ebenfalls und hebt sein Glas Apfelschorle.

»Wir sind ein gutes Team, Caissy«, sagt er. »Auch wenn ich mich wiederhole.«

»Ja, das sind wir«, stimme ich zu. »Unglaublich, was wir in den vergangenen Tagen geleistet haben, welche Mengen wir hergestellt haben. Und dass wir jetzt auch noch restlos ausverkauft sind. Das ist der Wahnsinn.« Ich lache und werfe mein Haar zurück.

Wir betrachten die tanzenden Leute, die sich gut gelaunt zwischen den Biertischen ihr Plätzchen gesucht haben, um das Tanzbein zu schwingen.

»So, jetzt wird aber getanzt.« Mark springt auf und lässt mir keine Zeit zum Überlegen. Er reicht mir seine Hand und zieht mich nach oben.

Zähneknirschend folge ich ihm. Okay, ich werde es versuchen. Irgendwie werde ich es schon hinbekommen.

Er hält meine Hand weiterhin fest und so spazieren wir zu einem freien Fleck. Er legt die Hände um meine Hüften und ich schlinge etwas unsicher meine Arme um seinen Hals. Die dreiköpfige Band, die sich aus einem Sänger, einem Gitarristen und einem Geigenspieler zusammensetzt, spielt ein flottes irisches Volkslied und die Leute um uns herum bewegen sich ausgelassen. Auch Mark und ich versuchen, in den Takt zu kommen. Er tritt mir auf die Füße und ich remple gegen sein Schienbein. Wir lachen und tanzen unbeirrt weiter. Und komischerweise macht es mir Spaß.

»Puh! Ich bin völlig außer Puste«, keuche ich nach dem Song und selbst der sportliche Mark schnauft hörbar.

Nun stimmt die Band ein ruhiges Lied an.

»Sollen wir Pause machen?« Ich wende mich schon zum Gehen, doch Mark hält mich zurück. Langsam zieht er mich zu sich und schlingt seine Arme fester als zuvor um meine Hüften. Unsere Köpfe kommen sich gefährlich nahe und ich habe Mühe, ihm nicht in die Augen zu sehen. Mein Körper verkrampft sich. Ständig versuche ich, seinem tiefen Blick auszuweichen. Nicht dass er denkt ... schließlich sind wir nur Freunde und wenn ich jetzt ...

Er beugt sich langsam zu mir hinunter. »Caissy, entspann dich«, flüstert er über die sanfte Musik hinweg in mein Ohr. Mit seiner rauen Wange streift er mein Gesicht und ich spüre, wie meine Nackenhärchen sich aufstellen. Mit leichtem Druck zieht er mich noch näher zu sich. Ich rieche sein angenehm herbes Aftershave, sehe zu ihm auf und versinke in seinen Augen. Plötzlich habe ich gar nicht mehr das Verlangen, mich ihm zu entziehen. *Reiß dich zusammen*, flüstert meine innere Stimme. *Halt die Klappe*, entgegne ich und lehne zaghaft meine Stirn an seine. Ich genieße die weichen Bewegungen unserer Hüften und die Wärme, die von seinem Körper ausgeht. Ich schließe die Augen und lasse mich fallen. Es ist, als würde ich auf Wolken schweben.

Doch leider ist der Song bald vorüber. Die Band zerstört mit dem nächsten fröhlichen Lied jegliche aufkeimende Romantik. Mein Verstand sagt mir, dass es besser so ist, aber mein Herz hätte den Augenblick gerne noch einen Moment ausgekostet.

Mit flinken Schritten tanzen die Leute um uns herum. Mark und ich passen uns dem Tempo an. An seinem Gesichtsausdruck sehe ich, dass ihm das genauso wenig passt wie mir. Trotzdem haben wir Spaß. Er zieht mich schwungvoll zu sich heran, ich mache an seiner Hand eine Drehung und dann schiebt er mich sanft von sich, um mich erneut zu sich zu ziehen.

»Wow, du bist ein richtig guter Tänzer«, rufe ich ihm über den Lärm der Musik und die lachenden Gäste zu.

»Und du eine großartige Tänzerin.« Wieder nimmt er meine Hand und ich drehe mich erneut. Dabei stoße ich mit jemandem zusammen. Neben mir stürzt eine Frau und ich bleibe abrupt stehen.

»Entschuldigung«, stammle ich und schlage die Hände vor den Mund.

Jetzt erst erkenne ich sie.

»Bonny!«, rufe ich.

Sofort reiche ich ihr meine Hand und helfe ihr wieder auf. »Ist alles in Ordnung?«

»Ja ja, mir ist nichts passiert.« Sie rückt ihren karierten Rock zurecht und reibt über ihr Knie. Die Nylonstrümpfe sind zerrissen und sie sieht erschrocken drein.

Ich strecke ihr meinen Arm entgegen. »Kommen Sie, wir bringen Sie an Ihren Tisch. Mark, könntest du ...«

Wo ist Mark? Suchend sehe ich mich nach ihm um und entdecke ihn schließlich an dem Biertisch von vorhin.

Bonny sieht mich zerknirscht an. »Wie gesagt, mir ist nichts passiert.« Sie lässt mich stehen und verschwindet ohne ein weiteres Wort im Getümmel.

Ich gehe zurück zu Mark, der auf seine Apfelschorle starrt.

Die Hände in die Hüften gestemmt sehe ich zu ihm herab. »Kannst du mir bitteschön erklären, warum du Bonny einfach im Dreck hast liegen lassen und abgehauen bist?«

Mit schmerzvollem Gesicht sieht er mich an. »Ja, das kann ich«, raunt er kaum hörbar. »Setz dich bitte.«

31

Mark

Caissy setzt sich mir gegenüber auf die Bank. Ihre Augen blitzen gefährlich. Dass ich mich eben nicht ganz gentlemanlike verhalten habe, ist mir klar. Doch Caissy kennt die Wahrheit ja nicht.

»Ich bin dir eine Erklärung schuldig«, stammle ich und nehme einen Schluck Apfelschorle.

Caissy verschränkt die Arme vor der Brust. »Na, da bin ich aber gespannt. Ich finde, du reagierst jedes Mal völlig übertrieben, wenn du Bonny begegnest. Selbst wenn sie deine Verflossene ist, musst du doch nicht ständig einen Anfall bekommen, wenn ihr euch zufällig über den Weg lauft.«

»Ja, du hast recht. Ich wollte dir längst von ihr und mir erzählen.«

Caissy starrt mich mit weit aufgerissenen Augen an, als hätte ich ihr soeben gebeichtet, dass Bonny und ich seit Jahren hinter ihrem Rücken ein Verhältnis haben. Natürlich ist das zum einen absurd, weil Caissy und ich schließlich nicht zusammen sind und zum anderen, weil Bonny ... Ich schlucke.

Die Musik um uns herum ist so laut, dass ich brüllen muss, aber das, was ich Caissy erklären möchte, ist nichts, was ich in die Welt hinausschreien will.

Ich beuge mich nach vorne und bedeute ihr, das Gleiche zu tun. Jetzt gibt es kein Zurück mehr. »Du erinnerst dich an den Tag, an dem du unangemeldet bei mir aufgekreuzt bist?«

Sie nickt energisch. »O ja!«

»Weißt du, ich hatte damals nicht damit gerechnet, dass du, ohne vorher anzurufen, bei mir auftauchst.«

»Aber das gab dir doch längst nicht das Recht, mich dermaßen anzuschnauzen.« Beleidigt verzieht sie den Mund.

»Lass mich bitte ausreden.« Ich sehe sie eindringlich an. »Es hatte einen Grund, warum ich so barsch reagiert habe.« Nervös presse ich meine Schenkel unter dem Tisch aneinander.

»Ich wüsste nicht, was das mit Bonny zu tun haben sollte.«

»Mann, Caissy!« Ich schnaube. »Kannst du mir jetzt endlich mal zuhören?« Ich schlage mit der flachen Hand auf den Tisch, sodass er bebt. »Es hatte sehr wohl etwas miteinander zu tun und genau das versuche ich dir gerade zu erklären. Bonny ist ... sie ist ...«, ich atme schwer, »... sie ist meine Mum.«

»W... was?« Caissy reißt ihre Augen sperrangelweit auf. »Sie ist viel zu jung, um deine Mutter zu sein. Und selbst wenn sie es ist ... warum gehst du dann so abweisend mit ihr um?«

In meinem Magen grummelt es. »Verdammt, Caissy, wenn du mich jetzt nicht endlich ausreden lässt, stehe ich auf der Stelle auf und verschwinde.«

Sie stützt ihre Ellenbogen auf dem Tisch ab und hält sich beide Hände vor den Mund. Es scheint, als wolle sie damit verhindern, dass ein weiteres unkontrolliertes Wort aus ihr heraussprudelt.

»Wie du weißt, bin ich im Heim aufgewachsen.«

Sie nickt und hält endlich die Klappe. Es fällt mir schwerer als gedacht, weiterzusprechen. Ich versuche mich zu sammeln. Nervös verschränke ich die schweißnassen Hände ineinander.

»Ich war noch ein Baby, als ich meinen Eltern vom Jugendamt weggenommen wurde.«

Caissy wirkt binnen einer Nanosekunde betrübt. Ich spüre, dass sie jetzt am liebsten etwas sagen würde. Doch sie bleibt stumm.

»Meine Eltern ... sie sind ... sie waren Alkoholiker. Und noch ziemlich jung, als sie mich bekamen.« Ich seufze. »Sie waren stadtbekannt, da sie zu den herumlungernden Jugendlichen zählten, die überall Ärger machten. Das hat mir Old Sullivan mal erzählt. Auf jeden Fall merkte das Jugendamt innerhalb von wenigen Wochen, dass ich im Heim besser aufgehoben war.«

In Caissys Augen steckt Mitgefühl und sie streckt die Hand nach mir aus, die ich dankbar mit meiner umschließe.

»Es tut mir leid, Mark.« Sie presst die Lippen aufeinander.

»Der Verstand meines Vaters reichte nur von einer Flasche bis zur nächsten. Er hat sich bald nach meiner Geburt aus dem Staub gemacht. Ich habe ihn nie wiedergesehen.«

»Und Bonny? Trinkt sie immer noch?«

»Nein, sie hat es offensichtlich geschafft. Sie war jahrelang wie vom Erdboden verschwunden. Eines Tages besuchte sie mich im Heim. Ich konnte mich überhaupt nicht an sie erinnern. Stell dir das mal vor. Deine eigene Mum steht vor dir und du weißt nicht, wer die fremde Frau ist. Noch immer spüre ich den unfassbaren Schock, der mir als Heranwachsender im Nacken saß, als sie sich mir offenbarte.«

»Und wie ging es dann weiter?« Caissy hängt an meinen Lippen.

»Sie entschuldigte sich dafür, was sie und mein Dad mir angetan hatten. Ich versicherte ihr, dass ich kein Problem damit hatte, im Heim aufgewachsen zu sein. Schließlich kannte ich mein Leben nicht anders.«

»Du hast nie eine richtige Familie vermisst?«

»Doch ... klar. Das fing schon im Fußballverein an. Meine Kameraden wurden von ihren Müttern in schicken Cabrios zum Training gebracht. Ich hingegen kam mit meinem klapprigen Fahrrad angefahren, das nicht mal ein Licht besaß. Glaub mir, da wurde mir sehr deutlich vor Augen geführt, dass diese Jungs ein anderes Leben führten als ich. Bei den Turnieren wurden sie von ihren stolzen Eltern angefeuert. Und ich? Ich hatte niemanden. Deshalb war es auch so schön, als Old Sullivan in mein Leben trat.« Ich schlucke. Noch heute versetzt mir die Erinnerung an meine damalige Einsamkeit einen Stich.

»Ich kann nachvollziehen, wie du dich fühltest, Mark«, sagt sie seufzend. »Ich weiß, wie es ist, ohne Familie dazustehen.«

»Stimmt ... wie konnte ich das nur vergessen. Wir beide haben sozusagen das gleiche Schicksal erlitten.«

Ich grinse zerknirscht, drücke sachte ihre Hand und streichle vorsichtig über ihren Handrücken. Sie lässt es geschehen und lächelt mich an.

»Nachdem Bonny und ich uns ausgesprochen hatten, bat ich sie, mich in Ruhe zu lassen. Ich wollte mein Leben selbstständig führen. Eine Mutter, die wie aus dem Nichts auftauchte, konnte ich nicht gebrauchen. Sie hielt sich an meinen Wunsch und kontaktierte mich nicht weiter. Doch dann wurde ich aus dem Heim entlassen und zog in eine eigene Wohnung.«

»Kann ich die leeren Gläser mitnehmen?«, werde ich von Tyler unterbrochen, der zusammen mit seiner neuen Farmhilfe aus Deutschland das Geschirr abräumt. »Kennt ihr Nina schon?«, fragt er und stellt uns einander vor. »Nina ist auch aus Deutschland, so wie du, Caissy.«

»Das ist ja witzig«, sagt Caissy und schüttelt Nina die Hand.

»Ja, aber ich bin nur ein paar Monate hier, dann gehe ich zurück in meine Heimat. Ich helfe hier nur den Sommer über aus.«

»Ich bleibe auch nicht hier«, sagt Caissy und erzählt Nina den Grund ihres Irlandaufenthaltes. Bald verabschieden die beiden sich und Caissy schenkt mir wieder ihre volle Aufmerksamkeit.

»Wo waren wir stehengeblieben?« Ich bin völlig durch den Wind. In meinem Kopf purzeln die damaligen Ereignisse durcheinander.

»Bonny ... du zogst in eine eigene Wohnung ...«

»Ach ja! Von da an rief sie mich in einer Tour an. Ich besaß zu jener Zeit noch eines dieser Festnetztelefone und stand im Telefonbuch. Mein Fehler. Ich hatte keine

Chance, sie abzuwimmeln. Sie war ziemlich penetrant. Weil ich ein gutmütiger Mensch bin und sie nicht vor den Kopf stoßen wollte, traf ich mich sogar noch einmal mit ihr. Behutsam versuchte ich, ihr zu erklären, dass ich sie schätze, aber keinen Kontakt mehr zu ihr will. Doch sie akzeptierte mein Nein nicht. Sie passte mich vor der Manufaktur ab und verfolgte mich nach Hause. Es ging sogar so weit, dass ich sie ignorierte, wenn sie wieder mal neben mir her spazierte. Und einmal klingelte sie mich nachts aus dem Schlaf. Durch den Türspion erkannte ich sie und öffnete nicht. Daraufhin rastete sie aus und hämmerte mit aller Wucht gegen meine Tür, sodass die Nachbarn im Haus aufwachten und sich beschwerten.

»Oh, mein Gott«, ruft Caissy aus. »Und bei meinem Besuch hast du dich wieder dran erinnert?« Sie befreit ihre Hände aus meinen und schlägt sie vor den Mund.

»Ja, es kam alles mit ungebremster Wucht wieder hoch. Bonny ließ nicht locker. Plötzlich hatte ich Anrufe auf dem Anrufbeantworter mit unbekannter Nummer. Ich hörte nur ein Atmen, aber niemand sprach. War ich joggen, war sie wie durch Zufall genau dort, wo ich war.« Ich lege den Kopf in die Hände und seufze. »Und irgendwann wurde es echt unheimlich. Außerdem trank sie wieder.«

Caissy steht auf und spaziert auf meine Seite des Biertisches. Sie setzt sich dicht neben mich und legt den Arm um meine Schultern. »Das hört sich alles so schrecklich an, Mark.«

»Das war es. Bonny wurde zu einer grenzüberschreitenden Stalkerin. Ich konnte nachts nicht mehr schlafen, war immer auf der Hut, ob sie irgendwo auftauchen würde. Irgendwann traute ich mich kaum noch vor die Tür, fuhr die wenigen Meter zur Arbeit mit dem Wagen. Es war schrecklich, glaub mir. Und leider musste ich eines Tages Anzeige erstatten.«

Caissy streichelt behutsam meinen Arm auf und ab und lehnt ihren Kopf an meine Schulter.

»Auf jeden Fall endete das Ganze schließlich, als Bonny durch eine einstweilige Verfügung die Auflage bekam, sich mir maximal hundert Meter nähern zu dürfen.«

»Ach, deshalb hat der Polizist heute gefragt, ob alles in Ordnung sei.«

»Ja, genau. Allerdings ist die Sache schon ein paar Jahre her. Mittlerweile darf sie wieder in meine Nähe. Doch Gott sei Dank hält sie sich zurück. Und dann schaffte sie es tatsächlich, endgültig vom Alkohol wegzukommen und bekam den Job in der Bank. Vor etwa zwei Jahren hatten wir eine erneute Aussprache. Nachdem sie sich lange Zeit wirklich bemühte, mich in Ruhe zu lassen, gab ich uns die Chance, nochmals alle Differenzen zu klären. Sie hatte sich unter Tränen bei mir entschuldigt und mir versichert, dass sie nicht wisse, was seinerzeit in sie gefahren war. Und sie versprach mir, dass ich etwas bei ihr guthätte.«

»Und deshalb hat sie mir geholfen, Großvaters ehemalige Adresse in Killarney herauszufinden?«

»So ist es. Ich habe sie bei unserem Besuch in der Bank an ihr Versprechen erinnert. Ich hatte es bisher nicht eingelöst.« Ich ziehe Caissy kurz freundschaftlich an mich. »So, jetzt kennst du die komplette Geschichte.«

Sie lächelt zaghaft. »Danke für dein Vertrauen, Mark. Es bedeutet mir sehr viel, dass du es mir erzählt hast. Immerhin hättest du das nicht tun müssen.«

»Ich wollte es dir längst verraten. Schon gleich nachdem du bei mir aufgetaucht warst. Aber irgendwie kamen die Erinnerungen in mir wieder hoch und ich hatte es vor mir hergeschoben.«

Erneut drückt sie mich ganz fest. Ich erwidere ihre Umarmung.

Ich atme den angenehmen Duft ihrer Haut ein. Es ist, als würden alle vergangenen Sorgen mit einem einzigen Atemzug von mir abfallen.

32

Caissy

Am Freitagnachmittag ist es so weit. Wir starten unsere Killarney-Mission. Die Manufaktur haben wir früher geschlossen, was dank der stetig positiv wachsenden Betriebszahlen locker möglich ist. Mark hat vorgeschlagen, zwei Nächte dort zu bleiben und ich habe zugestimmt. So können wir heute in aller Ruhe anreisen. Morgen werden wir dann die Spuren meiner Vergangenheit verfolgen und eine weitere Nacht dort verbringen. Ganz ohne Zeitdruck. Ich tripple aufgeregt vor Marks Ford Fiesta auf und ab und kann es kaum erwarten, dass die Reise losgeht.

»Gib mir deine Tasche«, sagt Mark und hievt sie in den Wagen. Und dann machen wir uns auf den Weg. Dank eines Verkehrsunfalls und des daraus resultierenden Staus auf der M7 brauchen wir allein bis Limerick dreieinhalb Stunden. Doch Mark ist ein guter Autofahrer und die Fahrt ist trotz der Anstrengung kurzweilig. An einer Autobahnraststätte machen wir eine kurze Pause und essen Sandwiches, bevor wir das letzte Stück der Reise antreten.

Meine Gedanken schweifen zur Manufaktur und zu meiner neuesten Errungenschaft, die ich mir beim Küchengerätegroßhändler in Belfast gekauft habe. »Findest du unser neues Sahnegießgerät nicht auch wunderbar?«, frage ich ihn und richte die Lehne meines Autositzes senkrecht.

Er lacht schallend. »Wie nennst du dieses Teil? Sahnegießgerät? Hat es keine professionelle Bezeichnung?«

»Ist doch egal, wie es heißt«, entgegne ich grinsend, weil mir der tatsächliche Name entfallen ist. »Ich finde, es war neben dem Rührgerät meine beste Errungenschaft, um uns die Arbeit zu erleichtern.« Regelmäßig stehe ich fasziniert vor dem Gerät, das die Sahne im Sekundentakt gleichmäßig in das Rührgerät schüttet.

»Ich bin nach wie vor der Meinung, dass wir dieses Mistding nicht bräuchten.« Er verdreht die Augen. »Glaubst du, ich bin zu schwach, um ein paar Liter Sahne von Hand in das Rührgerät zu schütten, mit dem ich mich zugegebenermaßen mittlerweile angefreundet habe?«

»Nein, nicht zu schwach, aber nun können wir deine Ressourcen anderweitig nutzen.«

»Oder mich ersetzen«, sagt er sarkastisch.

»Nie im Leben!«, antworte ich energisch. »Schau, ich habe doch schon Zugeständnisse gemacht, indem ich keine neuen Mitarbeiter eingestellt habe. Jetzt bist du dran.«

»Ich finde so ein Teil sinnlos. Punkt.« Er dreht die Musik laut auf.

Die Spätnachmittagssonne scheint in unsere Gesichter. Weil ich die positive Stimmung nicht trüben will, wechsle ich das Thema und berichte von meiner Urlaubsreise auf die Seychellen und Mark schwärmt mir von seiner Reise zum Berlin-Marathon vor, die er vorletztes Jahr unternommen hat.

»Wie hat es dir in Deutschland gefallen?«, will ich von ihm wissen und krame in meiner Handtasche nach der Sonnenbrille.

Mark blinzelt und schiebt die Sonnenblende nach unten. »Berlin fand ich genial. Doch es ist dort viel los. Viele Menschen, viel Lärm.« Er lacht. »Nichts für mich.«

»Das glaube ich dir gerne. In Deutschland ist es weitaus hektischer als in Irland. Manchmal ist es kaum auszuhalten.« Was rede ich da? Ist es nicht der Trubel, den ich in München so liebe? Ich warte darauf, dass ich wehmütig werde, als ich an meine geliebte Heimat denke. Doch es passiert nichts. Ich sehne mich mit keiner Faser meines Körpers danach zurück. Merkwürdig. Und es ist nicht das erste Mal, dass mir dies bewusst wird. Schon auf dem Stadtfest merkte ich, dass ich Deutschland nicht vermisse.

Mark dreht den Kopf zu mir. »Was ist los?«

Rasch schiebe ich die Sonnenbrille auf die Nase. »Nichts ... ich denke nur an das bevorstehende Wochenende«, lüge ich. Schließlich kann ich schlecht zugeben, dass ich mich allmählich an das beschauliche Leben in Greenkenny gewöhne. Und es bringt auch nichts, mich hier allzu heimisch zu fühlen. In ein paar Monaten bin ich wieder weg.

»Wollen wir heute noch zu Großvaters alter Adresse?«

»Klar, schauen wir vorbei.«

Es ist schön, diesen Trip nicht alleine machen zu müssen. Ich mag es, dass Mark dabei ist.

Am frühen Abend fahren wir endlich die langgezogene Einfahrt des Bed & Breakfast in Killarney hinauf. Geschafft! Ich atme auf.

Mark hebt unsere Taschen aus dem Fiesta und gemeinsam steuern wir auf das hübsche Backsteingebäude zu. An der Haustür klopfe ich mit dem antiken Messingklopfer dreimal gegen das Holz.

Eine junge Frau mit bunt-karierter Schürze und hochgesteckten Haaren öffnet uns. »Willkommen! Hatten Sie eine angenehme Reise?«, begrüßt sie uns herzlich.

Wir bejahen ihre Frage und folgen ihr in ein gemütliches Wohnzimmer mit heimeligen Korbmöbeln, auf denen dicke Kissen thronen. Der glänzende dunkelbraune Kamin verleiht dem Raum etwas Edles.

Mark stellt unsere Taschen ab und ich bewundere die niedlichen Porzellanfiguren, die uns vom Kaminsims entgegenlächeln. Im Spiegel direkt über dem Kamin sehe ich in mein müdes Gesicht.

»Nehmen Sie doch Platz.« Sie deutet auf die Korbmöbel. »Auf welchen Namen haben Sie reserviert?«

»Foley. Mark Foley.«

»Lassen Sie mich nachsehen ...« Sie blättert in einem dicken Terminkalender und fährt mit dem Zeigefinger die einzelnen Eintragungen ab. »Foley ... ach ja, hier steht es.« Sie lächelt. »Ein Zimmer auf den Namen Foley.«

»Zwei!«, antworten Mark und ich im Chor.

»Zwei, sagten Sie?« Stirnrunzelnd prüft sie nochmals ihre Liste. »Tut mir leid, ich habe nur einen Eintrag für ein Doppelzimmer.«

»Du hast doch zwei reserviert?«, wende ich mich irritiert an Mark.

»Aber sicher«, bestätigt er entschieden.

»Haben Sie vielleicht noch ein weiteres Zimmer auf den Namen Sullivan?« *Bitte lieber Gott, lass es so sein.* Verunsichert, fast schon panisch, sehe ich zu Mark.

»Ich habe nicht auf Sullivan reserviert, sondern auf Foley.«

Prompt bestätigt die Dame. »Ich habe definitiv nur diese Reservierung. Und leider kann ich Ihnen kein weiteres Zimmer anbieten. Wir sind restlos ausgebucht.«

Ich springe auf. »In Ordnung, dann müssen wir jedoch in ein anderes Bed & Breakfast wechseln.« Niemals werde ich mir mit Mark ein Zimmer teilen.

Mark steht ebenfalls auf.

»Ich fürchte, da sieht es heute schlecht aus. Wegen einer großen Radveranstaltung ist an diesem Wochenende aller Wahrscheinlichkeit nach in ganz Killarney nichts mehr zu bekommen.« Sie klappt ihren Terminkalender zu. »Sie hatten Glück bei Ihrer Buchung, denn da ist gerade jemand abgesprungen, sonst wäre dieses Zimmer auch nicht mehr frei gewesen.«

Resigniert sehe ich zu Mark. »Und was machen wir nun?«

»Wir haben nur zwei Möglichkeiten: Entweder wir teilen es uns oder wir fahren wieder nach Hause.«

»Oder wir schlafen im Killarney Nationalpark auf einer Parkbank.« Was ich natürlich nicht ernst meine.

»Nun, wie möchten Sie sich entscheiden?« Die Frau sieht auf die Uhr, als wolle sie uns klarmachen, dass draußen bereits weitere Anwärter auf das Zimmer warten.

»Wäre es für dich okay, wenn wir es uns teilen?«, richte ich mich zähneknirschend an Mark.

Nicht dass ich darauf große Lust hätte. Im Gegenteil, bei dem Gedanken, Zähne putzend im Schlafanzug neben ihm im Badezimmer zu stehen, wird mir zugegebenermaßen ein wenig mulmig zumute. Wir sind doch nicht auf Pärchenurlaub. Aber wenn ich etwas nicht möchte, ist es, jetzt wieder nach Hause zu fahren. Und offensichtlich haben wir nur diese Möglichkeit. Außerdem ... so schlimm wird es schon nicht werden. Damals im Zeltlager am Bodensee haben schließlich auch Jungs und Mädchen zusammen in einem Zelt übernachtet. Wobei das Zimmer nicht meine größte Sorge ist. Die ist eher das Doppelbett. Wenn ich Glück habe, gibt es in dem Raum eine Couch.

»Machen wir das Beste draus«, erwidert Mark.

Ich meine, eine gewisse Anspannung in seinen Worten zu hören.

Die Frau drückt ihm mit einem Zwinkern den Zimmerschlüssel in die Hand. »Einmal die Treppe nach oben bitte. Zimmer Nummer siebzehn. Ich hoffe, es gefällt Ihnen.«

Mark nimmt beide Taschen und wir steigen die schmalen knarzenden Holzstufen, die mit einem dunkelblauen glänzenden Teppich belegt sind, in den ersten Stock. Am Ende des Ganges deute ich auf eine weiße Holztür mit einem goldenen Türknauf.

»Siebzehn, hier ist es.«

Mark vergleicht die Nummer auf dem Schlüssel mit dem Türschild und nickt.

Wir betreten den großzügigen Raum mit zwei bodentiefen Sprossenfenstern, einem massiven beigefarbenen Holzbett mit rosafarbener Blumenbettwäsche. Die darauf abgestimmten geblümten Vorhänge sind zur Seite gebunden und geben die Sicht auf den Parkplatz des Bed & Breakfast frei. Der Raum duftet angenehm blumig. In einer Ecke steht ein Sessel und es gibt auch einen kleinen Tisch mit einem Stuhl. Aber keine Couch. Ich fixiere das Bett und bleibe ratlos stehen.

»Ich mach mich ganz klein«, sagt Mark lächelnd, der meine Gedanken zu erraten scheint.

»Ach … wir werden das schon hinbekommen«, versuche ich unbekümmert zu wirken. Ich nehme ihm meine Tasche ab und stelle sie an meiner Bettseite ab.

»Wollen wir auspacken und dann noch eine Kleinigkeit essen?«

»Keine schlechte Idee.« Je eher ich aus diesem Raum wieder rauskomme und nicht das Gefühl eines Pärchenurlaubs habe, umso besser. Mist, meine Hände sind klatschnass. »Aber vor dem Essen will ich noch an Großvaters ehemaliger Adresse vorbeischauen.«

Unsere wenigen Habseligkeiten sind bald im Schrank verstaut. Mark nimmt eines der oberen Fächer und ich das darunterliegende. Selbst beim Schrankeinräumen sind wir ein eingespieltes Team.

Ich nehme die zerknautschte cremefarbene Bluse, die ich morgen tragen will, und hänge sie auf einen Kleiderbügel. Damit marschiere ich ins Badezimmer und drehe das Wasser der Dusche heiß auf, bis die Duschkabine im Wasserdampf eingehüllt ist. Als ich zurück ins Schlafzimmer komme, runzelt Mark die Stirn.

»Hast du geduscht?«

»Sehe ich so aus?« Grinsend blicke ich an mir herab. Immerhin trage ich noch die gleichen Klamotten wie eben. »Ich kenne da einen Trick, um die Falten aus meiner Bluse zu kriegen.«

»Und der wäre?«

»Wasserdampf. Morgen wird sie wieder absolut glatt sein und aussehen wie gebügelt.«

Mark zwinkert. »In dir steckt mehr hausfrauliches Talent, als ich für möglich gehalten hätte.«

Ich strecke ihm die Zunge heraus. »Und du bist spießiger als ich dachte.« Mit dem Kinn deute ich grinsend auf seinen Nachttisch, auf dem er Handy und Geldbeutel akkurat abgelegt hat. Es sieht beinahe so aus, als hätte er die Abstände zwischen Handy, Geldbeutel und der Kante des Nachttisches abgemessen. Ich sehe auf meine Armbanduhr. »Wollen wir los?«

»Gerne.« Mark hält mir galant die Tür auf und ich husche an ihm vorbei. Hat er noch mal Aftershave aufgelegt?

Wir spazieren Seite an Seite in den nahe gelegenen Stadtkern. Hier gibt es unzählige kleine Geschäfte mit bunten Holzfassaden, einigen Pubs und Restaurants. Metallschilder nennen die Namen der Läden und irische Flaggen wehen im Wind. Ich denke an Mutter und daran, wie sie selbst als Kind über diese Pflastersteine gelaufen sein muss. Vielleicht an der Hand meines Großvaters.

»Da vorne bei dem Pub mit den schwarzen Sprossenfenstern müssen wir abbiegen«, deute ich auf die nächste Straßenkreuzung. Mein Herz klopft bis zum Hals, denn laut Google Maps sind wir nur noch wenige

Meter von besagter Adresse entfernt. Obwohl die meisten Geschäfte bereits geschlossen haben, strömen Menschenmassen in sportlichen Outfits an uns vorbei. Bestimmt sind das alles Teilnehmer des Radrennens.

»Hier ist ja die Hölle los.« Ich sehe zu Mark auf, der seinen Arm um meine Hüften schlingt und mich ruckartig zu sich zieht.

»Pass auf, Caissy, du wärst beinahe gegen den Laternenpfahl gerannt.«

Er lässt mich wieder los und hinterlässt ein warmes Gefühl an der Stelle, an der eben noch sein Arm lag.

»Da vorne, da muss es irgendwo sein.« Unsere Schritte verlangsamen sich und ich vergleiche die Hausnummern. Dann bleibe ich stehen und sehe an dem vor uns liegenden Gebäude nach oben. »Die Zwölf. Wir sind da.«

Ehrfürchtig lese ich den Namen des Geschäftes, das heute in Großvaters ehemaliger Karamellmanufaktur sesshaft ist: *Sweet-Factory*. Ich betrachte das dunkelgrüne Schild mit weißem Schriftzug, das zwischen denen der Nachbarhäuser dominant hervorsticht. Mein Herz pocht schneller. Hier muss Mutters Zuhause gewesen sein. Kurz schließe ich die Augen. Um mich herum vernehme ich ausgelassene Feierstimmung der Touristen und Radsportler. Doch weder der Abgasgeruch der vorbeirauschenden Autos noch der Duft der Backwaren aus der angrenzenden Bäckerei lassen ein Gefühl von Heimat in mir entstehen. Ich öffne die Augen und drücke die Nase gegen die Scheibe. Suchend sehe ich mich um. Wonach ich Ausschau halte, weiß ich selbst nicht so genau.

»Ziemlich moderner Laden, würde ich sagen.« Ich deute auf die großen Schütten, in denen knallbunte Süßigkeiten von süß bis sauer liegen. »Ich kann mir gar nicht vorstellen, dass hier jemals eine Karamellmanufaktur gewesen sein soll.«

»Morgen werden wir es herausfinden. Heute ist ohnehin niemand mehr da.«

Mein knurrender Magen macht sich bemerkbar. »Du hast recht. Komm, lass uns nach etwas Essbarem suchen.« Merkwürdigerweise fällt es mir gar nicht schwer, diesen Ort meiner Vergangenheit zu verlassen. Oder vielmehr Mutters Vergangenheit.

Wir klappern einige Restaurants ab, in denen zu unserer Enttäuschung sämtliche Plätze reserviert sind.

»So ein Mist«, jammere ich.

»Wer konnte denn etwas von einer Massenveranstaltung an diesem Wochenende ahnen?«

»Hätten wir uns nur besser für ein anderes entschieden.«

»Jetzt ist es zu spät. Komm, lass es uns mal hier versuchen.« Mark deutet auf einen Pub, dessen Fassade mit dunkelbraunem Holz vertäfelt ist. Die goldenen Buchstaben drauf nennen den Namen des Lokals und ich sehe durch die ovalen Fensterscheiben.

»Gute Idee, da drinnen sieht es absolut urig aus.«

Und viel los ist auch noch nicht. Hoffentlich ist der Pub kein Reinfall und total unbeliebt. Wir treten ein und bleiben an der Bar stehen.

»Gibt es bei Ihnen etwas zu essen?«, erkundigt Mark sich bei einer Bedienung, die auf einem Tablett eine beachtliche Anzahl von Irish Coffees balanciert.

»Ja, sicher.« Sie nickt. »Nehmen Sie sich einen der Plätze da vorne an der Bühne. Hier drüben ist bereits alles reserviert.«

Wir schlängeln uns an der Bar vorbei und gehen durch den schummrig beleuchteten Pub zu einem der freien Tische. Mark lässt mir freie Platzwahl und ich wähle den auf der Bank mit Blick in dem Raum.

»Warum wundert mich das nicht?«, fragt er grinsend.

»Was denn?«

»Dass du diesen Platz gewählt hast. Du behältst eben alles gern im Blick.«

Ich merke, wie meine Ohren heiß werden. Nervös stapele ich die durcheinander liegenden Bierdeckel auf dem Tisch sorgfältig übereinander.

»Nicht dass ich das nicht schon gewusst hätte.« Er zwinkert und setzt sich auf den Stuhl seitlich von mir.

Die Kellnerin, deren blonder Pferdeschwanz beim Gehen auf und ab wippt, nimmt unsere Bestellung auf.

»Für mich bitte ein Smithwicks«, sage ich und sehe zu Mark.

»Für mich auch.«

Ich mache große Augen. »Seit wann trinkst du Alkohol?«

Er schmunzelt. »Seit mir klar geworden ist, dass es keinen Sinn macht, darauf zu verzichten, nur weil meine Eltern offensichtlich ein Problem damit hatten.«

»Und was hat diesen Sinneswandel bewirkt?«

»Unser Gespräch über Bonny.« Er wirkt nachdenklich. »Ehrlich, Caissy, irgendwie ist an jenem Tag eine zentnerschwere Last von mir abgefallen. Es tat gut, mit jemandem ... mit dir darüber zu sprechen. Ich war danach wie befreit. Und als ich an dem Abend zu Hause war, habe ich eine Flasche Whiskey aufgemacht, die ich vor Jahren von einem Kunden geschenkt bekam.«

»Du hast sie hoffentlich nicht komplett geleert.« Das hätte er vermutlich nicht überlebt.

»Natürlich nicht«, antwortet er empört. »Ich hatte mir ein kleines Glas eingeschenkt und es mit Genuss getrunken. Dabei hatte ich die Gewissheit, dass es mich nicht zum Alkoholiker macht, wenn ich mit Verstand trinke. Die vergangenen Jahre hatte ich immer riesig Angst davor.«

Die Kellnerin kommt mit den beiden Smithwicks an unseren Tisch und stellt sie auf Bierdeckel. »Wissen Sie schon, was Sie essen möchten?« Sie nimmt ein elektronisches Gerät zur Hand und wartet offensichtlich darauf, die Bestellung einzutippen.

Schuldbewusst sehen wir sie an. »Wir sind gleich so weit.« Rasch stecken wir die Köpfe in die Karte.

»Ich hätte gerne eine Portion Seafood Chowder und im Anschluss die Meeresfrüchteplatte.«

Mark nickt. »Klingt gut. Für mich auch den Chowder und hinterher das Steak.«

»Sláinte, Caissy«, sagt er, als die Kellnerin uns den Rücken zuwendet.

»Prost, Mark.« Unsere Gläser stoßen aneinander und ich trinke einen kräftigen Schluck.

»Hmm ... unglaublich, was mir die vergangenen Jahre entgangen ist«, sagt Mark und leckt sich über die Lippen.

»Meine Mutter meinte früher mal, wenn man Alkohol in Maßen und nicht in Massen genießt, ist alles gut.« Ich nehme einen weiteren Schluck, denn ich habe mächtig Durst.

Mark stellt sein Pint ab und stützt die Unterarme auf dem Tisch ab. »Und? Bist du aufgeregt?«

»Wegen morgen?« Ich ziehe mit den Fingernägeln die Rillen des in die Jahre gekommenen Holztisches nach. »Ja, schon. Wobei ich überhaupt nicht weiß, was mich erwartet. Ich hatte ja bereits in der *Sweet-Factory* angerufen und die Frau am Telefon wusste nichts davon, dass an dem Standort jemals eine Karamellmanufaktur gewesen sein soll. Und der Name meines Großvaters sagte ihr ebenfalls nichts. Daher werde ich in dem Laden wohl nichts erreichen. Aber ich möchte trotzdem dort vorbeischauen. Aber wir sollten uns auch in der Nachbarschaft umhören und darauf hoffen, dass irgendjemand der älteren Herrschaften dort sich an meine Familie erinnert.«

Mark nickt.

Plötzlich kommt mir das Radrennen in den Sinn und ich lasse mutlos die Schultern hängen. »O Mann, wahrscheinlich haben wir wirklich das unpassendste Wochenende für unsere Mission ausgesucht. Wenn so viele Fremde in der Stadt sind, wird es umso schwieriger, die Einheimischen auszumachen.«

»Wir werden ganz sicher irgendetwas herausfinden, was dir weiterhilft«, ist Mark zuversichtlich. Seine beruhigende Stimme wirkt wie Medizin auf mich. Ich entspanne mich mehr und mehr.

Ein Kellner kommt an unseren Tisch und zündet eine Kerze an. Sie hüllt Marks Gesicht in warmen Schein.

»Trotzdem habe ich ein mulmiges Gefühl.«

»Kann ich gut verstehen.« Er hebt seine Hand und ist augenscheinlich kurz davor, sie auf meine zu legen. Doch plötzlich hält er inne und zieht sie zurück.

Als die Fischsuppe gebracht wird, essen wir stumm und jeder hängt seinen eigenen Gedanken nach. Ich denke nicht nur an morgen, sondern auch an Mark, in dessen Nähe ich mich unglaublich wohlfühle. Ich nehme einen tiefen Atemzug.

»Was ist los?« Mark, dessen Löffel gerade auf dem Weg zum Mund war, sieht auf.

»Ach nichts ...« Rasch tauche ich meinen in die Suppe und ermahne mich energisch zur Vernunft, die sich heute offensichtlich aus dem Staub gemacht hat.

»Noch zwei Smithwicks«, ordert Mark, als die Hauptgerichte gebracht werden.

»Das sieht ja lecker aus.« Ich deute auf Marks Steak mit Farmhaus-Kartoffeln und frischem Gemüse.

»Magst du probieren?« Sofort streckt er mir seine Gabel entgegen.

»Nein, danke«, sage ich abwehrend und spieße stattdessen eine Garnele von meinem Teller auf.

Auf der Bühne vor uns packt eine dreiköpfige Band ihre Instrumente aus und stellt Mikrofone auf. Bald erlischt die Hintergrundmusik und das Dreigespann spielt und singt irische Volksmusik.

Das Stimmengewirr um uns herum verebbt und die Gäste verfolgen aufmerksam die Darbietung.

Mark legt Messer und Gabel auf den Teller. »Darf ich mich zu dir setzen?«

Ich schaue zur Seite auf die schmale Bank.

»Von dort kann ich besser zur Bühne sehen.«

»Ja, sicher.« Rasch schnappe ich meine Tasche und stelle sie auf den freien Stuhl.

Mark setzt sich dicht neben mich. Unsere Oberschenkel streifen sich. Sofort durchfährt eine wohlige Wärme meinen Körper.

»Entschuldige bitte.« Mark rutscht ein Stück zur Seite.

»Das macht doch nichts«, hauche ich.

Als ob ich eine Einladung ausgesprochen hätte, grinst er frech und rückt wieder näher zu mir. Dieses Mal berühren sich unsere Schenkel mit purer Absicht. Und es fühlt sich gut an.

Mark geht sogar noch einen Schritt weiter. Nach dem ersten Song der Band, den wir mit tosendem Applaus beklatschen, legt er seinen Arm wie zufällig auf die Armlehne der Bank. Und ich lehne mich zurück und schmiege mich ebenso zufällig an seine Schulter.

Er legt den Arm vorsichtig um mich. Ich bemerke, dass er mich aus dem Augenwinkel heraus beobachtet. Zustimmend lächle ich ihn an. Sein Blick streift verführerisch über meine Lippen, als ob er sich danach sehnen würde, sie zu berühren. Nun fährt er mit dem Finger an meinem Oberarm auf und ab, was die Schmetterlinge in meinem Bauch gehörig flattern lässt. Ich will jetzt nicht nachdenken, sondern den Moment genießen. Die grandiose Musik, Marks Nähe und die knisternde Stimmung zwischen uns. So als könnte ich damit meine zweifelnden Gedanken beiseiteschieben, kippe ich einen großen Schluck Whiskey in meine Kehle, den ich eben bestellt habe. Das Getränk brennt in meinem Hals, bevor es sich einen Weg in meinen Magen bahnt. Kurz schnappe ich nach Luft, dann schmiege ich mich wieder an Mark. Er hat sich keinen weiteren Alkohol geordert, sondern nippt nun an einer Saftschorle.

Immer wieder verfangen sich unsere Blicke. Scheinbar spielt die Musik im wahrsten Sinne des Wortes mittlerweile nur noch zwischen uns.

»Willst du gehen?«, flüstert Mark in mein Ohr und ich spüre seine Bartstoppeln an meiner Wange.

Ich drehe mein Gesicht zu ihm und knabbere auf meiner Unterlippe. »Ich weiß nicht«, antworte ich zaghaft.

Er schnuppert an meinem Hals und vergräbt sein Gesicht in meinem Nacken. »Aber ich«, krächzt er und streichelt mit der Hand sanft durch mein Haar.

Sehnsüchtig sehe ich ihn an. Ich kann das Kribbeln in meinem Bauch nicht länger unterdrücken. Alles in mir sehnt sich nach ihm. Ich wünschte, es wäre anders.

Er haucht mir einen sanften Kuss auf die Wange und sieht mich danach liebevoll an.

Ich sehe ihn voller Verlangen an. *Du darfst das nicht*, tadle ich mich im Geiste.

Plötzlich streicht Mark energisch an meinen Schultern auf und ab. »Lass uns von hier verschwinden, Caissy.« Seine Stimme klingt ein paar Oktaven tiefer und ruhiger als vorhin.

Wortlos folge ich ihm zum Tresen. Wir bezahlen und schlendern dann schweigend Arm in Arm zurück zum Bed & Breakfast.

33

Caissy

Kaum hat Mark die Tür unseres Zimmers hinter uns verriegelt, umschließt er mit seinen Händen meine Hüften und zieht mich zu sich. Ich bin mir sicher, dass er meine unmissverständlichen Blicke im Pub nicht falsch gedeutet hat. Umso aufgeregter bin ich. Unsere Gesichter sind nur wenige Millimeter voneinander entfernt. Aus der Nähe betrachtet sind seine Pupillen nicht nur blau, sondern meeresblau. Wenn nicht sogar ozeanblau. Und die Grübchen in seinen Wangen ... die sind mir bisher nicht aufgefallen.

Auch Mark mustert mich eingehend. »Du bist bildschön«, flüstert er und seine Augen werden glasig.

Federleicht fahre ich mit dem Zeigefinger die Konturen seiner Lippen nach. Er zieht mich noch näher zu sich. Seine Hände wandern ein Stück nach unten und halten knapp über meinem Po inne. Die Schmetterlinge, die sich in meinem Bauch ausgebreitet haben, treiben nun in jedem Winkel meines Körpers ihr Unwesen.

Mark intensiviert seinen Blick. Es ist, als könne er tief in meine Seele schauen. Langsam senkt er den Kopf. Sein Kuss ist nur noch einen Wimpernschlag entfernt.

Doch da setzt plötzlich mein Verstand wieder ein und mein Herz klopft auf unangenehme Weise. Verflixt! Ich darf das nicht tun. Ein Kuss, nach dem ich mich so sehr sehne, wäre folgenschwer. Er würde alles verändern. Nichts wäre danach mehr wie es war. Außerdem ist eine Freundschaft so viel mehr wert. Ich kann das alles nicht durch diesen einen schwachen Moment zerstören.

Und was, wenn du es zulässt? Dann laufe ich Gefahr, verletzt zu werden. Ich hebe die Hand und lege sie sachte auf seinen Brustkorb. Doch bevor ich ihn von mir wegschieben kann, senkt er den Kopf weiter, überbrückt die letzten Millimeter zwischen uns und legt seine Lippen sanft auf meine.

Ich gebe allen Widerstand auf und erwidere seinen Kuss. Die Wärme, die von ihm ausgeht, breitet sich in mir aus. Ich lasse mich von ihm forttragen in eine Welt, in der es weder Sorgen noch Verstand gibt. Meine Hand, die ihn eben noch hatte abwehren wollen, wandert nun wie selbstverständlich zu seiner Wange. Liebevoll streichle ich über seine raue Haut. Seine Bartstoppeln kitzeln unter meinen Fingerspitzen. Ich strecke mich ihm entgegen. Nun umfasst er meinen Po und knetet ihn sanft. Seine Küsse werden fordernder und mit seiner Zunge öffnet er meine leicht geöffneten Lippen.

Ich will ihm nahe sein, mich in ihm verlieren. Und ich will nicht denken, nur fühlen. Schwer atmend ziehe ich

Marks Pullover über seinen Kopf und lasse ihn zu Boden gleiten. Sein Herz pocht sichtbar aufgeregt unter seinem definierten Brustkorb. Ich schiebe ihn ein paar Schritte rückwärts, bis wir beide in die weichen Laken fallen. Er liegt unter mir und nun bin ich es, die die Führung übernimmt. Völlig ausgehungert nach Liebe bedecke ich sein Gesicht mit Küssen und meine Lippen finden immer wieder seinen Mund.

Mit einer Hand streicht er über meine Wange und die andere legt er mit leichtem Druck an meinen Hinterkopf. Unsere Küsse sind lang und innig und es ist, als würden wir bereits jetzt miteinander verschmelzen. Zwischendurch sehen wir uns einfach nur an. Es bedarf keiner Worte. In seinem Blick steckt schmerzliches Verlangen, aber auch so viel Wärme. Sein Gesicht verschwimmt vor meinen Augen.

Nun macht er eine Drehung, wirft mich mit Schwung zur Seite und wir liegen nebeneinander. Den einen Arm unter seinem Kopf abgestützt, streichelt er mit der anderen Hand an meiner Leiste auf und ab. Mit prickelnden Küssen bedeckt er meinen Hals und ich habe Mühe, ein Seufzen zu unterdrücken.

»Oh, Caissy ...« Seine Stimme klingt heiser. »Du schmeckst so süß wie Karamell.«

Zum ersten Mal sehe ich sein vollständiges Tattoo. Ein Schwert, unter dem in geschwungenen Buchstaben der Schriftzug *unverwundbar* prangt. Liebevoll fahre ich mit den Fingerspitzen darüber, bis hin zu seinem Hals.

Er atmet schwer. Jetzt schiebt er meinen Pullover nach oben. Zärtlich umkreist er mit den Fingern meinen Bauchnabel und wandert bis zu meinen Brüsten. »Zieh dich aus, Caissy«, flüstert er.

Ohne zu zögern steige ich aus dem Bett und streife den Pullover über den Kopf. Nun stehe ich mit nacktem Oberkörper, lediglich mit einem BH bekleidet, vor ihm. Langsam öffne ich meine Jeans und lasse sie auf den Teppich sinken.

Mark liegt nun rücklings im Bett und hat die Arme hinter dem Kopf verschränkt. Seine Blicke gleiten geruhsam an mir hinab. Sehnsüchtig beobachtet er jede meiner Bewegungen.

Ich mag unser Spiel und zelebriere das Ausziehen. Als ich nur noch in Slip und BH vor ihm stehe, stemme ich die Hände in die Hüften und strecke den Po lasziv zur Seite. Ich lecke mir über die Lippen und hebe herausfordernd die Augenbrauen.

»Komm sofort zu mir«, raunt er und streckt beide Arme nach mir aus.

Mit dem Kinn deute ich auf seinen Körper. »Du hast viel zu viel an.«

»Das haben wir gleich.« In Nullkommanichts springt er auf und entledigt sich seiner restlichen Klamotten. Nur noch mit Boxershorts bekleidet, unter der eine deutliche Wölbung zu erkennen ist, schlüpft er unter die Decke. »Komm zu mir, Caissy.«

Ich lege mich zu ihm ins Bett und schmiege mich an seine nackte Haut. Mark küsst mich leidenschaftlicher als zuvor. Das Knistern zwischen uns entfacht zu einem lodernden Feuer. Er öffnet meinen BH und schiebt den Slip quälend langsam von meinen Hüften. Auch ich tue es ihm gleich und schiebe seine Boxershorts hinunter.

Die Sehnsucht, ihn in mir zu spüren, ist unerträglich. Als Mark endlich über mir ist, sich rasch ein Kondom überzieht und in mich eindringt, stöhne ich kurz auf und gebe mich dann seinen rhythmischen Bewegungen hin.

»Du fühlst dich unglaublich gut an, Caissy«, keucht er.

Ich antworte mit einem leisen Stöhnen.

Nun lässt er von mir ab und dreht mich um. In allen erdenklichen Stellungen, von denen ich nicht mal wusste, dass sie existieren, bringt er mich an den Rand der Ekstase. Mein Stöhnen ist mittlerweile zu einem immer schneller werdenden Keuchen geworden. Auch Mark kann sich nicht mehr zurückhalten. Nach einer gefühlten Ewigkeit stöhnt er ein letztes Mal laut auf und ich schreie: »Oh, mein Gott!«

Erschöpft lässt er sich neben mich in die Laken fallen. »Das war unglaublich, Caissy.« Erneut nimmt er mich in den Arm und küsst meine Schläfe.

»Du bist unglaublich.« Ich schmiege mich an seinen Hals und eine Träne des Glücks wandert über mein Gesicht. Noch nie im Leben habe ich derart tief empfunden. Und noch nie habe ich solch eine Verbindung zu einem Mann gespürt wie eben.

***

Als ich am Morgen erwache, drehe ich mich zur Seite und schaue auf Mark, der mit wirren Haaren zufrieden neben mir schläft. Mein Herz klopft heftig. Und zwar nicht vor Glück. Ihn mit freiem Oberkörper hier liegen zu sehen, löst ein unbehagliches Gefühl in mir aus. Mit einem Satz springe ich aus dem Bett und starre ihn an, als wäre mir schleierhaft, wie er dort hineingekommen war. Doch natürlich fällt mir der gestrige Abend siedend heiß ein.

Du hast mit ihm geschlafen, erinnere ich mich im Geiste, als müsse ich es mir nochmals deutlich machen. Vom Zauber der vergangenen Nacht ist nichts mehr zu spüren. Stattdessen macht sich Panik in mir breit. Weil mir meine eigene Nacktheit unangenehm ist, schnappe ich mir rasch den BH vom Boden sowie einen frischen Slip aus dem Schrank und ziehe beides über. Beinahe lautlos schließe ich die Schranktür wieder. Während ich gestern nicht genug von seiner nackten Haut hatte bekommen können, ist heute alles anders. Ich frage mich, wie ich dermaßen die Kontrolle verlieren konnte. Was war nur in mich gefahren? Warum habe ich nicht gegen meine Gefühle angekämpft? Bei Tageslicht scheint mir das die deutlich bessere Variante. Wie soll ich nun je wieder die Distanz zwischen uns wahren?

Die Bettdecke raschelt und Mark dreht sich um. »Guten Morgen, Caissy«, sagt er gähnend. Ein leises Lächeln huscht über sein Gesicht und er streckt die Hand nach mir aus.

Ich wende mich von seinem verwegenen Anblick ab und sammle meine Klamotten vom Boden auf. Hektisch, als wolle ich die Spuren der Nacht verwischen, lege ich eines nach dem anderen zusammen und verstaue es im Schrank.

34

Mark

»Was ist los?«, frage ich Caissy, die völlig aufgelöst wirkt. »Ist was passiert?« Ich setze mich auf und reibe mir über das unrasierte Kinn.

»Wir hätten das nicht tun dürfen«, sagt sie scharf und versetzt mir damit einen Stich. Ihre wenigen Worte schaffen eine Distanz zwischen uns, die jegliche Nähe von gestern ausradiert. Dennoch versuche ich sie zu beruhigen.

»Caissy, wir sind zwei erwachsene Menschen und wir dürfen tun, was wir wollen und zwar so oft wir wollen.« Ich steige aus dem Bett und strecke meine Arme nach ihr aus.

Doch sie weicht zurück. »Lass mich.« Sie starrt verkrampft auf ihr Unterhemd, das sie penibel zusammenfaltet. Dann sieht sie mich unvermittelt an. »Das Kondom!« Sie klingt beinahe hysterisch.

»Was ist damit?« Ich runzle die Stirn und fahre mir durch die Haare.

»Du hattest eins dabei.«

Ich reibe mir den Nacken. »Hätte ich keines benutzen sollen?«

»Doch! Aber ... aber warum?«

»Warum wir eines benutzt haben?«

Sie verdreht die Augen. »Nein! Weshalb hattest du überhaupt eines dabei?«, fragt sie schrill. »Hattest du es auf Sex mit mir abgesehen?«

»Um Himmels willen, nein, Caissy. Wie kommst du auf so etwas?« Der Hohn in meiner Stimme ist deutlicher, als beabsichtig. »Caissy ...« Ich atme tief ein. »Ich hatte eben eines dabei, denn lieber sorge ich vor, als ...«

»Ich fasse es nicht!« Sie stampft mit dem Fuß auf und funkelt mich an. »Hättest du nicht von vornherein geplant, mich herumzukriegen, hättest du kein Kondom eingepackt. So einfach ist das. Was jedoch weitaus schlimmer ist, ist die Tatsache, dass wir gar keinen Sex gehabt hätten, hättest du nicht in weiser Voraussicht gehandelt.«

Ehrlich gesagt verstehe ich kein Wort von dem, was sie gerade von sich gibt. Ich verfluche den Moment, an dem ich tatsächlich daran dachte, es sei besser, Kondome einzupacken ... nur für den Fall, dass ...

»Wie dem auch sei, es war ein Fehler«, faucht sie und verschränkt die Arme vor ihrer Brust. »Haken wir es als solchen ab und gehen wir wieder auf Abstand.« Mit diesen Worten verschwindet sie im Badezimmer und kurz darauf höre ich das Prasseln des Wassers in der Dusche.

35

Caissy

Nachdem Mark weiter mit mir diskutieren wollte, als ich aus der Dusche kam, habe ich mir kurzerhand meine Handtasche geschnappt und bin mit der Ansage verschwunden, dass ich den Tag ohne ihn verbringen werde. Auch wenn es kindisch ist, sich einfach so aus dem Staub zu machen … ich habe einfach nicht gewusst, wie ich anders hätte reagieren sollen. Unsere gemeinsame Nacht kam so unerwartet und die Leidenschaft zwischen uns traf mich mit voller Wucht. Ich weiß nicht, wie ich mit der ungewohnten Nähe umgehen soll. Sie wirkt beinahe bedrohlich auf mich. Die hohe Mauer, die mich vor Eindringlingen beschützt, ist eingestürzt. Das macht mir eine Heidenangst.

Doch darüber kann ich momentan nicht weiter nachdenken. Schließlich bin ich aus einem anderen Grund nach Killarney gekommen. Ich schiebe die Gedanken an Mark beiseite und konzentriere mich auf meine heutige Mission. Nur noch wenige Meter trennen mich von der *Sweet-Factory*. Ich bin so aufgeregt. Während meine Schritte langsamer werden, pocht mein Herz umso schneller. Ich versuche, ruhig zu atmen. Heute finde ich problemlos und ohne Navigation dorthin.

Als ich endlich vor Großvaters ehemaliger Manufaktur stehe, droht mein Herz zu zerspringen. Es klopft mir im wahrsten Sinne des Wortes bis zum Hals. Ob dieses Haus auch Mutters Zuhause war? Das habe ich mich gestern schon gefragt. Bald werde ich es hoffentlich erfahren. Selbst wenn die neuen Besitzer sich nicht an Großvater erinnern, bleibt zu hoffen, dass sie mir einen Tipp geben können, an wen ich mich wenden kann.

Ich sehe ins Schaufenster, in dem sich mein Gesicht spiegelt, streiche eine Haarsträhne hinter das Ohr und atme nochmals tief ein und aus. Dann öffne ich die gläserne Tür und betrete den Laden.

Ein schlaksiger Kerl um die Vierzig kommt auf mich zu. »Kann ich Ihnen helfen?«, fragt er höflich. »Oder wollen Sie sich erst mal umsehen?«

»Ich denke, ich schaue mich zunächst um.« Damit bleibt mir die Gelegenheit, mir den Laden in Ruhe anzusehen. Ich inhaliere den süßen Geruch. Köstlich!

Die handgeschriebenen Papieretiketten an den Süßwarenschütten erinnern mich an die *Old Sullivans Karamellmanufaktur*. Ist hier möglicherweise doch noch Großvaters Geist vorhanden?

Ich schleiche an den Schütten vorbei wie ein Fuchs um seine Beute. Eine bis zum Hals tätowierte junge Frau trägt kaugummikauend Kartons herein und öffnet sie. Ich fasse mir ein Herz und räuspere mich.

»Entschuldigen Sie bitte, ich hätte eine Frage.«

Sie sieht auf, während sie die Plastiksäcke in den Kartons aufschneidet, aus denen sie süße Leckereien mit einer Zange holt.

»Was gibt's?«, antwortet sie, sichtlich genervt darüber, dass ich sie bei der Arbeit störe.

»Habe ich vor Kurzem mit Ihnen telefoniert?«

»Woher soll ich das wissen? Hier rufen viele Leute an.« Sie rollt mit den Augen und macht eine große Blase mit ihrem Kaugummi, der mit einem lauten Knall zerplatzt.

»Ich hatte mich erkundigt, ob hier mal eine Karamellmanufaktur existierte.«

»Ja, ich erinnere mich. Da war ein Anruf« antwortet sie mit rauem Tonfall. »Und was wollen Sie nun hier? Sie sehen doch, dass es hier nur Süßigkeiten gibt. Und das schon ziemlich lange.«

»Und ich fragte, ob Ihnen der Name John Sullivan etwas sagt ...«

»... was ich Ihnen mit Nein beantwortet hatte.«

Der Kerl von eben schiebt sich zwischen uns. »Sie suchen eine Karamellmanufaktur?«

»Ja«, antworte ich und halte die Luft an.

»Hier war jedenfalls keine«, macht er meine aufkeimende Hoffnung mit einem Satz zunichte. »Aber nebenan war, soweit ich weiß, mal eine. Ist jedoch viele Jahre her.«

»Wirklich?« Mein Herz macht einen Sprung.

Er grinst. »Ja, wenn Sie mir nicht glauben, fragen Sie mal drüben in der Bäckerei nach.«

»Vielen Dank, das werde ich tun.« Du meine Güte! Habe ich mich nur in der Hausnummer geirrt und mein Ziel liegt nur wenige Meter entfernt?

Aufgeregt nehme ich eine Papiertüte und fülle wahllos ein paar gelbe Schaumbananen, blaue Schlümpfe und quietschgrüne Monster hinein. Damit gehe ich zur Kasse und lege die Tüte auf den Tresen.

»Gute Wahl«, stimmt der Mann zu und wiegt meine Auswahl auf einer nostalgischen Waage. »Vierzehn neunzig macht das bitte.«

Ich schlucke. Stolzer Preis für ein paar Süßigkeiten. Ich krame in meinem Portemonnaie. »Hier, bitteschön.« Ich lege das Geld passend in die Keramikschale auf dem Tresen, stopfe die Tüte in meine Handtasche und verabschiede mich.

Eine halbe Minute später stehe ich in der besagten Bäckerei. Köstlich aussehende Backwaren strahlen mir appetitlich entgegen und fantastischer Duft von Zimt und Zucker steigt mir in die Nase.

»Was darf es denn sein?« Ein Kerl um die Zwanzig steht mit einer weißen Bäckerschürze hinter dem Tresen.

»Henry, hilf mir mal mit den Mehlsäcken«, höre ich eine ältere männliche Stimme durch die Hintertür.

Mein Herz klopft heftig gegen die Brust. »Wer war das?«, frage ich postwendend.

Der Kerl runzelt die Stirn. »Wen meinen Sie, Lady?«

»Der Mann! Der Mann, der da eben gesprochen hat.« Ob das Großvaters ehemaliger Teilhaber war? *Bitte bitte, lieber Gott, mach, dass ich hier richtig bin.*

Ich versuche mich zu sammeln. Plötzlich verlässt mich der Mut. Wie kann ich mir nur irgendetwas zusammenreimen und davon ausgehen, dass ich in diesen Laden hereinspaziere und sofort auf die Person stoße, nach der ich gesucht habe? Wenn es überhaupt eine Person ist, nach der ich suche.

»Die Stimme erinnert mich an jemanden«, sage ich trotz aller Zweifel. »Könnte ich vielleicht kurz mit dem älteren Herrn sprechen, der Sie eben gerufen hat?«

Erneut runzelt er die Stirn. »Was wollen Sie von meinem Grandpa?«

»Es geht um etwas Privates. Das würde ich gern selbst mit ihm besprechen.«

Nun reißt er die Augen weit auf. »Sagen Sie bloß, Sie sind seine Tochter.«

Postwendend laufe ich knallrot an.

Er prustet los. »Spaß! War nur Spaß. Er würde doch niemals ...« Jetzt wirkt er augenblicklich verunsichert.

Nun bin ich es, die sich einen Scherz erlaubt. »Das finde ich sicher schnell heraus.«

Jegliche Farbe entweicht seinem Gesicht und er stützt seine Arme auf dem Tresen ab.

Ich lache lauthals los. »Spaß! War nur Spaß.«

Sein Gesichtsausdruck entspannt sich merklich. Er stimmt in mein Lachen mit ein. »Jetzt hätten Sie mich beinahe drangekriegt.«

Die Tür hinter ihm knarzt und ein älterer Herr in einer zerschlissenen Stoffhose tritt ein. Das muss er sein, das muss die Stimme von eben sein.

»Was gibt es hier zu lachen?« Seine Augen funkeln und an seinen Schläfen haben sich kleine Fältchen gebildet. Er wirkt absolut sympathisch auf mich.

»Die Lady hier ist gekommen, um mit dir zu sprechen, denn sie könnte eventuell deine ...«

»Guten Tag, ich bin Caissy Sullivan«, unterbreche ich ihn und strecke dem grauhaarigen Mann die Hand hin.

Sein Händedruck ist angenehm kräftig und von ihm geht eine wohlige Wärme aus. Ich frage mich, ob mein Großvater sich ähnlich angefühlt hätte.

»Hallo, Miss Sullivan«, begrüßt er mich. In seinem interessierten Gesichtsausdruck erkenne ich nichts, was darauf schließen lässt, dass er den Namen schon mal gehört hat. »Was führt Sie zu mir?«

Sein Enkel verschränkt die Hände vor der Brust und weicht keinen Schritt zur Seite. Meine Güte, ist der neugierig.

»Dürfte ich fragen, wie Sie heißen?«

»Ich bin Conor McSweeney. Und das hier ist McSweeney Junior.« Stolz klopft er auf die Schultern seines Enkels.

Wenn ich nur wüsste, wie Großvaters ehemaliger Teilhaber hieß. Ich ziehe Luft durch die Zähne und fasse allen Mut zusammen. »Sagt Ihnen der Name John Sullivan etwas?«

Er zuckt erschrocken zusammen, als hätte ich ihn mit dem Elektroschocker berührt.

»Ich bin Caissy Sullivan, seine Enkelin.«

Mr McSweeney presst die rechte Hand auf sein Herz.

»Grandpa? Ist alles in Ordnung?« McSweeney Junior scheint in Sorge um seinen Großvater und holt ihm einen Stuhl.

»Ja ... ja«, stottert er. »Jetzt erkenne ich Sie wieder ... die Beerdigung ...«

»Waren Sie dort?«, frage ich völlig perplex.

Binnen einer Nanosekunde schießt mir das Bild des Mannes in den Sinn, der abseits am Friedhof stand. Eilis hatte ihm damals nachgerufen. Und er hatte nicht auf ihre Rufe reagiert.

Er nickt und lehnt den ihm angebotenen Stuhl mit einer abwehrenden Handbewegung ab. Nervös tritt er auf der Stelle und vermeidet den Blickkontakt zu seinem Enkel.

»Lass Miss Sullivan und mich kurz allein«, sagt er dann energisch zu ihm.

»Immer wenn es spannend wird ...«, motzt dieser und verschwindet mit den Händen in die Hüften gestemmt durch die Hintertür.

Mein Mund ist ganz ausgetrocknet und ich lecke mir über die Lippen.

»Du lieber Gott«, stammelt er.

Er mustert mich eingehend vom Kopf bis zu den Zehenspitzen. »Jetzt erinnere ich mich an Sie. Selbst wenn es eine Weile gedauert hat, bis in meinem alten Schädel die Erinnerung wieder aufgetaucht ist.« Er klopft sich gegen die Stirn und ein Lächeln huscht über sein faltiges Gesicht. »Es ist so schön, Sie zu sehen. Offensichtlich geht es Ihnen gut. Wie gern hätte ich auf der Beerdigung ...« Er beißt sich auf die Unterlippe. »Und Ihre Mutter, was macht sie? Ich habe sie damals nicht erkannt und ...«, sein Blick verfinstert sich »...befürchtet, dass Maggie nicht ...«

»Meine Mutter ist tot«, platzt es aus mir heraus.

»Oh, mein Gott!«, ruft er aus, schlägt sich die Hand vor den Mund und hält sich am Tresen fest. »Was ... was ist passiert?«

»Krebs!«, erkläre ich knapp. »Sie musste nicht lange leiden.« Kurz poppt in meinem Kopf die Erinnerung an ihre letzten Tage auf, in denen so viele Tränen bei mir geflossen waren, dass ich am Tag ihres Todes nicht mehr hatte weinen können. Nicht nur das. Seitdem habe ich keine einzige Träne mehr vergossen. Es ist, als hätte sie all meine Gefühle mit in den Tod genommen.

»Und Ihr Großvater? Dass er gestorben ist, erfuhr ich über Eilis, seine ehemalige Haushälterin. Sie hinterließ damals eine Nachricht bei meinem Enkel, dass John …«

»Ich kenne Eilis«, kläre ich ihn auf.

»Haben die beiden …«, er räuspert sich, »… haben sie sich versöhnt?«

»Eilis und Großvater? Ich wusste nicht, dass sie Streit hatten. Eilis machte nicht den Anschein, dass …«

»Nein nein. Ich meine Ihren Großvater und Ihre Mutter. Haben sie sich ausgesprochen und versöhnt?«

Ich schlucke. »Ich … ich weiß nicht. Gab es denn Streit?«

Mr McSweeney scheint über die Vergangenheit Bescheid zu wissen. Ein eiskalter Schauer jagt über meinen Rücken.

»Sie wissen nichts davon?« Er sieht zerknirscht drein und hält sich noch immer am Tresen fest.

»Nein, ich weiß absolut nichts. Deshalb bin ich ja hier. Ich will endlich die Wahrheit erfahren.«

»Das verstehe ich.« Er wirkt bekümmert und starrt zu Boden. »Ja, Sie haben ein Recht darauf.«

Mein Herz macht einen Sprung. In den Augen dieses Mannes steckt so viel Güte und Verständnis, dass ich mir sicher bin, dass er all meine Fragen beantworten wird.

36

Mark

Kurz hatte ich überlegt, meine Sachen zu packen und ohne ein Wort zurück nach Greenkenny zu fahren. Immerhin war Caissys Abfuhr eindeutig. Eine Welle der Wut und Unverständnis durchströmt mich. Doch wenn mir die vergangene Nacht in den Sinn kommt, schmecke ich noch immer ihre zarten Lippen auf meinen. Der Gedanke an ihren nackten, makellosen Körper macht mich verrückt. Am liebsten hätte ich sie heute Morgen in die Arme geschlossen und ihr gesagt, wie sehr ich sie begehre. Nicht nur das. Ich habe Gefühle für Caissy entwickelt. Sie ist die faszinierendste Frau, der ich jemals begegnet bin. Auch wenn sie manchmal etwas starrköpfig und besserwisserisch ist. Möglicherweise macht sie das für mich umso attraktiver. Doch ihre Abweisung nagt an mir. Mehr als mir lieb ist.

Ob sie wohl Erfolg bei ihrem Besuch im Süßwarenladen hat? Ich wünsche es ihr wirklich. Es muss schwer sein, so wenig über seine Herkunft zu wissen.

Ich schnappe mir meine Geldbörse und ziehe die Windjacke an, die an dem Haken neben der Zimmertür hängt. Die Bodendielen ächzen unter meinen Füßen. Sofort denke ich wieder an das rhythmische Knarzen von heute Nacht. O Mann, Caissy. Was machst du mit mir?

Ich gehe nach draußen. Die Luft an diesem Morgen ist angenehm kühl und ich bin froh, dass ich die Jacke mitgenommen habe. Um möglichst viel Zeit totzuschlagen und mich abzulenken, mache ich einen Ausflug mit dem Wagen. Ich verlasse Killarney, fahre an unzähligen Straßensperren vorbei und gelange schließlich auf den Ring of Kerry. Am *Ladies' View* mache ich halt und genieße die grandiose Aussicht auf den Killarney Nationalpark. Verdammt, warum ist Caissy nicht an meiner Seite? Sie würde den Ausblick auf diese malerische Seen- und Graslandschaft lieben. Da bin ich mir sicher.

»Victoria, die 1837 bis 1901 Königin des Vereinigten Königreichs von Großbritannien und Irland war, hatte sich in unser Land verliebt«, erklärt eine Fremdenführerin neben mir einer Gruppe Touristen, die pausenlos Fotos schießen oder Selfies mit ihren Handys machen.

Könnt ihr nicht einfach die Aussicht genießen, anstatt ständig eure Gesichter in die Kamera zu strecken?, möchte ich sie anschreien. Das Mädchen mit den langen blonden Haaren und den aufgeklebten Wimpern neben mir treibt es auf den Gipfel, indem sie vermutlich für irgendeine Social Media Plattform in die Handykamera spricht. Ich wette, sie bekommt nichts von der fantastischen Aussicht mit.

»Als die Monarchin erneut nach Killarney kam, waren ihre mitgereisten Hofdamen derart von der Umgebung hier begeistert, dass dieser Aussichtspunkt noch heute *Ladies' View* genannt wird«, erklärt die Fremdenführerin weiter. Die Touristen bestaunen die Aussicht weiterhin lediglich durch ihre Kameras.

Kopfschüttelnd drehe ich mich um und entdecke ein Elternpaar, das versucht, seine beiden Kleinkinder im Zaum zu halten, damit sie nicht über die Straße laufen. Ich stelle mir vor, wie Caissy und ich unsere gemeinsame Rasselbande bändigen. Seit der heutigen Nacht könnte ich mir alles mit ihr vorstellen. Sogar eine Familie. Was absurd ist, nachdem sie am Morgen so forsch zu mir war.

Ich steige wieder in den Wagen und nehme die gleiche Route über den Kerry Way zurück. Am *Muckross House & Garden* parke ich am Haupteingang und spaziere durch den *Bourn Vincent Memorial Park*, vorbei an knorrigen Eichen, die uralt sein müssen. Dichte Rhododendronbüsche blühen entlang des Weges in kräftigen Pink- und Lilatönen. Hinter mir vernehme ich das Geklapper von Pferdehufen. Ich springe zur Seite. Eine Kutsche, die eine Familie – vermutlich zum *Muckross House* – kutschiert, fährt an mir vorbei. Bin ich der einzige Mensch, der hier einsam und allein herumirrt?

Bald bin ich am schlossgleichen Herrenhaus angekommen und bleibe ehrfürchtig stehen. Das prachtvolle Steingebäude ist noch wuchtiger und imposanter, als ich es von Fotos kenne. Obwohl um mich herum Familien ausgelassen miteinander lachen und Kinder fangen spielen, erfasst mich eine angenehme Ruhe. Ich schlendere am Herrenhaus vorbei bis hin zum Muckross Lake und lasse meinen Blick über das ruhige Wasser gleiten. Der tiefe See wirkt beruhigend auf mich.

Ein Seeadler kreist über meinem Kopf, auf der Jagd nach Beute.

Ich nehme einen Schluck aus meiner Wasserflasche und blicke auf die Armbanduhr. Ob Caissy schon im Bed & Breakfast ist? Wie wird ihre Laune sein? Vielleicht wartet sie dort längst auf mich. Also mache ich mich auf dem Weg zurück zum Wagen.

37

Caissy

Mr McSweeney hat mich in seine Wohnung oberhalb der Bäckerei mitgenommen. Die Aufteilung der Räume erinnert mich stark an Großvaters Wohnung und ich frage mich, ob er damals hier gewohnt hat.

»Das ist übrigens die ehemalige Wohnung Ihres Großvaters«, erklärt er prompt.

»Und Sie waren sein Teilhaber, richtig?«

»Bitte nennen Sie mich Conor.«

»In Ordnung, Conor. Also, Sie waren sein Teilhaber?«

Er nickt. »Möchten Sie einen Tee?«

»Gerne.«

Er bietet mir einen Stuhl am Esstisch an, auf dem eine karierte Plastiktischdecke liegt.

Wenig später kommt er mit zwei dampfenden Tassen zurück, in denen Teebeutel baumeln.

»Vielen Dank.«

»Nun, Caissy«, sagt er und lässt sich auf dem Stuhl gegenüber nieder. »Sie sind also auf den Spuren Ihrer Vergangenheit?«

Ich nicke. Dann räuspere ich mich, lege die Hände in den Schoss und richte meinen Rücken gerade. »Meine

Mutter hat nie über meinen Großvater gesprochen. Als ich von seinem Tod erfuhr, war ich völlig perplex, dass ich überhaupt einen hatte. Und in seiner Wohnung fand ich ein Foto von Mutter und mir und als ich dann auch noch Überweisungen entdeckte ...« Die Worte sprudeln wie aus einem Sturzbach aus mir heraus.

»Langsam, langsam. Erzählen Sie mir bitte alles der Reihe nach.« Er pustet in seine Tasse und nimmt dann einen Schluck. »In meinem Alter bin ich nicht mehr ganz so aufnahmefähig wie ihr jungen Leute.«

Ich versuche, mich zu beruhigen und schildere ausführlich sämtliche Einzelheiten, die ich bisher herausgefunden habe.

Aufmerksam hört Conor mir zu. Ich erkenne etwas Großväterliches in seinen Augen, das mein Herz warm werden lässt.

»Wie gesagt, ich fand einen Dauerauftrag an meine Mutter. Der wiederum bestätigt mir, dass die beiden Kontakt zueinander hatten. Aber ich verstehe nach wie vor nicht, warum meine Mutter ihn dennoch verschwieg.«

»Wissen Sie, Caissy«, beginnt er mit Bedacht. »Es gibt da einiges, was Sie wissen sollten.«

Ich schlucke und werde zunehmend nervöser. Mit zitternden Fingern nehme ich einen von den Keksen, die Conor eben auf den Tisch gestellt hat. Plötzlich bin ich mir nicht mehr sicher, ob ich die Wahrheit hören will ... ob ich sie vertragen kann.

»Wo fange ich nur an?« Er kratzt sich am Kopf und sieht betrübt drein.

»Am besten von vorne«, schlage ich vor. Mein Herz klopft so laut, dass ich Angst habe, dass es mir aus der Brust springt.

»Nun ... John und ich waren beste Freunde.«

»Waren?«

»Ja, leider.« Er presst die Lippen zu einer schmalen Linie. »Und weil wir uns so gut verstanden, bauten wir die Manufaktur im Erdgeschoss gemeinsam auf. Ihr Großvater wohnte in dieser Wohnung und ich bezog mit meiner Familie das Nachbargebäude. Wir waren ständig zusammen, auch außerhalb der Arbeit. Wie sagt man so schön: zwei wie Pech und Schwefel.«

»Und meine Großmutter und Ihre Frau?«

»Verstanden sich nicht sonderlich. Die beiden waren widerspenstige Weibsbilder.« Er schüttelt tadelnd den Kopf. »Wir waren damals alle noch sehr jung. Unsere Frauen hatten ständig was zu nörgeln. Meine Angetraute ließ mich und meinen Sohn bereits nach ein paar Ehejahren allein. Und Ihre Grandma verstarb viel zu früh.« Er lässt den Kopf hängen. »Das wünsche ich niemandem. Sie musste sehr leiden.« Der Schmerz ist in sein Gesicht gezeichnet. »Damit waren John und ich auf uns gestellt. Doch wider Erwarten meisterten wir unsere Singleleben mit Bravour. Allerdings kam der Tag, an dem das Wesen Ihres Großvaters sich schlagartig veränderte. Er war übel gelaunt und sprach nur noch das Nötigste mit mir. Er war völlig in sich gekehrt. Ich hatte keine Ahnung, was mit ihm los war.«

Ich lausche gespannt und traue mich kaum, den Keks zu kauen, um ja nichts von dem zu verpassen, was Conor mir berichtet.

»Wenige Wochen später fand ich Maggie völlig aufgelöst auf den Treppenstufen sitzen. Ich fragte sie, was los sei und sie beichtete mir, dass sie eine große Dummheit begangen hatte.«

Mir ist klar, was nun folgt. Conor berichtet mir das, was ich bereits von Mutter wusste. Nämlich dass sie mit siebzehn von einem Urlaubsflirt schwanger wurde und nicht mal seine Adresse kannte.

»Und sie erzählte mir, dass ihr Vater mit dem Gedanken spielte, sie in ein Heim für minderjährige Mütter zu schicken.« Conors Stimme wird zittrig. »Sie war verzweifelt und tat mir leid. Ich wollte ihr helfen und suchte das Gespräch mit John.«

»Und dann?« Gebannt hänge ich an seinen Lippen.

»Er war ebenfalls verzweifelt. Er sagte, er hätte Angst um seinen Ruf und könnte sich neben dem Geschäft und der Erziehung seiner Tochter nicht auch noch um ein Baby kümmern.« Er schnaubt. »Dabei hätte Eilis ihm sicher geholfen.«

»Eilis wusste davon?«

Natürlich! Die Frage hätte ich mir sparen können. Wenn sie damals schon für Großvater gearbeitet hatte, muss es so gewesen sein.

»Ein paar Tage später war Maggie ohne jegliche Verabschiedung weg und John forderte mich dazu auf, nie wieder über sie zu sprechen. Ich bedrängte ihn, wollte wissen, wo er sie hingebracht hätte. Er war nicht mehr er selbst, als er mir mit völlig unterkühltem Tonfall berichtete, dass er es nicht zulassen würde, dass jemand Schande über seine ehrbare Familie bringen würde. Auch seine eigene Tochter nicht. Kurz dachte ich an einen Ehrenmord, doch das traute ich ihm nicht zu.«

»Was geschah dann?« Ich schlinge die Arme um meinen Oberkörper, denn mir ist plötzlich eiskalt.

»Ich fand über Eilis heraus, dass er Maggie nach München in ein Haus für minderjährige werdende Mütter gebracht hatte.«

Ich springe auf. »Nein!«, kreische ich. Es durchzuckt mich wie bei einem Stromschlag. »Ist das wirklich wahr? Mir hat sie erzählt, dass sie aus Irland weg wollte und einen Job in Deutschland bekam.« Ich plumpse wieder auf den Stuhl, der unter mir knarzt. »Und dann?«

Gebannt hänge ich an seinen Lippen. Ich stelle mir vor, wie meine Mutter damals, völlig allein, abgeschoben in ein fremdes Land, zurechtkommen musste. Ein stechender Schmerz breitet sich wie ein Geschwür von meinem Herzen im gesamten Körper aus. Und eines wird mich unweigerlich klar: Mein Großvater war nicht der herzliche und gütige Mann, von dem Mark und alle anderen in Greenkenny immer sprechen. Er war ein herzloser Tyrann. Ich schlucke hart und lausche weiter Conors Erzählungen.

»Ich versuchte John zur Vernunft zur bringen. Ich schrie, schüttelte ihn und flehte ihn an. Doch er ließ nicht mit sich reden. Er brüllte herum und meinte, als wahrer Freund hätte ich zu ihm zu halten. Und wenn ich dazu nicht bereit wäre, wolle er nichts mehr mit mir zu tun haben.«

Der damalige Schmerz steht Conor noch heute ins Gesicht geschrieben. In mir verkrampft sich alles. Meine Knie schlottern und ich presse die Füße in den Boden.

Conor sieht mich besorgt an und legt die Hand auf meine Schulter. »Ich weiß, das ist sehr hart, Caissy«, flüstert er.

»Was geschah dann?«, krächze ich. Jede Faser meines Körpers ist angespannt und mein Herz wird von Minute zu Minute schwerer.

Conor steht auf und geht auf und ab. »Sollen wir es nicht für heute dabei belassen?« Er hebt die Augenbrauen. »Es ist doch ziemlich viel ...«

»Nein! Bitte ... erzählen Sie mir alles, was ich wissen muss.«

»Nun gut.« Es fällt ihm sichtlich schwer, sich an die Erlebnisse zu erinnern. Seine Augen sind glasig, als er mit zitternder Stimme weiterspricht. »Erst arbeiteten wir noch einige Monate schweigend nebeneinander her. Dann verkündete John mir eines Tages, dass er Killarney verlassen würde. Er stellte mich vor die Wahl: Entweder ich würde seinen Teil der Manufaktur kaufen oder er würde nach einem anderen Käufer suchen. Ich kratzte all meine Ersparnisse zusammen und zahlte ihn aus. Wenige Wochen später war er weg. Von Eilis wusste ich, dass sie nach Greenkenny gingen.«

»Waren Eilis und Großvater ein Paar?«, frage ich direkt.

Mit weit aufgerissenen Augen starrt er mich an. »Nein, um Himmels Willen! Das waren sie nicht.«

»Warum ist Eilis dann mitgegangen?«

Er schluckt. »Das weiß ich bis heute nicht«, entgegnet er verbittert. »Ich habe die Manufaktur danach noch ein paar Jahre weitergeführt. Doch ohne John war es nicht das Gleiche. Und jetzt ist daraus eine Bäckerei geworden, wie Sie sehen.«

»Gibt es noch mehr, was ich wissen sollte?«, hake ich ängstlich nach, weil ich nicht weiß, ob ich weitere Wahrheiten verkrafte.

»Als wenn das nicht genug wäre«, sagt er matt.

»Sie haben recht, es ist mehr als genug. Conor, ich danke Ihnen für Ihre Aufrichtigkeit.« Ich stehe auf und reiche ihm die Hand. »Ich muss das alles erst einmal sacken lassen.«

»Keine Ursache, Caissy. Es tat mir gut, das herauszulassen, was ich all die Jahre in mir getragen habe. Niemand wusste bisher davon.« Conor sieht plötzlich um Jahre gealtert aus.

Spontan nehme ich ihn in den Arm. »Es tut mir so leid, was Sie durchmachen mussten.«

Wir tauschen Telefonnummern, verabschieden uns mit einer weiteren Umarmung und dem Versprechen, in Kontakt zu bleiben. Dann haste ich mit all dem Chaos in meinem Inneren nach draußen und laufe den Gehsteig entlang. An der Straßenkreuzung bin ich so in Gedanken, dass ich nicht aufpasse. Ich höre ein lautes Hupen und das Quietschen von Reifen. Ruckartig mache ich mitten auf der Straße halt, als wäre ich gegen eine Betonwand geknallt. Das Quietschen der Reifen löst Panik in mir aus, doch ich komme nicht zum Nachdenken. Erstarrt fixiere ich den knallroten Kombi, der auf mich zusteuert. Wenige Zentimeter vor mir kommt er zum Stehen. Ich zittere am ganzen Körper.

Ein Mann springt aus dem Auto. »Können Sie nicht aufpassen, Miss?«, brüllt er. »Beinahe hätte ich Sie überfahren.«

Ich stehe immer noch reglos da, unfähig, etwas zu sagen. Mein Herz schlägt gegen die Brust.

Ein Mann mit einem Labrador im Schlepptau läuft zu mir. Er legt mir seine Hand auf den Rücken und sieht mich besorgt an. »Geht es Ihnen gut?«

Währenddessen zetert der Kombifahrer weiter. »Sie können von Glück reden, dass ich so schnell reagiert habe. Sonst wären Sie jetzt nicht so putzmunter und wir könnten Sie von der Straße kratzen.«

»So lassen Sie doch die Frau in Ruhe«, sagt der Mann mit dem Hund energisch. »Sehen Sie nicht, dass sie völlig aufgelöst ist?«

»Tut mir leid«, stammle ich. »Danke fürs Bremsen.« Vielleicht wäre es besser gewesen, wenn er nicht gebremst hätte. Momentan ist mir alles gleichgültig. Schweren Schrittes erreiche ich am Arm des Passanten den Gehsteig auf der anderen Straßenseite.

»Soll ich noch kurz bei Ihnen bleiben?« Der Hund zerrt an seiner Leine und bellt, da er einen Artgenossen entdeckt.

In mir herrscht das reinste Chaos. Ich möchte jetzt nur noch alleine sein. »Nein nein, vielen Dank. Ich komme schon zurecht«, versichere ich ihm und haste davon.

Ohne Ziel laufe ich durch die Straßen, aus der Stadt hinaus, so weit, bis ich in einem Park angekommen bin. Dort setze ich mich auf eine Bank und starre in einen schmalen Fluss, in dem bunt glänzende Fische ihre Bahnen ziehen.

Mir ist schwer ums Herz. Voller Trauer denke ich an Mutter. Wie unsagbar verlassen muss sie sich gefühlt haben, als ihr Vater sie in ein Heim für alleinerziehende Mütter abgeschoben hatte? Und dann auch noch in ein für sie völlig fremdes Land. Wie kann man das einem Mädchen nur antun, das nicht mal volljährig ist? Wie herzlos muss Großvater gewesen sein? Doch warum nur hat sie es vor mir verschwiegen? Ich war doch ihre Tochter ... ihre einzige Verbündete. Weshalb hatte sie kein Vertrauen zu mir? Vermutlich war die Situation so traumatisch für sie, dass sie zeit ihres Lebens über die damaligen Geschehnisse geschwiegen hatte. Je mehr ich darüber nachdenke, desto mehr durchströmt eine brodelnde Energie meinen Körper. Immer wieder stelle ich mir die Frage, warum Großvater so kaltherzig war. Sein einziger Job als Vater wäre gewesen, für seine Tochter da zu sein. Und zwar bedingungslos. Natürlich verstehe ich, dass die Schwangerschaft ein Schock für ihn gewesen sein muss. Dennoch hält man in einer Familie zusammen, oder nicht? Arme Mutter. Was muss sie gelitten haben. Und nun erkenne ich auch den Hintergrund, warum es ihr stets so wichtig war, mir zu vermitteln, dass alles, wofür ich mich entscheide, richtig sei, wenn ich selbst dahinterstehe. Sie gab mir immer wieder zu verstehen, dass niemand auf der Welt das Recht hätte, mir meinen Weg vorzugeben. Mit dem Wissen um Großvater bekommen diese Sätze einen völlig neuen Sinn für mich.

Ich krame in der Hosentasche nach einem Taschentuch und schnäuze hinein. Meine Gedanken purzeln durcheinander und wechseln zwischen Mitleid und Wut. Mitleid mit Mutter und Wut gegenüber Großvater. Meine Kiefermuskeln spannen sich an und ich presse die Zähne aufeinander. Großvater war ein Monster, so viel steht fest.

In Conors Erzählungen habe ich nichts von dem gütigen, fröhlichen Menschen erkannt, der mir bisher von allen vorgegaukelt wurde. Okay, vielleicht zu Beginn unseres Gesprächs. Aber das änderte sich schlagartig mit dem Bekanntwerden von Mutters Schwangerschaft.

Warum Großvater dennoch Geld an Mutter überwies, ist mir weiterhin schleierhaft. Immerhin verdiente sie bald selbst genug und war nicht auf seine Almosen angewiesen. Auch eine verpflichtende Unterhaltszahlung erscheint mir nicht schlüssig. Dazu passen Zeitpunkt und Ende der Zahlungen nicht. Diese Frage bleibt auch nach dem Gespräch mit Conor offen.

38

Mark

Es dämmert bereits, als Caissy an unsere Zimmertür des Bed & Breakfast klopft. In den vergangenen Stunden habe ich mir große Sorgen gemacht und war drauf und dran, nach ihr zu suchen. Denn sie war ungewöhnlich lange fort. Ich bin sogar vorhin an der *Sweet-Factory* vorbeigeschlichen und habe durch die Scheiben gelugt. Doch es war keine Spur von ihr dort zu sehen.

»Hey«, begrüße ich sie freundlich. »Ich habe mich schon gefragt, wo du bleibst.« Ich bemühe mich, unbekümmert zu wirken.

Caissy wirkt müde und abgeschlagen. Obwohl mich ihre Abfuhr heute Morgen gekränkt hat, will ich natürlich wissen, was sie zu berichten hat.

»Dein Besuch in der Manufaktur scheint ja erfolgreich gewesen zu sein.« Ich zwinkere ihr zu und sehe auf meine Armbanduhr. »Du warst richtig lange fort.«

Sie rauscht wortlos an mir vorbei und sinkt auf die Bettkante.

Ich gehe vor ihr in die Hocke und lege meine Hände auf ihre Knie. »Caissy, was ist los? Du bist kreidebleich.«

Sie schüttelt betrübt den Kopf und lässt die Schultern sinken.

»Was ist passiert?«, flüstere ich sanft und setze mich neben sie.

»Mein Großvater ...« Ihre Stimme kippt. »Er war ein Ungeheuer.«

»Er war was?«

»Du hast schon richtig gehört, Mark. Er war nicht der, für den du ihn hieltst.«

Ich lege zögernd den Arm um sie und hoffe, ihr damit nicht zu nahe zu treten.

Doch sie lehnt ihren Kopf sofort an meine Schulter. Von der Distanz von heute Morgen ist nichts mehr zu spüren. Und ich bin froh darüber.

Caissy berichtet ausgiebig von ihrem Besuch bei Conor und wie er ihr schonungslos die Wahrheit erzählt hat. Unruhig verschränkt sie ihre Finger ineinander und löst sie sofort wieder.

»Ich bin so durcheinander, Mark. Meine Mutter und ich ... wir hatten nie Geheimnisse voreinander. Doch das, was in Killarney geschah, hat sie ihr Leben lang für sich behalten. Etwas so Essenzielles.«

»Möglicherweise war sie traumatisiert. Wenn Menschen Schreckliches erleben, schieben sie es oft so weit von sich, dass sie irgendwann glauben, es sei nie passiert.«

»Einerseits verstehe ich ihre Beweggründe. Andererseits war ich doch ihre Tochter. Ihre einzige. Mir hätte sie doch vertrauen können.« Sie schnaubt. »Ich sag dir eines ...« Drohend hebt sie den Zeigefinger und sieht mich eiskalt an. Die Härchen an meinen Unterarmen richten sich auf. »Ich bin heilfroh, dass ich meinen

Großvater nie kennengelernt habe. Mit einem Menschen wie ihm hätte ich im Leben nicht zu tun haben wollen.« In ihren Augen steckt so viel Wut, gepaart mit Hass.

»Bist du sicher, dass es genau so war, wie Conor berichtete?«

»Wieso soll es nicht so gewesen sein?«, faucht sie.

»Weil jede Geschichte zwei Seiten hat«, antworte ich behutsam. »Du kennst nur Conors Variante, nicht aber die deines Grandpas.«

Zugegeben fällt es mir schwer, mir einzugestehen, dass Old Sullivan auch seine Schattenseiten hatte. Und irgendetwas muss es damit auf sich haben, dass er in Greenkenny eisern über seine Vergangenheit geschwiegen hatte.

»Du hättest Conors trübe Augen sehen müssen, als er mir alles mit brüchiger Stimme erzählte. Das hat all meine Zweifel ausgeräumt.« Sie nimmt den Kopf von meiner Schulter. »Trotzdem sind noch so viele meiner Fragen ungeklärt und ich bezweifle, dass ich jemals eine Antwort darauf bekommen werde.« Sie atmet schwer. »Zum Beispiel, warum Großvater einen Dauerauftrag für mich einrichtete.«

»Komm her, Caissy.« Ich breite die Arme aus. »Ich verstehe gut, dass du das alles erst mal verarbeiten musst.«

Sie schmiegt sich an mich und ich ziehe sie freundschaftlich an meine Brust. Lange sitzen wir so auf dem Bett und ich halte sie fest. Es ist, als würde sie zerbrechen, sobald ich sie loslasse. Behutsam streichle ich über ihren Rücken und das Haar. Allmählich scheint sie sich zu entspannen.

»Ich lasse dich nicht allein, Caissy.«

War sie eben noch dabei, loszulassen, versteift sich ihr Körper urplötzlich wieder und bebt.

»Bisher haben mich alle Menschen verlassen, die ich liebte.« Ein lauter Schluchzer entfährt ihr.

Ich nehme sie an den Schultern und sehe sie liebevoll an. »Du bist nicht allein.«

Trotz des Schluchzers rinnt keine einzige Träne über ihre Wange. Sie starrt mit leerem Blick aus dem Fenster.

»Hörst du, Caissy?«

Es scheint, dass meine Worte nicht zu ihr durchdringen. Regungslos sitzt sie da. Ich bemühe mich, sie weiter zu halten, aber sie befreit sich aus meiner Umarmung, zieht ein Taschentuch aus ihrer Hosentasche und schnäuzt. Ich merke, wie sie versucht, sich zu sammeln.

»Caissy, lass es ruhig raus«, ermuntere ich sie.

Doch sie steht auf und schlurft schweren Schrittes zum Fenster.

»Caissy, ich verlasse dich nicht, versprochen«, versichere ich ihr mehrfach.

Sie reagiert nicht und starrt stattdessen hinaus auf den Parkplatz. Ich gehe zu ihr und schlinge von hinten die Arme um sie. Sie zeigt keinerlei Regung. Ich senke meinen Kopf auf ihre Schulter und schmiege meine Wange an ihre.

Sie scheint völlig in Gedanken versunken zu sein. Nach einer gefühlten Ewigkeit atmet sie einmal tief ein und aus. Dann befreit sie sich aus meiner Umarmung und verschwindet wortlos im Badezimmer. Als sie zurückkommt, wirkt sie, als wolle sie sich mit aller Gewalt wieder in den Griff bekommen.

»Ich habe Hunger, gehen wir etwas essen?«, fragt sie mit gefestigter Stimme. Das leichte Zittern kann sie jedoch nicht unterdrücken.

»Dann auf in den Kampf«, ermuntere ich sie.

»Das hast du schon mal zu mir gesagt.« Sie legt die Arme um ihren Körper.

»Wann?«

»Auf der Beerdigung ... bevor wir ins *McCafferty's* gingen.« Sie lässt den Kopf hängen. »Es ist, als wäre Großvater heute erneut gestorben.«

Wenige Minuten später verlassen wir das Zimmer und suchen wahllos das nächstbeste Restaurant auf. Trotz des Trubels, der weiterhin in der Stadt herrscht, ergattern wir einen Tisch, an dem gerade eine Familie aufsteht. Obwohl Caissy versucht, ein lockeres Gespräch in Gang zu bekommen, wirken ihre Augen trüb und ihr Gesicht blass.

Nach dem Essen liegen wir am späten Abend nebeneinander im Bett. Die Nachttischlampe auf meiner Bettseite leuchtet und hüllt den Raum in ein warmes Licht. Ich drehe mich zur Seite und stütze den Kopf in meine Hand.

Caissy sieht mir tief in die Augen. In ihrem Blick lese ich Schmerz, gepaart mit Sehnsucht. Sie hebt ihre Hand und streichelt mir über die Wange. Ich lächle sie an. Dann rutscht sie zu mir hinüber und haucht mir einen Kuss auf den Mund.

39

Caissy

Entsetzt, als hätte ich ihm eine Ohrfeige anstatt eines Kusses verpasst, weicht Mark zurück. Lieblos packt er meine Hand, die noch immer auf seiner Wange liegt.

»Lass das, Caissy«, raunt er.

»Was hast du?« Verwirrt über seinen harten Tonfall sehe ich ihn irritiert an. »War es gestern Abend nicht einzigartig?«

Er schüttelt den Kopf.

»Nicht?« Ich nehme ihm kein Wort ab. Doch mir ist klar, warum er mich zurückweist. Bestimmt nimmt er mir meine ablehnende Haltung vom Morgen noch übel.

»Ich denke nicht, dass das jetzt der richtige Zeitpunkt für ... du weißt schon wofür, ist. Nicht nach alldem, was heute passiert ist.«

»Für Sex?«, spreche ich schnippisch das Wort aus, das er umgangen hat. »So? Und weshalb entscheidest du, wann der richtige Zeitpunkt dafür ist?«

»Du hast heute einiges erlebt und hast viel zu verarbeiten. Ich weiß nicht ...«

»Ich schon«, antworte ich beharrlich. Ich muss nämlich unbedingt an etwas anderes als an Mutter und Großvater denken. Ich habe das Gefühl, der Boden unter mir bricht auf und verschlingt mich, wenn ich mich nicht ablenke.

»Caissy!« Mark rollt sich von mir weg und setzt sich im Bett auf. »Ich kann das nicht. Ich will das nicht.« Er springt auf und hastet im Zimmer umher. »Noch heute Morgen hast du mich abserviert. Erinnerst du dich?«

»Selbstverständlich. Aber jetzt habe ich es mir eben anders überlegt«, antworte ich trotzig.

»Ich könnte vielleicht damit umgehen, würde da nicht dieser Tag mit all seinen Erlebnissen dazwischenliegen. Das, was du jetzt in diesem Moment brauchst, ist ein Freund. Jemand, der zu dir hält, für dich da ist und dich auffängt, wenn du fällst. Und keinen Liebhaber.«

Das hat gesessen. Obwohl ich mir nicht eingestehen will, dass Mark recht hat, muss ich es insgeheim doch. Ich senke den Kopf.

»Entschuldige bitte, Mark.« Erneut kommt die Erinnerung an den heutigen Tag in mir hoch. Wieder verfalle ich in eine Starre, die mir unheimlich ist.

»Du brauchst dich nicht zu entschuldigen. Ich sehe doch, wie sehr du durch den Wind bist. Glaub mir, Caissy, ich würde nichts lieber tun, als die gestrige Nacht zu wiederholen. Aber nicht unter diesen Umständen. Heute will ich nur ein Freund für dich sein.« Er zwinkert. »Und wenn du morgen immer noch Lust auf mich hast, können wir darüber reden.«

Obwohl mir klar ist, dass ich meinen Schmerz nicht mit Sex betäuben sollte, trifft mich seine Zurückweisung härter, als mir lieb ist. Die Mauer, die Mark langsam durchbrochen hat, baut sich in Sekundenschnelle wieder auf. Ich drehe mich zur Seite und ziehe die Decke über den Kopf.

***

Fast eine Woche ist mein Besuch bei Conor nun her. Nach wie vor fällt es mir schwer, zu akzeptieren, dass Mutter diesen Teil ihres Lebens bewusst vor mir verschwiegen hat. Aber noch mehr hat meine Wut auf Großvater überhandgenommen. Ich fühle mich in seiner Wohnung nicht mehr wohl, habe das Gefühl, dass seine Wände mich erdrücken, dass er mich bei jedem meiner Schritte beobachtet und dabei hämisch lacht. Offensichtlich hat niemand hier in Greenkenny mitbekommen, dass er ein Tyrann war. Augenscheinlich hat er hier allen den Gutmenschen vorgegaukelt.

Nachts schlafe ich kaum und zerbreche mir den Kopf über die unzähligen Puzzleteile, die vor mir liegen, die ich jedoch nicht zusammengesetzt bekomme.

Immer wieder frage ich mich, wie ein Vater sich nicht hinter seine Tochter stellen kann, so wie Mutter es stets bei mir getan hatte. Ich hätte Drogen nehmen, transsexuell sein können oder gar eine Mörderin: Meine Mutter hätte immer zu mir gestanden. Auch wenn sie logischerweise nicht alles gutgeheißen hätte, hätte sie jederzeit alles gegeben, um mir aus der Patsche zu helfen, mich aus dem Gefängnis freizukaufen oder was auch immer.

Mit einem grummelnden Gefühl in der Magengegend, das sich mehr und mehr zu einem Ziehen mit kräftigen Krämpfen entwickelt, bekomme ich die Gedanken nicht mehr aus meinem Kopf. Mittlerweile sind die Schmerzen so stark und dauerhaft, dass ich in der Manufaktur kaum Leistung erbringe.

Am frühen Nachmittag, als die Karamellproduktion für den heutigen Tag erledigt ist, beäugt Mark mich mitleidig. »Willst du dich nicht hinlegen, Caissy? Ich sehe doch, wie du dich quälst.«

Seit unserem Ausflug nach Killarney haben wir nicht mehr über die gemeinsame Nacht gesprochen und sind zu unserem freundschaftlichen Verhältnis zurückgekehrt.

»Ich räume hier alles auf.«

Dankbar nicke ich und stapfe nach oben. Mit einer Wärmflasche verziehe ich mich ins Bett. Ich schließe die Augen und atme tief in den Bauch, dorthin, wo die Wärme sich ausbreitet. Doch an Schlaf ist nicht zu denken. Das Gedankenkarussell dreht sich so schnell, dass mir übel wird. Nebenbei pocht mein Schädel, als hätte ich mir gestern eine komplette Flasche Whiskey hineingekippt. Wenn das so weitergeht, muss ich einen Arzt aufsuchen.

Ich höre, wie die Haustür ins Schloss kracht. Kurz horche ich auf und denke an Mark. Dann fällt mir ein, dass heute Freitag ist. Das muss Eilis sein. Ich seufze. Am liebsten würde ich sie wegschicken.

Sie macht sich sofort an die Arbeit. Ich vernehme das Laufen des Wasserhahns und ihre Schritte, die durch die Wohnung hallen. Nebenbei summt sie ein irisches Volkslied.

Ich presse das Kopfkissen gegen mein Ohr und versuche mich zu entspannen. Es gelingt mir nicht.

Irgendwann öffnet sie, mit einem Staubtuch bewaffnet, die Schlafzimmertür. Abrupt bleibt sie im Rahmen stehen.

»Ach, Sie sind hier, Kindchen?« Sie betrachtet mich eingehend. »Sie sehen miserabel aus.«

»Danke für das Kompliment«, krächze ich.

Obwohl Eilis meist hart wirkt, hat sie nun einen gütigen Ausdruck in ihren Augen. Sie setzt sich an mein Bett und legt ihre Hand auf meine. »Ist etwas passiert?«

»Ich war in Killarney«, antworte ich postwendend.

»O nein!« Sie schlägt sich die Hand vor den Mund. »Was haben Sie dort gemacht?«, fügt sie hinzu. Ich sehe an den Falten, die sich auf ihrer Stirn bilden, dass sie ganz genau weiß, warum ich dort war.

»Ich habe Conor getroffen.«

Sie schluckt und errötet. »W... was hat er Ihnen gesagt?« In ihren Augen spiegelt sich Besorgnis, wenn nicht sogar Panik.

»Er hat mir die ganze Wahrheit erzählt.«

Eilis' Hände zittern. Sie steckt sie nervös in die Tasche ihrer Kittelschürze. Sie will aufstehen, doch ich halte sie am Arm zurück.

»Er hat mir berichtet, dass Großvater Mutter wegschickte, als sie schwanger war.« Ich sehe sie unmissverständlich an. »Und Sie wussten das auch.«

Sie nickt stumm.

»Warum haben Sie mir das nicht gesagt?«

»Es ist Vergangenheit, Kindchen ... Vergangenheit.« Eilis steht auf. Der kurze Anflug von Mitgefühl ist so schnell vorbei, wie er gekommen ist. »Ich mache das

Schlafzimmer am Montag fertig,«, erklärt sie und verschwindet eilig im Flur.

Das Blut rauscht in meinen Ohren. Verdammt! Warum sagt sie mir nicht endlich, was sie weiß? Unruhig wälze ich mich hin und her und wünschte, ich könnte schlafen und alles vergessen.

Am Abend ruft Mark an und erkundigt sich nach meinem Befinden.

»Es geht mir ein wenig besser als am Nachmittag. Danke, dass du nachfragst.«

»Brauchst du noch etwas, Caissy?«, fragt er besorgt.

»Nur Ruhe.« Ich seufze und bin nach dem kurzen Telefonat froh, die Decke wieder über den Kopf ziehen zu können.

Nach einer unruhigen Nacht, in der ich meine Gedanken sortiert habe, nehmen meine Magenschmerzen endlich ab. Und ich habe eine folgenschwere Entscheidung getroffen. Eine, die ohnehin längst fällig war.

40

Mark

»Wie geht es dir heute?«, ist meine erste Frage, als Caissy am Morgen die Küche betritt.

»Besser. Deutlich besser«, antwortet sie, obwohl sie nach wie vor übel aussieht. Beinahe so, als hätte sie die halbe Nacht durchgemacht und schwer gearbeitet. Die dunklen Augenringe verraten sie. Und ihr rotblondes Haar glänzt nicht wie sonst. Es wirkt matt und strähnig.

Stumm betrachte ich sie. Wie gerne würde ich ihr helfen. Sie geht zum Kühlschrank und anschließend zum Küchenschrank und holt einige Zutaten heraus. Mittlerweile ist sie zu einer hervorragenden Karamellbäckerin geworden. Ich bewundere ihre Leidenschaft, die beinahe so groß zu sein scheint wie meine. Routiniert macht sie sich ans Werk.

»Caissy ...«

»Ich muss mich konzentrieren, Mark«, wehrt sie ab und wendet mir den Rücken zu.

In der kommenden Stunde arbeiten wir stumm nebeneinander her und beschränken uns auf knappe Worte.

»Noch etwas Zucker, bitte.« Das Rührgerät im Auge behaltend streckt sie die Hand aus, in die ich die Zuckerdose lege.

»Caissy …«, starte ich einen erneuten Versuch. »Ich möchte dir gerne …«

»Mark, bitte!«, unterbricht sie barsch. »Lass uns hier fertig werden.«

Ich ziehe scharf Luft durch die Zähne und zerknülle das Geschirrtuch in meinen Händen.

Erst nach einem arbeitsreichen Tag, an dem ich zweimal wegmusste, um Bestellungen auszuliefern, setzt Caissy sich hin.

»Nimm bitte Platz, Mark«, fordert sie mich auf.

Ein Hoffnungsschimmer keimt in mir auf. Endlich redet sie mit mir. Lächelnd lasse ich mich auf dem Stuhl ihr gegenüber nieder.

Sie verschränkt die Finger ineinander und löst sie sofort wieder. »Ich muss etwas Wichtiges mit dir besprechen.« Sie klingt ernst und genauso sieht sie mich auch an.

Ich hebe die Augenbrauen und bemühe mich, trotz der Unsicherheit, die sie mit diesem einen Satz in mir ausgelöst hat, locker zu wirken.

Ein Schatten huscht über ihr Gesicht.

»Komm, sag schon, was los ist.« Ich beuge mich ein wenig nach vorne und strecke die Hände nach ihr aus.

Demonstrativ verschränkt sie die Arme vor der Brust, öffnet den Mund und schließt ihn gleich wieder. Die Spannung, die ihre unausgesprochenen Worte in mir auslösen, ist unerträglich.

Nach gefühlt mehreren Minuten sieht sie mich fragend an. »Wollen wir vielleicht zusammen etwas essen gehen?«

»Ist es das, was du mir sagen willst?« *Meine Güte, ich dachte schon ...*

»Nein, aber dem Anlass angemessener«, antwortet sie.

Erneut macht sich ein ungutes Gefühl in mir breit. Früher hätte ich Luftsprünge gemacht, wenn Caissy mit mir den Abend hätte verbringen wollen. Aber heute fühle ich ein unangenehmes Grummeln in der Magengegend. Ich habe den Eindruck, dass das, was sie mir zu sagen hat, nichts Gutes verheißt. Zumindest nicht für mich.

»Ja klar«, krächze ich. »Soll ich dich um sieben abholen?«

»Klingt gut.« Ihr Mund verzieht sich zu einem Lächeln, doch ihre Augen bleiben ausdruckslos.

41

Caissy

Nach dem Essen, das wir überwiegend schweigend zu uns genommen haben, komme ich zum eigentlichen Anlass unserer Verabredung.

Ich wische mir den Mund an der Papierserviette ab und lege meine gefalteten Finger auf dem Tisch ab. Das, was ich Mark zu sagen habe, bereitet mir Kopfschmerzen, doch ich weiß, dass es das einzig Richtige ist.

»Mark …«, beginne ich zaghaft und tadle mich im gleichen Augenblick im Geiste. *Wo ist deine Selbstsicherheit, Caissy? Du bist Steuerberaterin. Knallhart. Also stell dich nicht so an und leg die Fakten auf den Tisch.* Ich richte mich energisch auf. »Du erinnerst dich sicher, dass ich vor wenigen Monaten nach Greenkenny kam, um mir darüber klar zu werden, was mit der Manufaktur geschehen soll.«

Mark nickt und urplötzlich liegt ein Ausdruck in seinen Augen, den ich noch nie bei ihm gesehen habe. Irgendwie traurig, wenn nicht sogar verzweifelt. Dabei kann er nicht ahnen, was ich ihm zu sagen habe. Oder doch?

»Ich habe nun endgültig beschlossen, das Haus inklusive Ladengeschäft zu verkaufen.« Meine Stimme bebt.

Mark schnappt nach Luft. Er schlingt die Arme um seinen Oberkörper, als wolle er sich selbst schützen.

»Du machst also ernst?« Betrübt starrt er auf seine Oberschenkel.

»Ja, Mark«, sage ich leise. »Und ich werde die Manufaktur nicht wie geplant verkaufen, sondern lediglich leere Geschäftsräume.«

»Warum, Caissy? Das macht doch keinen Sinn. Erkläre es mir.«

»Ich habe meine Pläne geändert.«

»Aha. So einfach!« Mark springt auf und stemmt die Arme auf den Tisch. »Warum tust du das?«, fragt er vorwurfsvoll. »Willst du das Lebenswerk deines Grandpas mit aller Gewalt zerstören?«

»So ist es.« Ich hoffe, ich habe mich klar genug ausgedrückt.

»Du bist herzlos«, wirft er mir vor. »Bei seinen eisigen Worten fröstelt es mich.« Er fährt sich über seine muskulösen Oberarme.

»War es nicht dein Ziel, möglichst viel aus dem Laden rauszuholen? Wenn du die Manufaktur nicht als das verkaufst, was sie ist, nämlich eine grandiose Karamellmanufaktur, dann wirst du nur einen Bruchteil daran verdienen.«

»Das ist mir nicht mehr wichtig.« Meine Stimme kippt. »Bitte setz dich wieder«, sage ich in gedämpftem Tonfall und sehe mich im Restaurant um. Die Gäste an den Nebentischen scheinen unsere Unterredung nicht mitzubekommen. Mark nimmt wieder Platz und ich spreche weiter.

»Die Faktenlage hat sich geändert. Mein Großvater war ein Scheusal, wie du ja mitbekommen hast. Und ich bin nicht bereit, das Lebenswerk dieses Mannes weiterzuführen. Die *Old Sullivan Karamellmanufaktur* wird es zukünftig nicht mehr geben und es wird auch nicht nach einem Nachfolger dafür gesucht.«

»Das ist bitter, Caissy«, sagt er heiser und legt stöhnend seine Hand an die Stirn. Seine Augen verdunkeln sich. Es ist ihm anzusehen, dass ich ihm mit meinen Worten einen Faustschlag in die Magengrube verpasst habe.

»Und wann ... wann ist es so weit?«

»So schnell wie möglich. Ich werde noch in dieser Woche einen Makler beauftragen und das Haus zum Verkauf in die Zeitung setzen.«

»Und wie lange willst du produzieren?«

»Vielleicht noch ein bis zwei Monate.«

»Das hast du dir ja großartig ausgedacht.« Der zynische Unterton in Marks Stimme ist nicht zu überhören. »Und hast du dabei auch an mich gedacht?« Er schlägt mit der Faust auf den Tisch.

Die Frau am Nachbartisch zuckt zusammen, widmet sich dann aber wieder ihrem Nachtisch, als ich ihr einen strengen Blick zuwerfe.

»Natürlich habe ich das«, versuche ich ihn zu besänftigen. »Wir produzieren ja noch eine Weile. Damit hast du ausreichend Zeit, dir bis Ende des Sommers einen neuen Job zu suchen.«

»Und bis dahin soll ich Madame Caissy zur Verfügung stehen?« Mark klingt ungewöhnlich hart, was mir einen Stich versetzt.

»Ich dachte, es wäre fair, dich rechtzeitig zu informieren.«

»Ich verliere meinen Arbeitsplatz, Caissy«, blafft er. »Hast du eine Ahnung, was das für mich bedeutet?« Er fährt sich energisch durch die Haare und der Gummi, der sie zusammenhält, rutscht heraus. Seine Haare fallen glatt auf seine Schultern.

»Meine Güte, Mark. Jetzt tust du so, als wärst du danach arbeitslos. Fachkräfte werden überall gesucht. Man wird dir die Arbeitsverträge hinterhertragen.«

Da bin ich mir absolut sicher. Er ist immerhin der beste Mitarbeiter, den man sich wünschen kann.

»Kapierst du es nicht? Darum geht es doch gar nicht.« Mark ist mittlerweile so laut, dass uns die Augenpaare aus sämtlichen Ecken des Lokals beobachten. Er springt auf und wirft die Serviette auf seinen Teller. »Du nimmst mir den Job, den ich so liebe! Meine Leidenschaft! Mein Leben! Du bist eiskalt. Und der herzloseste Mensch auf diesem Planeten!« Mit diesen Worten dreht er sich um und fegt schnellen Schrittes aus dem Lokal.

Ich verharre regungslos auf meinem Stuhl, als wäre ich festgebunden. Die interessierten Augenpaare von eben sind immer noch da. Nun beäugen sie mich mitleidig.

»Die Vorstellung ist vorbei«, raune ich so leise, dass nur ich selbst es hören kann und schnäuze. Ich winke dem Kellner und bitte um die Rechnung. Mit zitternden Fingern krame ich zwischen Lippenstift und Papiertaschentüchern mein Portemonnaie aus der Handtasche und bin wenige Minuten später auf dem Weg nach

Hause. Ich beiße die Zähne aufeinander. Nun ist es entschieden. Mein Leben in Greenkenny neigt sich dem Ende zu. Ich habe eine Entscheidung getroffen, die alles verändert. Für mich, für Mark, für dieses Haus. Ich dachte, nach dem klärenden Gespräch mit ihm würde ich mich besser fühlen. Das Gegenteil ist eingetreten.

Meine Füße sind schwer wie Blei. Nur mit Mühe setze ich einen Schritt vor den anderen. Bin ich wirklich so herzlos, wie Mark behauptet hat? Es musste doch ein Entschluss gefasst werden. Und alles zu verkaufen, was an meinen Großvater erinnert, ist die beste Entscheidung. Warum nur um alles in der Welt fühle ich mich jetzt nicht besser?

***

Schon im Morgengrauen setze ich mich an den Computer im Arbeitszimmer und tippe Marks Kündigung. Bei jedem Wort, das ich verfasse, schmerzt mein Herz. Dieses Dokument hat etwas Endgültiges. Doch es ist ein notwendiger Schritt in meinem Vorhaben. Je eher ich ihm das Schreiben gebe, desto besser. Natürlich tut es mir für ihn leid. Allerdings wäre es nicht fair, ihn im Unklaren zu lassen. Und ich beruhige mich mit der Tatsache, dass wir noch drei gemeinsame Monate vor uns haben. In dieser Zeit kann er sich in aller Ruhe überlegen, wie es für ihn weitergeht. Und wir werden die Schließung der Manufaktur Schritt für Schritt vorbereiten, die Kunden rechtzeitig informieren und das Geschäft zu einem guten Abschluss bringen.

Als ich die Treppe hinuntersteige, an deren Knarzen ich mich längst gewöhnt habe, bin ich angespannt. Wie wird Mark mir heute gegenübertreten?

Ich öffne die Tür zum Laden, doch es ist alles dunkel. Ich schaue auf die Wand mit den unzähligen Uhren. Merkwürdig, normalerweise ist Mark vor mir da, doch es brennt nirgendwo Licht. Ich gehe in die Küche, sehe im Lager nach, doch finde ihn nirgends. Ob er krank ist? Möglicherweise sind ihm meine gestrigen Worte auf den Magen geschlagen. Wäre auch kein Wunder.

Ich bereite alles für den heutigen Tag vor, da entdecke ich einen Brief auf der Arbeitsfläche. Er ist an mich adressiert. Ich drehe ihn um. Er ist von Mark! Mit klopfendem Herzen öffne ich ihn und ziehe ein Dokument mit der Überschrift *Kündigung* hervor. Angespannt lese ich. Er hält seine achtwöchige Kündigungsfrist ein, aber nimmt ab heute sämtliche verbleibenden Urlaubsansprüche und Überstunden in Anspruch. Fein säuberlich hat er mir seine Mehrarbeitsstunden aufgelistet. Ich wusste gar nicht, dass er darüber Buch führt.

In meinem Hals steigt ein Kloß auf, der sich auch nach mehrmaligem Schlucken nicht auflöst. Er lässt mich allein. Er stößt mich völlig vor den Kopf. Damit habe ich überhaupt nicht gerechnet. Wie kann er nur? *Warst nicht du es, die ihn zuerst vor vollendete Tatsachen gestellt hat?*, meldet sich eine leise Stimme in mir. *Ich hatte meine Gründe*, murmele ich, stecke das Papier zurück in den Umschlag und knalle es auf die Arbeitsfläche.

Ich muss mich ablenken. Wenn ich etwas nicht will, dann jetzt darüber nachzudenken, dass Mark nie wieder diese Küche betreten wird. Auch wenn ich das demnächst selbst nicht mehr tun werde, fällt es mir nicht leicht, zu akzeptieren, dass er von einem Tag auf den anderen verschwunden ist.

Ich spanne eine Großpackung Sahne in das Zusatzgerät des Rührgerätes und erhitze diese. In einem weiteren Kessel erwärme ich eine zweite Portion davon. Dann werde ich eben doppelt so schnell arbeiten und allein die zweifache Menge an Karamellen herstellen. Was bleibt mir auch anderes übrig? Zumal ich Daniel ausgerechnet in dieser Woche Urlaub gegeben habe. Auch ihm muss ich noch die bittere Nachricht der Kündigung überbringen.

Ich laufe in der Küche umher, erledige nebenbei noch einiges an Papierkram und bediene die Laufkundschaft. Am späten Nachmittag hänge ich ein Schild an die Tür, das darüber informiert, dass der Laden den restlichen Tag geschlossen ist, denn ich muss die bestellte Ware ausliefern. Ich ächze beim Gewicht der schweren Kartons, die ich nur mit Mühe in den Lieferwagen hieve. Ich glaube, dieser Tag heute fordert mich wie kein anderer. Doch ich komme auch ohne Mark zurecht. Wenn er gehen will, halte ich ihn nicht auf.

Der Kloß, der sich den ganzen Tag über hartnäckig in meinem Hals gehalten hat, löst sich am Abend allmählich auf. Stattdessen habe ich nun ein gewaltiges Magengrummeln. Mittlerweile ist mir klar, dass ich noch einmal mit Mark reden muss. Ich lasse mir sein Verhalten nicht bieten. Und das werde ich ihm unmissverständlich mitteilen. Meine Kündigung ihm gegenüber war unausweichlich, aber es ist mehr als unfair, sich einfach ohne Vorwarnung aus dem Staub zu machen.

Nach einem schnellen Abendessen und einer noch schnelleren Dusche stehe ich um kurz nach sieben vor seinem Haus. Hoffentlich rastet er nicht so aus, wie bei meinem letzten Besuch.

42

Mark

Nach dem Abendessen stelle ich den Suppenteller in die Spülmaschine und wasche mir die Hände. Da klingelt es an der Haustür. Ohne mir Gedanken zu machen, wer um diese Uhrzeit noch bei mir vorbeischaut, öffne ich die Tür.

»Caissy!« Eigentlich hätte mir klar sein sollen, dass sie hier auftaucht. Ihr Gesichtsausdruck ist wutentbrannt.

»Ich habe mit dir zu reden.« Ohne dass ich sie hereinbitte, schiebt sie sich an mir vorbei und drängt sich in mein Wohnzimmer.

»Hey, hey, mal langsam!«, blaffe ich. »Hast du vergessen, dass ich nichts von unangekündigten Besuchen halte?«

»Das ist mir egal«, faucht sie. »Was fällt dir ein?« Ihre Augen blitzen.

»Setz dich«, sage ich tonlos und nehme ihr gegenüber Platz. Ich lege lässig ein Bein auf das andere. Auch wenn ich äußerlich locker wirke, ist jede Faser meines Körpers angespannt.

Sie kramt in ihrer Handtasche, zieht mein Kündigungsschreiben hervor und knallt es auf den Tisch. »Was soll das?«

»Das soll bedeuten, dass ich kündige«, antworte ich so ruhig, wie es mir aufgrund der gegenwärtigen Situation möglich ist.

»Das weiß ich selbst.«

»Sprich bitte etwas leiser.«

»Wie könnte ich das, bei dem, was ich hier lesen muss?« Sie tippt mit dem Finger mehrfach auf das Schriftstück.

Ich seufze. »Was erwartest du?«

»Dass du mit mir sprichst, bevor du so einen Mist verfasst.«

»Ach ja?« Ich blase Luft durch die Zähne. »So wie du mit mir? Soweit ich mich erinnere, hast du mich gestern ebenfalls vor vollendete Tatsachen gestellt.«

»Aber ich habe dich nicht von einem Tag auf den anderen rausgeworfen.«

»Was ohnehin nicht ginge. Schon mal was von Kündigungsfrist gehört?«

»Genau aus diesem Grund habe ich fairerweise gesagt, dass wir noch zwei bis drei Monate produzieren.«

Ich schaffe es nicht, sitzen zu bleiben und springe auf. Unruhig gehe ich im Wohnzimmer auf und ab. »Was ist denn daran fair? Es stand bisher doch gar nicht fest, ob du wirklich verkaufst.«

»Natürlich! Das war für mich von Anfang an klar«, behauptet sie knallhart.

»Und wenn schon. Du hättest es dir in dem Jahr auch anders überlegen können.«

Sie lacht hämisch auf. »Hast du allen Ernstes geglaubt, ich würde mein Leben lang in Greenkenny versauern?«

»Herrgott, ist es hier so schlimm?«

»Nein, aber ich bin Münchnerin und selbst wenn du dir etwas anderes zusammengesponnen hast ... mein Plan war immer, nach einem Jahr wieder von hier zu verschwinden.«

»Ach, ist auch egal ...« Ich ziehe energisch Luft durch die Nase. »Auf jeden Fall hätte keine deiner ursprünglichen Varianten bedeutet, dass ich meinen Job verliere.« *Du bist eine eiskalte, berechnende Frau*, möchte ich am liebsten hinzufügen, halte mich jedoch gerade noch zurück.

Caissy steht nun ebenfalls auf und macht einen Schritt auf mich zu. Sie sieht mich versöhnlich an. »Du kennst doch meine Beweggründe. Ich kann die Manufaktur nicht mit dem Wissen weiterführen, dass mein Großvater ein Monster war.« Ihre Stimme ist nun deutlich sanfter.

»Er war der gütigste Mensch, den ich kenne.« Das war er wirklich. Ich kann und will es nicht glauben, dass er ein Tyrann war. Doch es muss etwas Wahres dran sein. Conor wird Caissy sicher nicht belogen haben. Dennoch habe ich Magenschmerzen, wenn ich daran denke, wie es Old Sullivan ginge, wenn er wüsste, was Caissy vorhat. Bestimmt würde er sich im Grab umdrehen.

»Ich finde, ich bin es meiner Mutter schuldig, dass ich das alles hinter mir lasse, dass ich dieses Haus, diese Manufaktur verkaufe. Nichts soll mehr an meinen

Großvater erinnern.« Ihre Worte klingen hart und verbittert. Beinahe habe ich Mitleid mit ihr. Doch meine Wut ist stärker.

»Wenn du nicht willst, dass zukünftig etwas an deinen Grandpa erinnert, musst du mich auch komplett aus deinem Leben streichen.«

Irritiert sieht sie mich an. Ich warte schon darauf, dass sie mir sagt, dass ich nie Teil ihres Lebens war. Ich schlucke hart. »Ich mache dir einen Vorschlag, Caissy.«

»Welchen?« In ihren Augen erkenne ich ein Fünkchen Hoffnung. Sie faltet die Hände und lässt sie nach unten hängen.

»Du unterschreibst mir hier auf dieser Kündigung, dass wir das Arbeitsverhältnis sofort und im gegenseitigen Einvernehmen beenden. Im Gegenzug schenke ich dir meine restlichen Urlaubstage samt Überstunden.« Ich kratze mich am Kopf. »Damit ist uns beiden geholfen. Du hast wieder etwas, das du abhaken kannst und ich bin frei, mir einen neuen Job zu suchen und mein Leben neu auszurichten.«

Ich könnte sofort woanders anfangen. Zu Hause zu hocken und darauf zu warten, dass die kommenden Monate vergehen, macht mich schon nach einem einzigen Tag wahnsinnig.

Sie stampft zum Tisch. »Na gut, wenn du unbedingt willst.«

Ich wette, sie rechnet in ihrem hübschen Köpfchen bereits die Lohnersparnis aus, die ihr die geschenkten Stunden einbringen. Aus der Schublade des Sideboards krame ich zwischen Kassenbons und Werbeprospekten nach einem Kugelschreiber. »Hier, bitteschön.«

Während sie schreibt, liest sie laut mit: »Hiermit wird vereinbart, dass das Arbeitsverhältnis mit dem heutigen Tag im gegenseitigen Einvernehmen endet. Alle etwaigen Ansprüche sind damit abgegolten.« Auf ein weiteres leeres Papier kritzelt sie den gleichen Text erneut. Dann fügt sie Datum und ihre Unterschrift hinzu und reicht mir den Kugelschreiber. Rasch unterschreibe ich, ohne darüber nachzudenken, dass ich ab morgen weder Job noch Einkommen habe. Doch für mich ist dieser harte Schlussstrich das einzig Vernünftige.

»Dann ist die Sache zwischen uns erledigt«, sagt Caissy zum Abschluss und reicht mir eines der unterschriebenen Papiere.

»So ist es. Ich wünsche dir alles Gute für den Verkauf und dein weiteres Leben.« Ich gehe voraus zur Haustür und halte sie auf. Auch wenn ich mich äußerlich im Griff habe, merke ich, wie sich ein Stein auf meine Brust gelegt hat. »Auf Wiedersehen, Caissy«, sage ich eisig.

»Auf Wiedersehen, Mark.« Sie hält kurz inne. Ihr Blick streift meine Konturen, als ob sie jeden Zentimeter meines Gesichts in Erinnerung behalten wollte. Dann rauscht sie durch die Tür.

Kaum ist sie draußen, schließe ich die Tür hinter ihr und schlurfe zurück ins Wohnzimmer. Sofort überkommen mich Zweifel. Habe ich mit meiner Kündigung überreagiert? Und hätten wir noch eine Nacht darüber schlafen sollen, bevor wir einen Auflösungsvertrag unterschreiben? Nein, ich denke, es war richtig so. Je schneller ich mit der Manufaktur und mit Caissy abschließe, desto besser.

Im Wohnzimmer hole ich mir eine Flasche Whiskey aus dem Schrank und schenke mir ein Glas ein. Noch immer bin ich es nicht gewohnt, Alkohol zu trinken. Vielleicht sollte ich es wieder sein lassen. Dennoch kippe ich das Getränk in meine Kehle. Das Brennen des Whiskeys, das sich nicht nur in meinem Hals, sondern im gesamten Brustkorb breitmacht, nimmt ein wenig die Last des Steines, der mich nach wie vor zu erdrücken scheint.

43

Caissy

Wir schließen die Karamellmanufaktur und danken unseren Kunden für die langjährige Treue.

Fest entschlossen, das Richtige zu tun, hänge ich das Papier, das ich am Computer vorbereitet habe, an die Ladentür, sodass es von außen gut sichtbar ist. Mittlerweile hat es sich herumgesprochen, dass ich das Haus verkaufe. In den vergangenen Tagen kamen vermehrt neugierige Kunden in den Laden, die vorgaben, nur mal schauen zu wollen, oder ein kleines Geschenk für ihre Lieben suchen würden. Alle, ausnahmslos alle, haben mich früher oder später darauf angesprochen, ob es stimmt, was in Greenkenny Stadtgespräch Nummer eins ist. Von sämtlichen Seiten höre ich Bedauern, aber auch Tadel. Die Leute halten sich nicht mit ihrer Meinung zurück. Wie ich meinem Großvater das nur antun könne, werde ich gefragt. Oder ob ich denn nur an mich denken würde. Deshalb habe ich entschieden, den Laden zwei Wochen früher als geplant dichtzumachen. Ich halte diese lästigen Blicke, das Tuscheln hinter meinem Rücken, aber auch die direkte Konfrontation nicht mehr aus. Am liebsten würde ich schon heute nach München zurückkehren. Doch ich habe noch einen dermaßen großen Berg Arbeit vor mir, dass ich momentan nicht weiß, ob ich ihn jemals überwinden werde. Die Wohnung muss ausgeräumt werden. In den vergangenen Monaten hatte ich mich zwar hier eingerichtet, aber die Räume sind nach wie vor voll mit Großvaters Möbeln, Geschirr und Dekorationsartikeln. Allein für das Abhängen und Verstauen der ganzen Uhren an der Wand werde ich Stunden brauchen. Und auf dem Dachboden stehen bestimmt an die zwanzig Kisten herum, das alte Fahrrad und die ausrangierten Küchengeräte. Vielleicht sollte ich eine Entrümpelungsfirma beauftragen. Doch zuvor muss ich zumindest meinen privaten Kram einpacken und über alles einmal drüberschauen.

Die Vorfreude auf meine Rückkehr nach Deutschland hält sich in Grenzen. Denn sobald ich zurück bin, wartet ein weiteres Projekt auf mich: meine eigene Kanzlei. Erneut muss ich mich auf die Suche begeben und Energie hineinstecken. Die vor mir liegende Arbeit scheint mich zu erdrücken. Gott sei Dank drängt mich zumindest mein Job nicht, jetzt schon nach München zurückzukehren. Ich werde in aller Ruhe einen Schlussstrich unter Greenkenny ziehen.

***

In den kommenden Tagen widme ich mich dem Ausräumen der Manufaktur. Große Teile kann ich ohnehin nicht alleine tragen. Zum Glück hat Daniel sich bereiterklärt, mir zu helfen. Sämtliche Kleinteile verpacke ich in Kisten, die ich mir bei *Barnes*, dem örtlichen Gemischtwarenladen, gekauft habe. Mit einem dicken schwarzen Stift beschrifte ich sorgfältig jeden Karton.

Die Geräte und Maschinen, die in der Küche stehen, biete ich telefonisch einigen Manufakturen im Umkreis von dreihundert Kilometern an, doch es scheint kein Interesse daran zu bestehen. Alle seien bestens ausgestattet, wie sie mir beteuern. Dann gebe ich eine Onlineanzeige in einem Kleinanzeigenportal auf, in dem ich die wertvollsten Teile näher beschreibe. Hoffentlich meldet sich jemand. Ich kann das alles hier doch unmöglich verschrotten lassen.

Während ich aufräume, Kisten verpacke und saubermache, schießt mir ständig Mark in den Sinn. Ich denke an unsere gemeinsamen Stunden in dieser Küche. Wir haben gestritten und uns wieder vertragen. Sein Lachen und die ewig gute Laune, selbst wenn mal etwas schiefging, waren einmalig. Auf ihn war immer Verlass, er war der beste Mitarbeiter, den man sich wünschen konnte. Ich seufze. Dann kommt mir unsere Reise nach Killarney in den Sinn. Und die gemeinsame Nacht. Auch wenn wir danach auf Abstand gegangen waren, wird mir jedes Mal warm ums Herz, wenn ich mich daran erinnere. Und wenn ich abends im Bett liege und die Nacht Revue passieren lasse, fliegt schon mal der eine oder andere Schmetterling durch meinen Bauch. Kurz denke ich darüber nach, ihm zu sagen, dass diese Nacht nicht bedeutungslos für mich war. Nachdem wir nun keine geschäftliche Beziehung mehr zueinander haben, spräche nichts mehr gegen eine offizielle Liebesbeziehung. Meine Güte, was spinne ich mir da für einen Blödsinn zusammen? Das ist doch alles absurd. Es ist gut so, wie es ist. Mark wird seinen Weg gehen und ich meinen. Wir werden uns nie wieder über den Weg laufen.

Wie ich mich nach dem leckeren Kaffee bei *Barmüllers* in der Feldmochinger Straße sehne. Sie brühen eindeutig den besten. Und ich vermisse meinen Job, die Kanzlei und meine Kollegen. Ja, sogar die nervenden Mandanten fehlen mir. Mein Innerstes meldet sich mit einem stechenden Schmerz in der Brust zu Wort und weist mich darauf hin, dass ich auch Greenkenny vermissen werde. Die Tage in der Manufaktur … Mark. Verdammt, ich denke schon wieder an ihn …

44

Mark

Zwei Wochen ist es nun her, seit Caissy und ich den Aufhebungsvertrag unterschrieben haben. Spätestens an diesem Tag ist mir klar geworden, dass nichts im Leben ein sicheres Fundament hat. Wenn ich geglaubt hatte, in der Manufaktur alt zu werden, so hat Caissy mich binnen einer Sekunde eines Besseren belehrt. Wie konnte ich nur so naiv annehmen, dass sie die Manufaktur behält. Ja, dieser Gedanke war dumm von mir. Und noch dümmer war es, dass ich uns zusammen als glückliches Paar sah. Denn von Anfang an hat sie mir immer wieder klargemacht, dass nichts aus uns werden kann. Wie konnte ich nur denken, sie ließe sich mit ihrem Angestellten ein? Sie schwebt doch mindestens zehn Stockwerke über mir. Nach der leidenschaftlichen Nacht in Killarney ... *Schluss jetzt!*, ermahne ich mich. Warum kriege ich sie nicht aus dem Kopf?

Glücklicherweise nimmt die Wut auf sie langsam überhand. Egal, was ihr Grandpa für ein Mensch war, es gibt ihr noch lange nicht das Recht, mich die Konsequenzen spüren zu lassen. Wie konnte sie die Manufaktur nur schließen? Jeden Morgen wache ich auf und hoffe auf einen bösen Traum. Doch es ist keiner, sondern bittere Realität.

Egal! Mein Leben muss weitergehen und das wird es auch. Ich habe schon einmal beinahe zugelassen, dass es von einer Frau zerstört wird. Ich denke an Bonny und schlucke.

Glücklicherweise habe ich innerhalb einer Woche einen neuen Job gefunden.

»Mark, bringst du bitte die frischgebackenen Brote in den Verkaufsraum?«, ruft Mick mir aus der Backstube zu.

»Schon unterwegs.« Ich laufe in den bis zur Decke gefliesten Raum und packe so viele Brote auf die Arme, wie ich tragen kann.

»Du machst dich gut, Junge.« Er zwinkert.

»Danke, Chef.«

»Es ist, als hättest du schon immer bei uns gearbeitet. Ich wusste, dass es goldrichtig ist, dich einzustellen. Der Junge kann anpacken, habe ich meiner Kelly gesagt.«

»Danke, Chef«, wiederhole ich meine Worte von eben und trage die Brote nach draußen. Die Glocke der Ladentür bimmelt. Ich sehe auf.

»Mark!« Caissy bleibt vor Schreck im Türrahmen stehen, als sie mich erblickt. »Was machst du hier?«

Ich bin nicht weniger perplex, obwohl mir hätte klar sein müssen, dass sie eines Tages hier aufkreuzt. In mir verkrampft sich alles, während ich die Brote in die Auslage schichte. »Blöde Frage«, raune ich und vermeide den Blickkontakt. »Ich arbeite hier, was sonst? Ich wurde gekündigt. Du erinnerst dich?«

»Wir haben uns im gegenseitigen Einvernehmen getrennt. Vielleicht solltest du dich mal daran erinnern«, knallt sie mir spitz entgegen.

»Ach, ist doch auch egal.« Ich nehme jedes Brot ein weiteres Mal in die Hand und positioniere es anders. Nur um sie nicht ansehen zu müssen.

Nachdem sie sich keinen Millimeter vom Fleck rührt, richte ich mich auf. »Womit kann ich dienen?« Ich wische meine mehligen Finger an der Bäckerschürze ab.

»Ich hätte gern eines der Sodabrote dort drüben.«

Wortlos packe ich das Brot in die Papiertüte und reiche es ihr über den Tresen. »Zweineunzig macht das bitte.«

Sie kramt in ihrem Portemonnaie und ich meine wahrzunehmen, dass ihre Finger leicht zittern. »Hier, bitteschön.«

Ich nehme das Geld entgegen, sehe ihr kurz in die Augen und entdecke dunkle Schatten. Viel Schlaf scheint sie sich in letzter Zeit nicht gegönnt zu haben.

»Angenehmen Tag noch«, sage ich und gehe ohne ein weiteres Wort wieder nach hinten in die Backstube. Ich ertrage es keine Sekunde länger, mit ihr im Verkaufsraum zu stehen. Schwer atmend lehne ich mich an die Wand.

»Was ist los, Junge?«, fragt Mick und schichtet erneut Brote auf meine Arme.

»Nichts!«, antworte ich barsch. »Nichts, was von Bedeutung wäre.«

45

Caissy

Heute nehme ich mir den Dachboden vor. Es ist einige Wochen her, seit ich hier oben gewesen bin. Doch ich muss ihn endlich ausräumen. Schließlich kann ich einem etwaigen Käufer nicht den ganzen Krempel überlassen.

Ich steige die knarzenden Holzstufen nach oben und öffne die schwere Tür. Es ist modrig und stickig. Kurz halte ich die Luft an. Dann trage ich die großen Teile wie Küchengeräte, das verrostete Fahrrad und einige der Kisten, die ich schon durchgesehen hatte, an den Rand des Treppenhauses. Ich stöhne unter der Last. Wie soll ich das alles nur nach unten bekommen? Es ist viel zu schwer. Dennoch schaffe ich den Großteil tatsächlich mit letzter Kraft die Stufen hinunter. Der Schweiß rinnt mir über den Rücken und ich bin völlig außer Puste. Den Schrott hieve ich unter größter Anstrengung in den Kofferraum des Lieferwagens und bringe ihn zum Schrotthändler. Die uralten Papiere, die ich für nicht mehr wichtig halte, zerreiße ich sorgfältig und fahre sie zum Papiercontainer.

Die Arbeit nimmt kein Ende und allmählich frage ich mich, wie ich es nur alleine schaffen soll, hier alles leerzuräumen.

Am Abend bin ich völlig erledigt und plumpse auf die wuchtige Holztruhe, die vor dem Bett im Schlafzimmer steht. Miss Doyle steckt ihr Köpfchen durch die Tür und schleicht herein. Mit einem Satz ist sie auf meinem Schoss. Zärtlich streichle ich ihr warmes Fell.

»Was mache ich nur mit dir?« Sie miaut. »Willst du mit nach München kommen?« Zugegeben würde es mir schwerfallen, Miss Doyle in Greenkenny zurückzulassen. Selbst wenn sie in gute Hände käme. »Sei froh, mein Kätzchen, dass du von dem Drama zwischen Großvater und Mutter nichts mitbekommen hast.« Zur Bestätigung stupst sie ihre Nase gegen meinen Unterarm. Eine seltsame Wehmut umgibt mich und obwohl Miss Doyle bei mir ist, fühle ich mich einsam.

Der Deckel unter meinen Hintern knarzt. Miss Doyle und ich springen gleichzeitig auf. Okay, dann mache ich eben hier weiter. Ich öffne die Truhe und erblicke die Tischdecken, die ich schon bei meiner Ankunft entdeckt hatte. Ich atme tief ein, laufe in die Küche und hole einen großen Müllsack. Ich packe den Stapel Tischdecken und verfrachte sie in den Sack.

Was liegt denn da ganz unten? Ich runzle die Stirn. Das sind ja Briefe. Warum um alles in der Welt hat Großvater Briefe aufgehoben? Da es mich nichts angeht, was darin steht, werde ich sie entsorgen. Es käme mir dreist vor, sie zu lesen, selbst wenn Großvater mir mittlerweile egal ist.

Doch dann stocke ich, als ich einen davon zwischen den Fingern wende. Auf diesem hier steht Mutters

Name und unsere ehemalige Adresse in München. Ich stutze. Angespannt blättere ich durch den Stapel. Auch alle anderen sind an sie adressiert. Aber warum sind sie hier? Eine Nanosekunde später habe ich die Antwort. Sie sind mit einem Rücksendestempel versehen und wieder hier gelandet. Sämtliche Briefe sind verschlossen. Hat Großvater meiner Mutter Briefe geschickt, die sie ungelesen an ihn zurückgesendet hat? Es muss so sein. Ich nehme den Stapel an mich und bringe ihn zum Esstisch. Zunächst sortiere ich sie nach Datum, was nicht besonders schwer ist, da ich schnell herausfinde, dass der älteste ganz unten und der neueste oben liegt.

Obwohl es sich seltsam verboten anfühlt und ich weiß, dass die Briefe nicht für mich bestimmt sind, hole ich aus der Küche ein Messer. Mit einem Ratschen ist der Erste geöffnet. Mit zitternden Fingern falte ich das modrig riechende Papier auseinander. Habe ich nicht ein Recht darauf, zu erfahren, was darin steht? Immerhin bin ich die Erbin von beiden. Mit aufeinandergepressten Lippen beginne ich zu lesen.

Liebe Maggie,
ich weiß, dieser Brief kommt Jahre zu spät und ich habe lange überlegt, ob ich dir schreiben soll. Doch du musst wissen, was ich dir zu sagen habe. Ich bin sehr traurig, dass du jedes Mal auflegst, wenn ich bei dir anrufe. Aber wer könnte dir das verdenken? Ich jedenfalls nicht. Immerhin war ich es, der dich fortgeschickt hat. Mittlerweile weiß ich nicht mehr, was in mich gefahren war. Deine Schwangerschaft vor drei Jahren hatte mich so erschüttert, dass ich nicht mehr klaren Verstandes war. Doch je mehr Jahre ins Land ziehen, desto mehr denke ich an dich und die kleine Caissy.

Ein eiskalter Schauer jagt mir über den Rücken, als ich meinen Namen lese.

Ja, ich habe herausgefunden, wie sie heißt. Sie müsste mittlerweile zwei Jahre alt sein und ich frage mich, ob du ihr von ihrem Großvater erzählt hast. Wahrscheinlich nicht. Maggie, ich möchte mich bei dir entschuldigen. Das, was ich getan habe, ist unverzeihlich. Leider ist mir das erst spät klargeworden. Ich vermisse dein lebhaftes Wesen und dein Lachen. Es vergeht kein Tag, an dem ich nicht an dich und die kleine Caissy denke. Meinst du, dass du uns noch eine Chance geben kannst? Dürfte ich dich und meine Enkelin besuchen?
Alles Liebe, dein Daddy

Ohne Vorwarnung entfährt mir ein Schluchzer und mein Körper beginnt zu beben. Tränen schießen in meine Augen. Tränen, die ich so viele Jahre zurückgehalten habe. Ich klammere mich an den Brief wie an einen Rettungsring, der verhindert, dass ich im tiefen Meer ertrinke. Warum ist der Brief hier und warum hat Mutter ihn offensichtlich nie gelesen?

Ich sacke in mich zusammen und greife nach dem nächsten. Großvater schreibt, wie weh es ihm tut, dass Mutter den ersten Brief ungeöffnet zurückgesendet hat. Damit habe ich die Antwort auf meine Frage. Er erklärt erneut, wie leid ihm alles tut. Wieder bittet er sie um ein Treffen.

Ich schnappe nach Luft und atme schwer. Die Tränen fließen weiterhin unaufhörlich über meine Wangen. Ich wische sie mit dem Handrücken weg. Dieser Augenblick ist, als hätte mir jemand mein Herz aus der Brust gerissen. Großvater hat Mutter um Verzeihung gebeten! Wie schwer muss es für ihn gewesen sein, dass sie seine Entschuldigung nicht annahm? Aber auch mit ihr habe ich Mitleid. Wie sehr muss sie Großvaters Handeln verletzt haben, dass sie nie wieder etwas mit ihm zu tun haben wollte? Nicht mal, als er bereute, was er tat, wovon sie nichts wusste. Denn sie hat seine Briefe ja nie geöffnet.

Der Stein, der sich auf meine Brust gelegt hat, droht mich zu erdrücken. Ich bekomme kaum Luft. Noch immer bebt mein Körper bei jedem Schluchzer. Es macht mir Angst, denn ich kenne es nicht mehr, Gefühle zuzulassen. Ich brauche dringend eine Pause. Ich schiebe die gelesenen Briefe zur Seite und gehe in die Küche. Dort koche ich mir ein Irish Stew zum Abendessen. Während das Gemüse im Topf kocht, rattert es unentwegt in meinem Kopf. Eine tiefe Traurigkeit umgibt mich. Ich sehe aus dem Fenster. Es gießt aus Eimern. Der Himmel ist wolkenverhangen und trüb, wie meine Stimmung. Gerade jetzt würde ich gerne mit jemandem sprechen. Doch da ist niemand. Wieder einmal wird mir bewusst, dass ich seit einer quälend langen Zeit auf mich gestellt bin. Ich muss alleine mit all dem Schmerz klarkommen und sämtliche Entscheidungen ohne den weisen Rat einer mir nahestehenden Person treffen. Doch was mir nun unweigerlich klar wird: Großvater war nicht der Tyrann, den ich mir nach dem Besuch bei Conor ausgemalt habe. Okay, er war zeitweise einer, aber er hat den Fehler, den er gemacht hat, zutiefst bereut. Nun kann ich wieder verstehen, warum die Leute hier in Greenkenny ihn so mochten. Er ist nur eine Zeit lang vom richtigen Weg abgekommen. Ich muss mir eingestehen, dass auch ich Fehler mache. Aber wenn man etwas falsch macht, hat man alle Chancen, es wiedergutzumachen. Und das hatte Großvater versucht. Wie tragisch, dass Mutter die Briefe nie geöffnet hat. Für mich sind sie wie Balsam auf meine Seele. Und ich vermute, auch Mutter hätte es gutgetan, zu wissen, was darin steht.

Nach dem Abendessen öffne ich den nächsten Brief. Bei jeder Zeile, die ich lese, rückt mein Großvater wieder ein Stück näher in mein Herz. Doch in gleichem Maße schiebt sich auch der verdrängte Schmerz in meinem Inneren an die Oberfläche. Ohne dass ich es verhindern kann, laufen erneut heiße Tränen über meine Wangen. Ich verbiete sie mir nicht, sondern lasse alles heraus, was sich über die Jahre in mir angestaut hat. Dicke Tropfen kullern auf den Brief in meiner Hand und ich bin froh, dass Großvater ihn nicht mit Tinte verfasst hat.

... hoffe ich jedes Mal, dass du mir antwortest ... erdrückt mich die Last, die ich tragen muss ...

Ich kann die Sehnsucht und Trauer förmlich fühlen, die Großvater verspürt haben muss, als Mutter nicht reagierte. Im Schein der Stehlampe lese ich weiter. Als ich endlich alle Briefe durchhabe, die etwa ein Jahr später enden, halte ich es hier drinnen nicht mehr aus. Ich blicke aus dem Fenster. Der Regen hat aufgehört, also schnappe ich meine Jacke vom Kleiderhaken und haste hinunter auf die Straße. Wie in Trance gehe ich im Laufschritt den Gehsteig entlang, schiebe mich an einem alten Mann mit Rollator vorbei und entschuldige mich, als ich beinahe mit einer älteren Dame mit wehender Lockenpracht zusammenstoße, die ihre Abendrunde dreht. Nach wenigen Minuten habe ich den Klosterfriedhof erreicht und komme außer Atem vor Großvaters Grab zum Stehen.

»Ich verzeihe dir«, platzt es aus mir heraus und ich sinke auf die Knie. Ich zupfe das Unkraut vom Rand der Grabumfassung. Liebevoll streiche ich über den Stein und habe dabei das Gefühl, meinem Großvater so noch näher sein zu können.

»Ich weiß, jeder Mensch macht Fehler, doch du hast deinen bereut«, sage ich schniefend.

Sofort denke ich an Mark und daran, wie unfair ich ihn behandelt habe. Ich schiebe den Gedanken beiseite, denn ich bin schließlich nicht seinetwegen, sondern wegen Großvater hier. Ich streiche weiter über den kühlen Stein.

»Du hattest ein gutes Herz und ich bedauere es so, dass wir uns niemals kennengelernt haben.«

Wie bei einem erneuten Regenschauer bedecken meine Tränen den Stein und färben ihn in dunklen Glanz. Mein Körper bebt. Der Schmerz in mir nimmt Überhand. Ich schluchze laut, ohne Rücksicht darauf, dass mich jemand sehen könnte. Es ist mir egal, was andere über mich denken. Doch zu dieser späten Stunde bin ich ohnehin allein auf dem Friedhof.

Als ich Großvater alles gesagt habe, was mir auf dem Herzen lag, beruhige ich mich etwas und setze mich auf die Bank, die regengeschützt, unweit des Grabes, am Rand der Friedhofsmauer steht. Von dort aus habe ich weiterhin einen wunderbaren Blick auf das Grab. Allmählich kehrt eine friedliche Ruhe in mir ein. Die Tränen versiegen und ich genieße die Stille. Erst als es stockfinster ist, kehre ich in die Wohnung zurück. Ich lächle. Auf einmal ist es, als wäre ich nicht mehr allein. Bei jedem Schritt spüre ich Großvater und Mutter um mich herum und mir scheint, als hätten die beiden dort oben im Himmel Frieden miteinander geschlossen. Irgendwie glaube ich fest daran.

***

Ich muss mit jemandem sprechen. Conor scheint mir für diese Belange genau die richtige Person zu sein. Also habe ich kurzerhand beschlossen, nach Killarney zu fahren. Bereits am frühen Morgen bin ich aufgebrochen, um heute noch zurück nach Greenkenny fahren zu können.

»Wie schön, dass Sie mich besuchen, Caissy.« Conor ist über meinen Überraschungsbesuch sichtlich erfreut und schließt mich in die Arme, als wäre ich seine verloren geglaubte Tochter. »Unser Gespräch hat mich noch lange beschäftigt.« Er bittet mich in sein Wohnzimmer und wie beim letzten Mal stellt er Kekse und Tee bereit.

Nicht mehr ganz so angespannt wie bei meinem vergangenen Besuch setze ich mich auf den Stuhl ihm gegenüber und streiche mit den Händen über die gehäkelte Tischdecke auf dem Holztisch.

Conor wirkt auch deutlich entspannter und lächelt zufrieden. »Erzählen Sie, Caissy, wie ist es Ihnen ergangen?« Er verschränkt seine faltigen Finger ineinander und legt sie in den Schoß.

»Nach meinem Besuch hier war ich ziemlich aufgewühlt«, berichte ich und gestehe ihm, wie sich Großvaters Bild durch seine Erzählungen für mich gewandelt hatte. »Ich konnte es einfach nicht ertragen, dass Großvater so hart zu Mutter war und sie fortgeschickt hat.«

»Es tut mir leid, Caissy, dass ich dazu beigetragen habe, dass sich Ihre Meinung über John derart verändert hat.« Er lässt die Mundwinkel hängen. Ich spüre, dass er es wirklich bedauert.

»Nein«, entgegne ich mit gefestigter Stimme. »Es war wichtig, dass ich die Wahrheit erfahren habe. Immerhin gehört das alles zu meiner Geschichte. Ich hatte immer ein seltsames Gefühl, wenn ich mit Mutter darüber sprach, dass wir überhaupt keine weiteren Verwandten haben. Sie wirkte jedes Mal angespannt, aber ich konnte ihre Stimmung nicht greifen. Endlich weiß ich, was wirklich passiert ist.« Ich seufze. »Und aufgrund dessen habe ich eine folgenschwere Entscheidung getroffen.«

Conor hört mir aufmerksam zu und nippt zwischendurch an seinem Tee.

»Ich habe die Manufaktur geschlossen und das gesamte Haus zum Verkauf angeboten.«

»Nein!« Conor schlägt sich die Hand vor den Mund.

»Allerdings habe ich mittlerweile noch mehr herausgefunden und mein Puzzle vervollständigt sich allmählich.« Ich erzähle von den Briefen, die Großvater an meine Mutter schrieb. »Es gibt etwa zwei Dutzend davon. Doch dann endeten sie abrupt.«

»Seltsam«, findet Conor und verzieht den Mund zu einem Strich. »Aber vielleicht hat John ja aufgegeben, weil, wie Sie sagten, alle Briefe ungeöffnet zurückkamen.«

»Ja, möglicherweise. Doch warum hat Großvater, nachdem der letzte Brief geschrieben war, einen Dauerauftrag für meine Mutter eingerichtet? Ich finde darauf einfach keine Antwort. Haben Sie vielleicht nicht doch eine Idee?«

»Leider nicht. Merkwürdig. Haben Sie schon mit Eilis gesprochen?« Seine Augen bekommen einen seltsamen Glanz, als er ihren Namen ausspricht.

Ich blase Luft durch die Zähne. »Pff!« Dabei verdrehe ich die Augen. »Eilis! Die ist total verschwiegen. Ich habe es mehr als einmal versucht, mit ihr zu sprechen. Es scheint beinahe so, als wäre Killarney ebenfalls ein Ort, den sie lieber aus ihrem Gedächtnis streichen würde.«

»Vielleicht sollten Sie es doch noch einmal versuchen. Nennen Sie ihr Ihre Beweggründe und machen Sie ihr klar, wie wichtig es für Sie ist, dass Sie die Wahrheit erfahren«, bestärkt Conor mich. »Und richten Sie ihr bitte liebe Grüße von mir aus, hören Sie?«

***

Zögernd streife ich durch die Küche der Manufaktur. Die meisten Backutensilien habe ich bereits in Kisten verpackt. Selbst das monströse Rührgerät steht draußen im Lager. Doch der alte Kessel, den Mark so geliebt hat, ist wieder an seinem ursprünglichen Platz. Sicher würde er sich darüber freuen. Doch bald werde ich auch ihn wegräumen müssen. In einem angestaubten Regal entdecke ich einen vereinsamten Steuerratgeber.

Ich habe noch gar nicht darin geblättert, sondern ihn nach dem Entleeren des Briefkastens hier abgelegt. Lustlos schlage ich die erste Seite auf. Warum finde ich es plötzlich gähnend langweilig, zu erfahren, in welchen Gemeinden sich der Gewerbesteuerhebesatz zum Jahreswechsel in welcher Höhe verändert? Solche Infos habe ich doch früher nahezu verschlungen. Kopfschüttelnd lasse ich die Zeitschrift in den Papiermüll segeln.

Worauf ich jetzt viel mehr Lust habe, sind Karamellen. Ich beschließe, eine kleine Portion herzustellen. Nur für mich. Ich ziehe meine Schürze an, greife nach den entsprechenden Zutaten und erwärme den Kessel. Kurz nachdem ich die Sahne und den Zucker hineingegeben habe, beginnt das Gemisch zu blubbern. Sofort steigt der unverwechselbare himmlische Geruch auf, den ich so liebe. Ich hänge den Kopf über den Kessel und inhaliere den leckeren Duft. Doch dann ziehe ich ihn rasch zurück, denn der Dampf ist ziemlich heiß.

Ich hole Vanille aus dem Schrank, gebe sie hinzu und rühre die Masse andächtig mit dem großen Kochlöffel um. Es fühlt sich beinahe wie eine Meditation an. Wie ich es liebe, hier zu stehen und neue Karamellen zu kreieren. Mir war gar nicht bewusst, wie sehr ich es in den vergangenen Tagen vermisst habe. Ich nehme mir Zeit, die ich mir bisher nie zugestanden habe. Oft musste alles ganz schnell gehen. Wie habe ich Mark angetrieben. Er meinte immer, ich sei zu hektisch. Doch ich war nur auf Masse und Profit aus.

Jetzt, wo ich hier stehe und einfach nur rühre, erkenne ich, dass die Liebe zu seiner Arbeit viel mehr wert ist, als der Gewinn, der dabei herausspringt. Mit jedem Mal, mit dem ich den Kochlöffel schwenke, gebe ich eine Portion Liebe mit hinein. Ich schmunzle. Wie das klingt. Eine Portion Liebe! Als wäre das eine Zutat ...

Plötzlich stocke ich und reiße die Augen auf. Die feinen Härchen auf meinen Armen stellen sich auf und ein Schauer fährt über meinen Rücken.

Das ist sie! Marks Geheimzutat! Genau das muss des Rätsels Lösung sein.

Ich lächle versonnen. Er hat von Liebe gesprochen. Ich bin mir ganz sicher.

Ich ziehe den Kochlöffel aus dem Kessel und lege ihn in die Schüssel daneben. Dann tänzle ich durch den Raum und singe: »Ich habe die Geheimzutat entdeckt ...« Ich drehe mich im Kreis und lache lauthals. »Es ist Liebe.« Ich kichere, als hätte ich einen Schwips und gröle weiter: »Liebe, Liebe, Liebe ...« Dass ich nicht schon früher drauf gekommen bin!

Ich greife wieder nach dem Kochlöffel und rühre die Masse um, die mittlerweile dickflüssig ist. Ich gebe mir alle Mühe und stecke so viel Liebe wie nur möglich in meine Kreation. Ich bin mir sicher, dass dies die besten Karamellen werden, die ich jemals hergestellt habe. Nicht nur der Kessel ist nun randvoll mit Liebe gefüllt, sondern auch mein Herz. Ich bin glücklich und wie befreit.

Als die Masse fertig ist, rühre ich getrocknete Erdbeerstückchen hinein und gieße sie in eckige Formen zum Auskühlen. Am liebsten würde ich sofort probieren, denn ich bin mir sicher, dass sie unfassbar lecker schmecken. Und noch lieber, als sie zu kosten, möchte ich Mark erzählen, dass ich seine Geheimzutat herausgefunden habe.

Ich halte kurz inne und denke nach. Was hindert mich eigentlich daran, es ihm zu sagen? Mein Herz klopft bei dem Gedanken an ihn. Die aufkeimende Sehnsucht bereitet mir beinahe körperliche Schmerzen. Mit einem aufgeregten Flattern im Bauch schnappe ich mir meine Windjacke vom Kleiderhaken hinter der Tür und laufe in Richtung *Murphys Bakery*.

46

Mark

Caissy betritt mit einem siegessicheren Gesichtsausdruck die Bäckerei, während ich gerade einer Kundin eine mit Backwaren gefüllte Papiertüte über den Tresen reiche. Sie strahlt über das ganze Gesicht. Ich verabschiede die Kundin und betrachte Caissy genauer. Herrgott, wie ich ihr Lächeln vermisst habe. Am liebsten möchte ich um die Theke herumlaufen und sie in die Arme schließen. Doch ich reiße mich zusammen.

»Grüß dich, Caissy. Was darf es sein?«, frage ich unterkühlt.

Völlig außer Atem plappert sie drauflos. »Ich habe deine Geheimzutat herausgefunden.«

Dem freudigen Blitzen ihrer Augen nach zu urteilen scheint sie ziemlich sicher zu sein. Aber was spielt das jetzt noch für eine Rolle? Ich gehe in die Hocke und kehre mit dem Handbesen einige Krümel am Boden zusammen. Ihr schenke ich kaum Beachtung.

»Willst du nicht wissen, was es ist?« Aufgeregt zappelt sie hin und her.

Ich schaue zu ihr hinauf. »Wenn du mich danach wieder in Ruhe lässt, spuck's halt aus.«

Ihre Beine halten inne und ihr Gesicht wirkt so schmerzverzerrt, als hätte ich ihr eine Ohrfeige verpasst.

Ich richte mich auf und versuche, etwas versöhnlicher zu wirken. Doch wie soll ich sie freundlich ansehen, wenn jede Faser meines Körpers sich nach ihr sehnt? Ich darf nicht mehr zulassen, dass sie mich verletzt.

Caissy schnaubt wie ein Pferd und stemmt die Hände in die Hüften. Ihre Augen, die eben noch so wunderschön gestrahlt haben, verziehen sich zu Schlitzen. »Dann halt nicht!«, faucht sie. »Es war dumm von mir, hierherzukommen.« Sie macht auf dem Absatz kehrt und rauscht nach draußen.

Und sofort bereue ich, dass ich ihr die kalte Schulter gezeigt habe. Ich laufe hinter dem Tresen hervor und folge ihr auf die Straße. »Caissy, warte doch.« Ich packe sie am Arm.

Sie wendet sich wütend zu mir. Ihre Augen sind mit Tränen gefüllt. »Nimm deine Hände von mir, Mark.«

Ich lasse ihren Arm los. Sie rennt davon. Wie angewurzelt stehe ich da und blicke ihr nach. Ich bin so ein Idiot. Doch auf dem Weg zurück in die Bäckerei ist mir klar, dass es besser so ist. Es ist nicht wichtig, ob sie die Geheimzutat kennt oder nicht. Das spielt jetzt keine Rolle mehr. Die Manufaktur ist Geschichte und ich verbringe mein restliches Berufsleben hier bei Mick und Kelly. *Hier ist es auch nicht übel*, rede ich mir ein.

47

Caissy

Während des Weges zurück zur Manufaktur schlucke ich die bitteren Tränen hinunter, die mich ohne Vorwarnung überwältigt haben. Einerseits bin ich wütend auf Mark, dass er so kaltherzig mir gegenüber war, doch andererseits stelle ich mir die Frage, was ich erwartet habe. Habe ich allen Ernstes geglaubt, er würde mir in dem Moment freudestrahlend um den Hals fallen, in dem ich ihm verrate, dass ich seine Geheimzutat herausgefunden habe?

Ich seufze und versuche krampfhaft, die Gedanken an ihn zu verdrängen. Es gelingt mir, als ich an das fehlende Puzzlestück meiner Geschichte denke. *Eine Caissy Sullivan gibt nie auf*, hat Mark mal gesagt.

Als ich den Schlüssel im Schloss der Wohnungstür umdrehe, kommt mir tatsächlich eine Idee. Wie ferngesteuert rausche ich ins Arbeitszimmer und durchsuche den Ordner mit den Gehaltsunterlagen. Hier ist sie: Eilis' Adresse. Ich tippe sie in Google Maps auf meinem Handy ein und verlasse die Wohnung wieder. Entschlossen steige ich in den Lieferwagen und mache mich auf den Weg.

Ich lasse den Ort hinter mir, fahre an der *Greenkenny Horse Farm* vorbei und nehme die schmale Straße, die in Richtung Meer führt. Ich seufze beim Blick auf die wildromantische Landschaft, die mit ihrem üppigen Grün und bunten Blumen in Kontrast zu den grauen Felsen steht. Der Wagen poltert über einige Schlaglöcher. Schließlich biege ich in einen Weg ab, der noch enger ist als die Straße eben. Plötzlich bin ich in einer Sackgasse. Irritiert sehe ich mich um. Da entdecke ich ein paar hundert Meter entfernt ein Haus mit einem Reetdach und Steinwänden, das majestätisch auf den steilen Klippen thront. Das muss Eilis' Haus sein.

Ich parke den Wagen und steige aus. Der Wind bläst mir ins Gesicht. Ich hole meine Windjacke von der Rücksitzbank und stapfe über den schmalen Pfad. Bald habe ich das Haus erreicht. Ich läute, warte eine Weile und als mir niemand öffnet, drücke ich die Türklinke nach unten.

»Eilis?«, rufe ich angespannt und trete in einen Wohnraum, der voll von Erinnerungen aus alten Zeiten ist. Die Wände sind mit Schwarz-Weiß-Fotos und verblassten Bildern geschmückt. Ein Kamin knistert leise vor sich hin, während ich erneut nach ihr rufe. Auch wenn es sich nicht gehört, hier einfach einzudringen, betrete ich über einen angrenzenden Flur die kleine Küche, in der Töpfe an Eisenhaken über dem Kochfeld eines alten Emaille-Herdes baumeln. Es ist, als stünde ich mitten in einem Museum.

Plötzlich knallt eine Tür. Rasch drehe ich mich um, laufe zurück über den Flur in den Wohnraum und sehe Eilis durch das Fenster. In Sekundenschnelle bin ich draußen.

»Eilis, warten Sie.«

Sie dreht sich zu mir um. In den Händen hält sie einen Wäschekorb. »Was machen Sie denn hier?«, raunt sie verdattert.

»Ich muss mit Ihnen reden.«

Der Wind weht mir ins Gesicht und ich ziehe den Reißverschluss der Jacke ganz nach oben.

»Was ist denn so wichtig, dass Sie sich die Mühe gemacht haben, mich hier aufzusuchen?«

Ein paar graue Haare haben sich aus ihrem Dutt gelöst und fliegen wild über ihre Wangen.

»Die Wahrheit.«

»Wovon sprechen Sie?«, fragt sie irritiert und stellt den Korb auf die Wiese.

»Ich spreche davon, dass ich nicht eher von hier fortgehe, bis ich die Wahrheit von Ihnen erfahren habe.«

Eilis wird blass um die Nase.

»Die Besuche bei Conor haben Fragen bei mir aufgeworfen. Fragen, die nur Sie beantworten können.«

»Kindchen, ich habe Ihnen bereits mehrfach gesagt, dass das alles Vergangenheit ist.«

Ihr eben noch entspannter Gesichtsausdruck ist nun wie versteinert. Sie dreht sich um und läuft einen Weg entlang, der zum Meer hinunterführen muss.

Ich folge ihr, mit dem festen Willen, endlich das letzte Puzzleteil in der Geschichte um Mutter und Großvater zu finden. Der Wind peitscht über die Klippen und lässt die Wellen im tosenden Meer aufsprühen.

Eilis stößt sich an einem Felsbrocken, reibt über ihr Knie und hastet dann unbeirrt weiter.

»Warum weichen Sie mir ständig aus, Eilis?«, rufe ich gegen den Wind. »Und weshalb laufen Sie jetzt wieder vor mir davon?«

Sie antwortet nicht. An einem Felsvorsprung, der steil ins Meer hinabfällt, bleibt sie abrupt stehen.

»Ich habe Ihnen schon vor Wochen gesagt, dass ich herausgefunden habe, dass Großvater monatlich Geld an meine Mutter überwiesen hat.«

Sie zuckt zusammen, als höre sie es zum ersten Mal.

»Und Sie wissen etwas darüber«, sage ich bestimmt und trete seitlich näher an sie heran.

Sie starrt auf die rauschenden Wellen unter uns. Ihr Haar wirbelt um ihren Kopf und ihr Gesicht ist plötzlich von tiefer Traurigkeit gekennzeichnet. »Kindchen, wann wollen Sie die Vergangenheit endlich ruhen lassen?«, fragt sie mit zitternder Stimme.

Entschlossen balle ich die Hände zu Fäusten, nicht bereit, mich erneut mit ihrem Schweigen abzufinden.

Sie macht einen weiteren Schritt auf die Felskante zu.

Ich packe sie am Arm. »Sie werden mir nicht schon wieder ausweichen. Ich habe ein Recht darauf, die Wahrheit zu erfahren. Bitte!«, flehe ich eindringlich. »Es ist so wichtig für mich.«

Eilis atmet schwer. »Kindchen ... ich ... ich weiß nicht, wie ich es erklären soll.«

»Egal wie, bitte versuchen Sie es.« Ich halte weiterhin ihren Arm fest.

Ihre Unterlippe zittert. Ich bin mucksmäuschenstill und wage es nicht, auch nur einen Ton von mir zu geben, aus Angst, sie könne es sich anders überlegen.

»Nun ...«, beginnt sie zögernd. »Ich bin Ihnen so lange ausgewichen, weil ... weil ...« Ihre Worte werden vom

Wind verschluckt. Sie räuspert sich. »Weil das schlechte Gewissen seit Jahrzehnten an mir nagt.«

Völlig perplex starre ich sie an. »Was haben Sie denn mit meiner Familiengeschichte zu tun?«

»Nun ... Ihre Mutter ... sie war ein widerspenstiges Mädchen. Als Kleinkind war sie wirklich entzückend, aber als Teenager war sie garstig und frech.«

Ein ganz normales pubertierendes Kind wahrscheinlich, denke ich mir.

»Wir hatten fast täglich Auseinandersetzungen. Sie beschimpfte mich und meinte, ich hätte ihr gar nichts zu sagen. Schließlich sei ich nicht ihre Mutter. Womit sie ja durchaus recht hatte. Doch John war heillos überfordert mit ihr.« Sie schlägt die Hände über dem Kopf zusammen. »Eines Tages wurde mir ihre rotzfreche Art zu viel und ich drohte ihr damit, ihren Vater zu überreden, sie in ein Heim für schwer erziehbare Kinder zu schicken.«

Mit offenem Mund lausche ich Eilis' Worten und versuche, das tosende Meer zu ignorieren.

»Und das tat ich auch. Ich machte ihm klar, dass wir die junge Dame nicht in den Griff bekämen. Dem Mädchen fehlte eine strenge Hand. John war viel zu gutmütig.« Sie holt ein Stofftaschentuch aus der Seitentasche ihres Mantels, in das sie kräftig hineinschnäuzt. Ihre Lippen beben.

»Bitte erzählen Sie weiter.« Mein Herzschlag fühlt sich fast so laut an wie das Rauschen des Meeres.

»Na ja, als sie dann schwanger wurde, da fackelte er nicht lange und führte das aus, was ich ihm schon oft eingebläut hatte. Er schickte sie fort.« Bei den letzten

Worten entfährt ihr ein Schluchzen. »Und das nur, weil ich ihn monatelang bedrängt hatte.«

Ihr Gesicht ist von Jahren des Leids und der Last gekennzeichnet, die auf ihr gelegen haben muss. Tränen schießen ihr in die Augen, die sie mit ihren faltigen Händen energisch wegwischt.

»Verstehen Sie? Ich ... ich bin schuld am Zerwürfnis. Hätte ich nicht dermaßen auf ihn eingeredet, wäre er gar nicht auf die Idee gekommen, sie jemals fortzuschicken.«

Ein Windstoß treibt uns an den Rand der Klippe. Erschrocken ziehe ich Eilis zurück. Merkwürdigerweise bin ich nach ihrem Geständnis nicht wütend auf sie. Wahrscheinlich war sie in der damaligen Situation maßlos überfordert.

»Als wir längst in Greenkenny lebten, wurde Ihr Großvater von Tag zu Tag in sich gekehrter. Ich war die einzige Person hier in der Stadt, die davon wusste, dass er eine Tochter in München hatte und damit auch die Einzige, der er sein Herz ausschütten konnte. Er war verzweifelt und bereute zutiefst, was er getan hatte. Daraufhin begann er, Ihrer Mutter Briefe zu schreiben.« Sie presst die Lippen aufeinander, kaut auf ihrer Unterlippe und scheint sich zu sammeln. Dann sieht sie mir wieder direkt in die Augen. »Lange hatte er versucht, Maggie zurückzugewinnen.« Sie hebt die Schultern, um sie daraufhin wieder resigniert zu senken. »Einen Brief nach dem anderen hat er verschickt. Und jeder kam zurück.« Ihr Körper bebt.

»Ich weiß«, hauche ich. »Ich habe sie alle gefunden.«

»Der gute John hat sie aufbewahrt?« Ein Lächeln huscht über ihr betrübtes Gesicht. »Tatsächlich?«

»Ja, Eilis. Aber was ich nicht verstehe, ist ... warum hat Großvater meiner Mutter Geld überwiesen? Wissen Sie das?«

Sie nickt. »Es zerriss ihm das Herz, keine Antwort auf seine Briefe zu bekommen. Schließlich machte er sich auf den Weg nach München. Sie waren zu dem Zeitpunkt etwa zwei Jahre alt. Ich wollte ihn davon abhalten, weil mir klar war, dass Ihre Mutter nicht gut auf ihn zu sprechen war. Aber er ließ sich nicht von seinem Vorhaben abbringen und buchte einen Flug nach Deutschland.«

Ich reiße ungläubig die Augen auf. »Er war in München?«

»Ja. Er erzählte mir, dass Maggie ihn zunächst abwies, aber er ließ nicht locker. Schließlich sprachen die beiden sich aus. Ihre Mutter hat ihm verziehen.«

»Und was geschah dann? Ich meine ... wenn sie sich versöhnt haben, wieso habe ich ihn nie kennengelernt?« Ich halte die Luft an, in Erwartung der folgenden Worte. Meine Hände sind klatschnass und das Blut rauscht in meinen Ohren. Irgendwie ergibt das alles keinen Sinn für mich.

»Maggie hatte ihm zwar verziehen, das versicherte sie ihm auch deutlich, doch sie bestand darauf, dass er sich dennoch aus ihrem Leben fernhalten sollte.«

Ich schlucke. Mutter muss unglaublich verletzt gewesen sein, wenn sie selbst nach dem klärenden Gespräch mit ihrem Vater noch immer keinen Kontakt wollte.

»Er bot ihr finanzielle Unterstützung an, die sie ablehnte.«

»Aber er hat ihr doch Geld überwiesen. Und zwar Monat für Monat.«

»Ja, doch das war für Sie.«

Ich erinnere mich an den Betreff des Dauerauftrags. Eilis hat recht, die Zahlungen waren für mich. Das Geld, das als Startkapital für meine Kanzlei dienen sollte.

»Sie wollte nichts für sich selbst. Immerhin hatte sie es schon zwei Jahre ohne ihn geschafft.« Eilis bibbert aufgrund des eisigen Windes und schlingt schützend die Arme um ihren Körper. Erste Regentropfen fallen vom Himmel. Sie blickt mich versöhnlich an. »Kommen Sie, Kindchen. Lassen Sie uns ins Haus gehen. Dort warten eine heiße Tasse Tee und Kekse auf uns.« In ihrer Stimme liegt auf einmal so viel Wärme.

Ich nicke stumm. Die stürmischen Wellen mögen zwar weiterhin im Meer toben, aber es ist, als hätte ich allmählich eine innere Ruhe gefunden, die mir helfen wird, in ein neues Kapitel meines Lebens zu starten.

Im Haus angekommen ziehen wir unsere nassen Jacken aus. Die Wärme des Kamins umhüllt mich wie eine kuschelige Decke. Es ist, als würde sich auch mein Innerstes langsam erwärmen. Eilis reicht mir eine Tasse Tee, während wir uns an den Wohnzimmertisch in die Nähe des Kaminfeuers setzen. Sie stellt die Kekse auf den Tisch und lächelt mich liebevoll an. Ich spüre, welch große Last von ihr abgefallen ist.

Eilis‘ Geständnis ist einerseits befreiend, doch andererseits tut mir sowohl für Mutter als auch für Großvater unendlich leid, dass die Fronten zwischen den beiden dermaßen verhärtet waren, dass sie nicht wieder zueinandergefunden haben.

»Wissen Sie denn, ob Großvater von Mutters Tod erfuhr?« Ich puste in die dampfende Tasse und trinke einen Schluck.

»Das hat er.« Der Klang ihrer Stimme ist voller Wärme. »Doch Maggie hatte außerhalb ihres Testaments ein separates Schreiben verfasst und dies bei einem Münchner Notar hinterlegen lassen. Dort verfügte sie, dass er zwar von ihrem Tod erfahren dürfe, jedoch wünschte sie, dass er sich weiterhin von seiner Enkelin, also von Ihnen, fernhalten solle. John hatte mir dieses Schriftstück unter Tränen gezeigt.«

»Ich glaube, er hat dennoch einmal bei mir angerufen. Halten Sie das für möglich?«

Ich denke an den älteren Herrn, der nach Mutters Tod bei mir anrief. Hätte ich ihn nur nicht der Kategorie Erbschleicher oder durchgeknallter Spinner zugeordnet.

»Das kann gut sein. Maggie wollte das zwar nicht, aber ich traue John durchaus zu, dass er es trotzdem versuchte.«

»Gibt es sonst noch etwas, das ich wissen sollte?«

»Nein, das war alles. Nun kennen Sie wirklich die gesamte Wahrheit. Dieses Geheimnis hat John und mich ein Leben lang verbunden.« Sie seufzt und blinzelt ihre Tränen weg.

»Waren Sie und Großvater … ich meine …«

»Nein, Kindchen. Waren wir nicht. Aber ich verließ für ihn meine große Liebe.«

Ich schlage die Hand vor den Mund. »Warum das denn?«

»Conor.« In ihren Augen spiegeln sich die Flammen des Kamins. »Wir liebten uns.«

Meine Kinnlade klappt herunter. Urplötzlich erinnere ich mich an den seltsamen Glanz in seinen Augen, als er von ihr sprach. »Eilis, ich will nicht indiskret sein, aber wenn Sie und Großvater kein Paar waren, dann ergab es doch keinen Sinn, Ihre große Liebe wegen eines Jobs zu verlassen.«

»Doch.« Sie atmet tief ein. »Ich fühlte mich schuldig. Wegen Ihrer Mutter. Ich brachte es nicht übers Herz, John alleine zu lassen, nachdem ich dafür verantwortlich war, dass er seine Tochter verloren hatte.«

Ich lege meine Hände auf ihre, die noch eiskalt sind. »Eilis, reden Sie sich doch so etwas nicht ein. Ganz sicher haben Sie keine Schuld.« Mir wird schwer ums Herz, wenn ich daran denke, dass Eilis und Conor deshalb ihre Liebe aufgeben mussten. »Sollten Sie tatsächlich einen Hauch von Schuld tragen, dann seien Sie gewiss, dass ich Ihnen verzeihe.«

»Wirklich, Kindchen?«, fragt sie schniefend.

»Ja!«, entgegne ich aus vollem Herzen. »Es bedeutet mir so viel, dass ich heute endlich die komplette Wahrheit erfahren habe. Und es tut mir leid, dass ich Sie so bedrängt habe.«

»Nein nein ... mir tut es leid, dass ich so lange geschwiegen habe.« Sie lächelt. »Jetzt, wo es raus ist, fühle ich mich besser.«

»Darf ich Sie vielleicht kurz in den Arm nehmen?«

Eilis zögert. Dann streckt sie unbeholfen die Arme nach mir aus und lächelt schüchtern. »Warum nicht?«

Ich stehe auf und drücke sie ganz kurz, um sie nicht zu überfordern. »Vielen, vielen Dank.«

»Und was machen Sie nun mit Mark?«

»Mit Mark? Woher wissen Sie ...?«

»Ich habe doch Augen im Kopf, Kindchen. Sie sollten mit ihm reden, bevor Sie hier abreisen.« Sie blickt nach unten. »Machen Sie nicht den gleichen Fehler wie ich.«

»Wie meinen Sie das?«

Sie starrt aus dem Fenster. »Ich bin damals einfach gegangen und Conor … er hatte nicht um mich gekämpft. Er hatte ohne Widerstand akzeptiert, dass ich weg war. Wir waren beide Sturköpfe.«

Allmählich verstehe ich, warum Eilis sich nach außen so hart gibt. Sie hatte ihr Leben lang eine zentnerschwere Last zu tragen und musste über den Verlust ihrer großen Liebe hinwegkommen. Was ihr ganz offensichtlich bis heute nicht gelungen ist.

Von Eilis das letzte fehlende Teil meiner Geschichte zu erfahren, hat unheimlich gutgetan. Endlich weiß ich, was damals passiert ist. Schön, dass Mutter ihrem Vater verziehen hat. Auch wenn sie später keinen Kontakt mehr zu ihm wollte, war doch zumindest der Schritt getan, dass man wieder aufeinander zugegangen war. Ich kann nicht alle ihrer Entscheidungen nachvollziehen, aber ich respektiere sie. Wichtig für mich ist, dass sie mir die beste Mutter war, die ich mir hatte vorstellen können.

48

Caissy

Mittlerweile gleicht Großvaters Wohnung einer Lagerhalle. Überall stehen gestapelte Kisten herum. An den Wänden sind dunkle Ränder an den Stellen zu sehen, wo einst die Bilderrahmen und Uhren hingen.

Heute kommen zwei Interessenten für das Haus. Mir ist mulmig zumute, wenn ich daran denke, dass ich bald alles hier loslassen muss. Die Kanzlei hat bereits angerufen und gefragt, ob ich früher zurückkehren kann. Man würde mich dringend brauchen. Doch ich habe keine Versprechungen gemacht. Ich will mir die Zeit nehmen, die es braucht, um alles hier zu einem guten Abschluss zu bringen.

Am Nachmittag warte ich in einer geblümten Bluse und einem ausgefransten Rock hinter dem Tresen im Verkaufsraum der Manufaktur auf den ersten Interessenten. Noch vor wenigen Monaten wäre ich nie und nimmer in so einem Outfit zu einem Businessmeeting erschienen. Eine weiße Bluse, kombiniert mit einer blauen Stoffhose war mein Standardoutfit. Natürlich hatte ich beides in unzähligen Variationen. Aber zugegeben, ich fühle mich dennoch dem Anlass entsprechend gekleidet.

Pünktlich um vierzehn Uhr ertönt die Ladenglocke. Das Geräusch, das die vergangenen Wochen aufgrund der geschlossenen Manufaktur ausgeblieben ist, lässt mein Herz höherschlagen. Sofort kommen die Erinnerungen in mir hoch, als Mark und ich hier noch ...

»Guten Tag.« Ein Herr in einem altmodischen Nadelstreifenanzug, den ich auf Mitte vierzig schätze, und eine junge Frau, die höchstens halb so alt ist wie er, betreten den Laden. Sie trägt ein enges Kostüm, das ihre Wespentaille bestens zur Geltung bringt. Dass die beiden Geld haben, erkenne ich schon allein an ihrer Hermès Handtasche aus feinstem Leder.

»Herzlich willkommen«, grüße ich zurück und will beinahe fortsetzen: »... in der *Old Sullivans Karamellmanufaktur.*« Doch ich verkneife es mir gerade noch rechtzeitig.

Ich führe die Herrschaften durch den Laden, wo sie neugierig sämtliche Ecken inspizieren.

Die Frau legt den Kopf schief. »Wenn wir dieses altmodische Ding hier zum Sperrmüll bringen würden ...«, sie klopft mit ihren grellgrün lackierten Fingernägeln auf den Tresen, »... dann könnten wir hier die Verkaufstheke einbauen. Was meinst du, Liebling?«

Liebling? Hat dieses Küken gerade Liebling zu dem Mann neben ihr gesagt? Ich verkneife mir ein Grinsen. »Kommen Sie, ich zeige Ihnen die Küche.«

Der Mann legt sein Kinn zwischen Daumen und Zeigefinger. »Hier müssten wir ein paar Umbaumaßnahmen vornehmen. Aber Platz wäre genug, was meinst du, Zuckerhäschen?« Er lächelt ihr vielsagend zu und ich juble innerlich. Die beiden scheinen den Laden wirklich haben zu wollen. Hoffentlich überzeugt sie auch die Wohnung.

»Darf ich fragen, was Sie mit den Räumlichkeiten vorhaben?«, hake ich höflich nach.

»Wir möchten eine weitere Filiale der *Croissants, Coffee & More Bakery* eröffnen.« Der Herr hebt die Augenbrauen. »Der Name sagt Ihnen etwas?«

Ist das nicht die große Bäckereikette, die selbst in München mittlerweile jeden Stadtbezirk eingenommen hat? Ich hatte mal gehört, dass sie nach und nach die kleinen Bäckereien in den Orten verdrängen, weil sie extrem kosteneffizient arbeiten und natürlich bei der Vielzahl von Zweigstellen völlig andere Konditionen bei den Großhändlern aushandeln können. Unweigerlich denke ich an Mark und *Murphys Bakery*, die zu Greenkenny gehört wie die *Old Sullivans Karamellmanufaktur*. Gehörte, meine ich. Wird Micks Bäckerei überhaupt noch bestehen können, wenn hier die Filiale einer Kette Einzug hält? Obwohl das nicht mein Problem sein sollte, macht sich ein ungutes Gefühl in meiner Magengegend breit.

»Sagt Ihnen der Name etwas?«, wiederholt der Mann seine Frage von eben.

»Ja ja, sicher«, stammle ich.

Das Püppchen deutet auf den Bereich, in dem momentan noch unsere leer geräumten Holzregale stehen. »Und hier kommen die Bistrotische hin.«

»Ja, das klingt gut. Und was hältst du davon, wenn wir dort drüben ein paar Stehtische platzieren? Ausreichend Platz hätten wir.« Die beiden sind völlig in ihre Pläne versunken.

»Wird das Zeug hier zuvor von Ihnen verschrottet?«, hakt der Mann beinahe aggressiv nach.

Wie bitte? Wie spricht dieser hochnäsige Kerl von unseren wunderschönen, uralten Holzregalen, in die ich mich beim ersten Anblick verliebt hatte? *Caissy, beruhige dich. Das sind Geschäftsleute,* rede ich mir im Geiste ein. *Es ist doch nur logisch, dass sie die Räumlichkeiten verändern müssen.*

»Ja, ich kann mich darum kümmern«, antworte ich deshalb zähneknirschend.

»Na prima! Können wir uns nun die oberen Räume ansehen?« Er zeigt mit dem Kinn zur Decke.

Ich gehe ihnen voraus durch das Treppenhaus.

»Ein wenig renovierungsbedürftig, würde ich sagen«, motzt die Frau, als die Stufen unter ihren Schritten knarzen.

»Da kann man sicher noch was am Preis machen, oder?«, erkundigt sich der Mann und wippt demonstrativ auf einer Stufe auf und ab.

»Ähm ... eher nicht.« Ich sehe mich um und finde das alles hier gar nicht so baufällig.

Rücksichtslos, als hätte ich das Haus längst an die beiden verkauft, trampeln sie durch jeden meiner Wohnräume. Habe ich eben *meiner* gesagt?

»Für eine Gemeinschaftsunterkunft wird es schon reichen«, findet die Frau und der Mann stimmt ihr lachend zu.

»Du hast recht, Baby. Unsere Mitarbeiter stehen ohnehin den ganzen Tag unten in der Backstube und schieben die Fertigware in den Ofen und wieder hinaus.«

»Gemeinschaftsunterkunft?« Ich runzle die Stirn.

»Ja, oder glauben Sie etwa, wir wollen selbst in dieses ... dieses ...«

Wollte sie Loch sagen? Ich sehe ihr genau an, wie sie nach einem harmloseren Wort sucht.

»... diese für uns viel zu kleine Wohnung einziehen«, entgegnet sie schließlich und rümpft angeekelt die Nase.

Konzernfiliale und Gemeinschaftsunterkunft. Diese Worte brennen sich wie heißes Eisen in mein Hirn. Auch wenn ich Greenkenny bald verlassen werde, bin ich mir nicht sicher, wie ich mich bei dem Wissen fühlen würde, das Haus an diese beiden Herrschaften verkauft zu haben.

Hoffentlich hat der zweite Kandidat nicht ähnliche Vorstellungen. Wie konnte ich nur glauben, dass ich einen Käufer finden würde, der die Räumlichkeiten in meinem, in Großvaters Sinn weiterführt? Darauf habe ich keinerlei Anspruch, so viel steht fest. Außerdem war es doch mein eigener Wunsch, dass eine Karamellmanufaktur an diesem Standort ein für alle Mal Geschichte ist.

Nach der Besichtigung wollen die beiden am liebsten eine sofortige Zusage von mir. Doch ich vertröste sie um ein paar Tage, da ich zunächst den weiteren Termin abwarten will.

***

Nervös warte ich zwei Stunden später hinter dem Tresen im Verkaufsraum auf den nächsten Interessenten. Die Ladenglocke ertönt und ich sehe zur Tür.

»Mark!« Du meine Güte! Auch wenn mein Herz sofort gefährlich laut schlägt, kann ich ihn hier jetzt überhaupt nicht gebrauchen. »Tut mir leid, ich habe momentan keine Zeit.« Ich dränge ihn zu Tür. »Bitte, du musst jetzt gehen.«

In seinen Augen sehe ich ein belustigtes Funkeln. »Warum? Hast du Angst, ich könnte deinen Termin gleich vermasseln?« Er macht ein paar Schritte in den Verkaufsraum hinein und sieht sich um.

»Woher weißt du davon?«

»Sagte ich dir nicht schon einmal, dass in Greenkenny nichts geheim bleibt?« Amüsiert sieht er sich um.

Ich versperre ihm den Weg. »Bitte, Mark!«

»Wollen Sie mir nicht alles zeigen?«

»Was soll das?«, raune ich, doch dann stocke ich. »Du? Du bist der Interessent?«

»So ist es.« Er schmunzelt. »Und jetzt hätte ich gerne eine ordentliche Führung. Meine Güte, es sieht hier so anders aus.« Kopfschüttelnd spaziert er durch den Raum.

Ich schlucke. Oh, mein Gott ... Mark. Ich hab mit ihm den Termin! Woher hat er nur das Geld? Hat er es überhaupt? Egal, ich denke jetzt einfach nicht nach.

»Das hier ist der Verkaufsraum«, erkläre ich sachlich, wie beim vergangenen Termin.

»Ah ja«, antwortet er, als sähe er den Laden zum ersten Mal. »Was sind denn da für hübsche Regale dort drüben an der Wand?« Behutsam streichelt er über das alte Holz und bringt den Möbelstücken genau den Respekt entgegen, wie ich ihn mir von den anderen beiden vorhin gewünscht hätte.

Sein selbstbewusstes Auftreten macht mich ganz nervös. Heimlich wische ich mir die feuchten Hände an meinem Rock ab.

»Hübsche Schuhe übrigens.« Mark sieht auf meine High Heels, die ihr Dasein in den vergangen Monaten im Schuhschrank gefristet haben.

Ich erröte, als er mich bewundernd mustert und frech zwinkert. Doch ich versuche mich zu sammeln. »Was haben Sie denn mit dem Laden vor?«, frage ich ihn förmlich, doch meine Stimme zittert.

»Ich hatte an eine Karamellmanufaktur gedacht.«

»Das klingt wunderbar.« Ich strahle. »Wissen Sie, früher gab es hier schon mal eine.«

»Ach ja? Gibt es denn noch weitere Konkurrenten ... ähm ... Interessenten?«

»Ja.« Ich verdrehe die Augen. »Ganz schreckliche, sage ich Ihnen.« Ich denke an das schräge Pärchen und vor allem an das Wort *Gemeinschaftsunterkunft*. Dabei dreht sich mir der Magen um.

Ich führe Mark in die Küche.

Er sieht sich um. Von unserer ehemaligen Einrichtung ist nicht mehr allzu viel vorhanden. »Wo ist, wo sind ...«

»Es ist alles noch da«, sage ich schnell. »Man könnte alles wieder herräumen.« Bin ich froh, dass ich das meiste noch nicht verkauft habe. Sicher will Mark ...

»Sehr gut. Dürfte ich nun die Wohnung sehen?«

»Selbstverständlich.« Ich gehe ihm voran im Treppenhaus nach oben und spüre seinen Atem in meinem Nacken. Ist er wirklich so dicht hinter mir oder bilde ich mir das ein? Jedenfalls ist bestimmt jedes einzelne meiner Nackenhärchen aufgerichtet. Ein wohliges Kribbeln breitet sich in meinem Bauch aus.

Wie die anderen Interessenten spaziert Mark durch sämtliche Räume. Im Wohnzimmer begutachtet er kritisch die Wände. »Die könnten einen neuen Anstrich verkraften.«

»Da haben Sie recht. Ich hatte auch schon darüber nachgedacht.«

»Und hier müsste unbedingt ein neues Bett her«, sagt er, als er auf das in die Jahre gekommene Bett im Schlafzimmer deutet, das mit einer bunten Tagesdecke abgedeckt ist.

»Ja, stimmt, es ist etwas durchgelegen.« Ich drehe mich zur Seite und atme einmal kräftig durch.

»Die Wohnung ist hübsch«, stellt er anerkennend fest, als wir am Esstisch im Erker Platz nehmen. »Zwar ein wenig zu groß für eine Person, aber vielleicht zieht bald meine zukünftige Partnerin mit hier ein.«

Mein Atem stockt. »Zukünftige Partnerin?«

Er zwinkert vielsagend. Meint er mich? Es muss so sein. Oder nicht?

Ich fasse mir ein Herz. »Mark, können wir jetzt bitte diese Spielchen lassen? Ich will mit dir reden.«

Er sieht mich seltsam an ... seltsam liebevoll.

49

Mark

Noch nie habe ich Caissy dermaßen nervös erlebt. Ich muss sagen, es gefällt mir, mit ihr zu spielen. Wie sie eben geschaut hat, als ich ihr sagte, dass ich mit meiner zukünftigen Partnerin hier einziehen möchte ...

»Mark«, beginnt sie. Ihre Stimme kippt.

Ich lege meine Hand auf ihre. »Sprich weiter, Caissy. Ich höre dir zu.«

Sie lächelt und dann blitzen ihre Augen. »Zuerst muss ich dir sagen, dass deine Geheimzutat nicht mehr geheim ist.«

»So?« Ich ziehe die Stirn in Richtung Haaransatz.

»Weil ich sie nämlich herausgefunden habe.« Sie grinst frech und ihre Nervosität von eben ist kaum noch zu spüren. »Eigentlich wollte ich es dir schon neulich in der Bäckerei sagen. Doch dazu kam es leider nicht.«

»Dann verrate es mir jetzt.« Ich lächle sie aufmunternd an.

»Die Geheimzutat ist Liebe.« Abwartend sieht sie mich an. »Habe ich recht?«

Ich lache laut auf. »Ja, Caissy, du hast recht. Das ist meine Geheimzutat. Ich fasse es nicht, dass du sie tatsächlich erraten hast.«

Sie stimmt in mein Lachen mit ein. »Aber ich habe in den vergangenen Wochen nicht nur deine Geheimzutat herausgefunden, sondern auch einiges verstanden.«

Sie erzählt mir von ihrem zweiten Besuch bei Conor und davon, wie Eilis ihr endlich die offenen Fragen beantwortet hat. Ich bin erleichtert, als ich erfahre, dass Old Sullivan nicht der böse Tyrann war, wie Caissy ihn nach ihrem ersten Aufenthalt in Killarney betitelt hat.

»Weißt du, er hat seinen Fehler zutiefst bereut und ich habe ihm verziehen«, enden ihre Ausführungen schließlich.

Ich drücke ihre Hand noch fester als zuvor und streichle behutsam mit dem Daumen auf und ab.

Sie lächelt mich zaghaft an. »Weißt du, als das erste Interessentenpaar vorhin hier war, ist mir etwas klar geworden, was eigentlich schon länger in meinem Kopf herumspukte.«

»Jetzt bin ich gespannt.«

Das bin ich wirklich. Ich sehe sie aufmerksam an und entdecke zum ersten Mal die kleinen Sprenkel in ihren Augen, die sie noch schöner und strahlender wirken lassen.

»Mir ist klar geworden, dass ich die Manufaktur nicht verkaufen will.«

»Dann bin ich ja ganz umsonst vorbeigekommen.« Ich gebe mich enttäuscht und ziehe die Hand zurück.

»Ich habe mittlerweile erkannt, dass ich dieses Haus liebe, dass ich die Manufaktur liebe, die damit verbundene Arbeit ...«, sie zögert erst, doch dann strahlt sie mich mit aller Aufrichtigkeit an, »... und dass ich dich liebe. So! Jetzt ist es raus.«

50

Caissy

Mark starrt mich entgeistert an. Ich frage mich, ob er entsetzt darüber ist, dass ich ihm meine Liebe gestanden habe. Doch meine Sorge scheint unbegründet. Ein unverschämt attraktives Lächeln breitet sich in seinem Gesicht aus und er streckt die Arme nach mir aus.

»Und ich liebe dich, meine süße Caissy«, flüstert er.

Ich stürze mich in seine Arme. Ein dicker Felsbrocken fällt von mir ab. Die Wucht, mit der er mich in den vergangenen Jahren beinahe erdrückt hatte, wird mir erst jetzt bewusst. Aber in diesem Augenblick, in dem ich in Marks Arm liege, spüre ich, dass ich fast an dessen Gewicht zugrunde gegangen wäre.

Marks Lippen suchen die meinen. Ganz zärtlich, als hätte er Angst, dass ich zerbreche, küsst er mich und lässt die Schmetterlinge in meinem Bauch fliegen. Er zieht mich auf seinen Schoß und ich vergrabe meine Hände in seinen strubbeligen Haaren.

Oh, mein Gott, wie ich diesen Mann liebe! Wie ich ihn begehre.

Wir hören nicht auf, uns zu küssen. Ich streichle mit meinen Händen über sein Gesicht und fahre die Konturen der Fältchen seiner Augenwinkel nach. Schließlich halte ich inne und sehe ihn liebevoll an.

»Es ist noch etwas anderes, Mark.«

Er sieht zu mir auf und streicht zärtlich über meine Wange.

»Ich möchte mich bei dir entschuldigen. Für meine Unnahbarkeit und dass ich dir gegenüber nicht immer fair war.«

»Schon vergessen«, haucht er und küsst mich erneut.

»Und ich weiß ... du wolltest dieses Haus kaufen«, stammle ich. »Aber wie gesagt, ich will es nicht mehr verkaufen.«

»Zugegeben, ich hatte nicht vor, dieses Haus zu kaufen.«

»Nicht? Aber ...«

»Ich wollte dich nicht gehen lassen, ohne noch einmal mit dir zu reden. Ich muss gestehen, Eilis war bei mir.«

»Eilis?« Ich mache große Augen.

»Ja, sie hat mir von eurem Gespräch erzählt.«

»Nicht zu fassen! Eilis ist doch sonst die Verschwiegenheit in Person.«

»Anscheinend hat sie dazugelernt, wenn es um die Liebe geht.«

»Wie meinst du das?«

Mark holt tief Luft. »Wusstest du, dass sie schwer verliebt war ... damals, als sie noch in Killarney lebte?«

»Ich weiß von Conor«, bestätige ich ihm und grinse breit.

»Jedenfalls habe ich nach dem Gespräch beschlossen, dass uns nicht das Gleiche passieren darf. Deshalb bin ich heute gekommen. Auch weil ich gehofft habe, dass du die absurde Idee des Verkaufs nochmals überdenkst. Und wie ich höre, hast du eine Entscheidung gefällt.«

»Ja!«, posaune ich es heraus. »Ja, ich will hierbleiben. Hier bei dir und hier in Greenkenny. Und deshalb habe ich eine Frage an dich.«

Feierlich stehe ich auf und stelle mich vor ihn. Weil er weiterhin sitzt, knie ich mich kurzerhand hin. »Ich wollte dich fragen, ob du mit mir gemeinsam die Manufaktur weiterführen willst und ...«

»Ja, ich will, Caissy. Ja, ich will«, sprudelt es ohne Zögern aus ihm heraus.

»Stopp! Ich bin noch nicht fertig.« Lächelnd lege ich meinen Finger auf seinen Mund. »Und ich wollte dich fragen, ob du mit mir zusammen in Großvaters ... in meiner Wohnung leben möchtest.«

Mark nimmt mein Gesicht in beide Hände und bedeckt es mit stürmischen Küssen. »Noch einmal ja, meine süße Caissy. Ja, ich will.« Dann sieht er mich ernst an. »Aber nur, wenn wir dieses altmodische Schlafzimmer renovieren.«

Ich lache laut auf. »Selbstverständlich! Ich dachte eigentlich an eine Komplettrenovierung. Jetzt, wo schon so gut wie alles leer geräumt ist.«

»Ein Reich nach unser beider Vorstellungen?«

Ich nicke und kann es kaum erwarten, mit Mark gemeinsam unser Traumbett auszusuchen.

***

Es ist Monate her, seit ich hier bei *Reilhammer* in München war. Überhaupt kommt es mir wie Jahre vor, in Deutschland gewesen zu sein.

Mit Mark Hand in Hand durch die Bettenabteilung zu schlendern, hebt meine ehemaligen einsamen Samstagnachmittage, an denen ich bei angenehm ruhiger Musik die Boxspringbetten hier getestet habe, auf eine neue Stufe. An seiner Seite spaziere ich stolz und glücklich durch die Abteilung.

»Komm, lass uns dieses hier testen.« Schon hat Mark mir einen sanften Schubs verpasst. Nun liege ich mit ihm zusammen in diesem wunderbaren Boxspringbett, das sich anfühlt, als würden wir auf einer Wolke schweben. Er dreht sich zu mir, stützt den Kopf in seine Hand und küsst mich sanft. »Wollen wir gleich hierbleiben?«

Ich beuge mich zu ihm und erwidere seinen Kuss. »Erst wird bezahlt und dann lassen wir es uns nach Greenkenny liefern.«

Er verdreht belustigt die Augen. »Der Transport wird ein Vermögen kosten. Warum konnte es denn kein irisches Bett sein?«

»Weil ich seit Jahren eine gewisse Verbindung zu diesen Betten habe. Ich habe immer davon geträumt, eines von ihnen zu besitzen.«

Nachdem der Kauf besiegelt ist, bleiben wir noch eine Nacht im Hotel. Zugegeben bin ich froh, dass wir bald aus Deutschland fort sind. Der Trubel der Stadt, der mich früher so faszinierte, ist mir heute eher lästig.

Vor einer Woche habe ich meinen Job in der Kanzlei gekündigt. Dank der Überstunden habe ich ohnehin noch zwei Monate frei. Man nahm mir die Kündigung nicht übel.

Die Möbelpacker waren bereits vergangene Woche da. Nun sind die letzten Formalitäten erledigt. Morgen geht es mit Mark zurück nach Greenkenny.

Epilog

Aufgeregt wie ein kleines Kind hüpfe ich in der Manufaktur auf und ab. Heute ist endlich die Wiedereröffnung. Mark und ich haben in den vergangenen Wochen geschuftet, den Laden wieder eingeräumt und wie verrückt altbekannte Karamellen hergestellt, aber auch neue Kreationen erfunden. Und in keiner davon fehlte unsere Geheimzutat. Wir haben sogar noch eine Extraportion Liebe hineingegeben. Daher bin ich mir sicher, dass sie etwas ganz Außergewöhnliches geworden sind. Nun sind die Regale randvoll mit unseren neuen Karamellkreationen und es duftet wunderbar süß, so, wie ich es liebe.

»Du siehst traumhaft aus, Schatz.« Mark legt den Arm um mich und lächelt anerkennend.

Ich habe mir ein buntes Kleid gekauft, das sich farblich hervorragend in den Verkaufsraum einfügt.

»Pass nur auf, dass man dich zwischen all den Regalen noch erkennt«, witzelt er.

Er nimmt mich an der Hand und führt mich nach draußen. »Bevor der Trubel losgeht, wollte ich dir noch einmal danke sagen.«

»Wofür?«

Er deutet mit dem Kinn auf das Schild oberhalb der Ladentür. »Dafür, dass du bereit bist, mit mir ein neues Kapitel unseres Lebens aufzuschlagen.«

»*Sullivan & Foley Karamellmanufaktur*«, lese ich laut vor und bekomme eine Gänsehaut, als ich es ausspreche.

»Ich werde der beste Teilhaber sein, den du dir wünschen kannst.«

»Ich könnte mir schon jetzt keinen besseren vorstellen.« Ich stelle mich auf die Zehenspitzen und hauche ihm einen Kuss auf den Mund.

Wir gehen wieder in den Laden zurück. Ich zwinkere Großvater zu, der mir von dem Foto zulächelt, das einen Ehrenplatz an der Wand hinter dem Verkaufstresen bekommen hat. Daneben hängt eines von Mutter. Liebevoll werfe ich ihr eine Kusshand zu und lächle.

Bald ertönt die Türglocke erneut und die ersten Gäste, die wir für die Wiedereröffnung eingeladen haben, spazieren herein. Sie bringen bunt verpackte Geschenke mit und gratulieren uns überschwänglich. Innerhalb von Minuten ist der Laden randvoll mit Gratulanten.

Daniel ist damit beschäftigt, die Sektgläser zu füllen. Eilis hat versprochen, uns beim Catering zu helfen. Mit einer weißen Schürze bekleidet und die Haare zu einem strengen Dutt gebunden, trägt sie eine Häppchenplatte herein. In dem Moment, in dem sie das Tablett auf dem Tresen abstellen will, wandert ihr Blick zur Tür und sie gerät ins Wanken.

Mit einem Satz rausche ich zu ihr hinüber und nehme ihr das Tablett ab. »Eilis, was ist los?« Sie schaut, als hätte sie einen Geist gesehen.

Ich sehe ebenfalls zur Tür. Ich erblicke Conor, der unsicher im Türrahmen steht und Eilis liebevoll betrachtet. Er hält einen Blumenstrauß in seinen Händen. Ich bezweifle, dass die roten Rosen für unsere Wiedereröffnung gedacht sind. Ich halte die Luft an und beobachte die beiden. Langsam trete ich zurück und schmiege mich an Marks Brust.

Conor schreitet zaghaft auf Eilis zu, deren Augen sich mit Tränen füllen. Er bleibt dicht vor ihr stehen und ich meine wahrzunehmen, dass auch seine Augen feucht sind. Jetzt streckt er ihr den Rosenstrauß entgegen. »Es tut mir leid Eilis ... leid, dass ich erst heute komme.«

Sie nimmt ihm den Strauß ab und legt ihn sofort auf dem Tresen ab. Dann fällt sie in seine Arme. Die beiden drücken sich so fest, als würden sie all die verlorenen Jahre in einer Minute nachholen wollen.

Lächelnd sehe ich Mark an, dem eine Träne über die Wange kullert.

»Wie schön, dass du ihn eingeladen hast«, flüstert er in mein Ohr.

Ich stelle mich auf die Zehenspitzen. »Ja, und schön, dass wir beide uns nicht verloren haben.«

»Ich lasse dich nie wieder fort von hier.«

»Ist das eine Drohung?«

»Nein, ein Versprechen.« Er streicht mir sanft über die Wange. »Ich will mein Leben mit dir verbringen, meine süße Caissy.«

Er gibt mir einen innigen Kuss und ich weiß, dass ich genau dasselbe will wie Mark.

Rezept von Marks Sahnekaramellen

- 200 ml Sahne
- 200 g Zucker
- ganz viel Liebe

Gib die Zutaten in eine beschichtete Pfanne mit ca. 28 cm Durchmesser und koche sie auf. Drehe dann die Temperatur so weit zurück, dass das Gemisch weiterhin köchelt. Jetzt musst du die Masse immer wieder mit dem Teigschaber vom Pfannenboden schieben. Vergiss nicht, dass du Marks Geheimzutat *Liebe* hinzugibst. Damit werden sie besonders lecker. Nach etwa 40 Minuten, wenn die Masse eine karamellbraune Farbe angenommen hat und deutlich zähflüssiger ist, sind die Sahnekaramellen fertig. Nun werden sie auf ein mit Backpapier ausgelegtes Backblech gekippt. Die Karamellen nach dem Auskühlen in Stücke brechen.

Danke …

An dieser Stelle möchte ich danke sagen. Danke an all die lieben Menschen, die mich bei der Entstehung meines zweiten Romans unterstützt haben.
Danke, liebe Stephanie Vifian. Du hast mir geholfen, mein Manuskript auf ein gutes Fundament zu heben.
Danke, liebe Inga Schneider. Auch du warst ein wichtiger Teil in der Entwicklung meiner Geschichte und ein kompetenter Ansprechpartner mit großem Herzen. Ich mag unseren Austausch.
Danke, liebe Bettina Lausen. Das Figurencoaching bei dir war fantastisch.
Danke, liebe Lia Haycraft. Dein genaues Analysieren meines Textes und das Aufspüren von Logikfehlern haben mir unglaublich weitergeholfen.
Danke, liebe Scarlett Buschle. Deine Sprachnachrichten, die du mir nach den jeweils gelesenen Buchabschnitten geschickt hast, ermunterten mich, dass ich auf dem richtigen Weg war. Außerdem enthielten sie wertvolle Ideen, die meinen Roman noch besser gemacht haben.
Danke, liebe Ela Trabold. Als wir uns auf *Lovelybooks* kennenlernten, war ich mir schnell sicher, dass ich in dir eine fabelhafte Testleserin gefunden hatte. Du gabst mir ein hilfreiches Feedback zu meinem Manuskript.

Ein großer Dank geht auch an meine Agentin, Sophie Wittmann. Die Zusammenarbeit mit dir ist großartig und ich danke dir für die tolle Unterstützung und dass du mir immer mit Rat und Tat zur Seite stehst.
Ein weiteres Dankeschön geht an meine Lektorin Astrid Rahlfs. Schön, dass du dich auch beim Lektorieren meines zweiten Werkes dafür eingesetzt hast, dem Roman den perfekten Schliff zu verpassen.
Und zuletzt danke ich dem dp Verlag, allen voran meiner Projektbetreuerin Francesca Hintz, dass ihr erneut Vertrauen in mich gesetzt habt und ich mein zweites Werk ebenfalls bei euch veröffentlichen durfte.
Und ich danke dir, liebe Leserin, lieber Leser. Vielleicht hast du meinen ersten Roman *Verliebt in Greenkenny* bereits gelesen und bist deshalb auf mich aufmerksam geworden. Möglicherweise hast du auch noch nie zuvor von mir gehört. In jedem Fall hoffe ich, dass ich dich mit diesem Irland-Liebesroman gut unterhalten und berühren konnte. Ich würde mich wahnsinnig über eine positive Bewertung auf den bekannten Buchplattformen freuen. Schau auch gerne auf meinen Social Media Profilen vorbei.